SOMMAIRE

Préambule

Ami(e)s lectrices, lecteurs,

C'est un voyage que je vous propose à travers ce livre. Un magnifique voyage que j'ai effectué moi-même à l'âge de 13 ans quand je suis arrivée dans ce joli village du sud de la France. Ballottée de villes en villes depuis ma naissance pour le travail de mon père, je n'avais jamais eu le temps de me poser et de me faire de vrais amis.
Les enfants, quand vous arrivez en cours d'année, sont parfois durs et ne font pas de cadeaux. J'étais souvent seule et solitaire, mais comme on repartait en cours d'année, ce n'était pas si grave, je m'y faisais. Jusqu'à ce que j'arrive ici. A Mauguio. J'avais grandi et je ne voyais déjà plus les choses pareil, mais en plus, il y avait quelque chose dans cette ville fleurie. Mauguio me souriait. L'immense laurier rose devant notre porte d'entrée semblait m'ouvrir les bras. Oui j'étais déjà une romancière dans l'âme. Je me rappellerai toujours l'impression que j'ai eu, ce sentiment de bien-être et d'être enfin arrivée « chez moi ».

Alors si vous avez envie de voyager, bienvenue dans « Le doux parfum des souvenirs » où j'ai essayé de vous transmettre un peu de cette odeur, de ces couleurs si belles et de l'ambiance qui règne ici pendant ce que l'on appelle dans le sud « les fêtes votives ». Ces fêtes existent réellement, et même si j'ai pris quelques libertés avec les chansons jouées le soir dans les bals (cela dit je n'ai pas dû beaucoup me tromper), tout le reste est véridique. Morgane n'est pas moi, c'est juste une fille comme moi, un peu perdue, qui a trouvé quelque chose en arrivant ici, de la même façon que moi. C'est pour ça qu'on se comprend si bien toutes les deux.

A l'époque, mes amis sont devenus mon équilibre et je ne les oublierai jamais. Je vous dédie ce livre : Hélène, Fanou, Gégé, Loïc, Cédric et Chris et tous les autres avec qui on avait créé « Los Locos ». Un merci tout particulier à Chris qui a été ma source et qui a répondu à certaines de mes questions cet été afin de ne pas commettre d'erreur dans l'écriture. Mais bien plus qu'un guide historique de la fête, tu as su me montrer ce qu'elle représente et ce qu'elle apporte et j'espère sincèrement que j'arriverai à vous faire passer un peu de cette magie. Et qui sait, si vous avez envie de voyager en août, accoudez-vous au bar du commerce ou au café du midi et si vous regardez bien, vous verrez passer Bart, vous imaginerez Morgane et Élodie, vous rêverez de Nicolas et vous croiserez sûrement Cécile Chomin !

En attendant, n'hésitez pas à aller sur ma page Facebook, si vous ne venez pas à Mauguio, Mauguio viendra à vous cet été à travers les vidéos et les photos que je posterai si vous êtes curieux et que vous souhaitez en savoir plus.

Alors bienvenue messieurs dames, relevez vos tablettes, éteignez vos téléphones et je vous souhaite un excellent voyage....

(PS : une pensée affectueuse et émue pour Frédéric, qui nous a permis de planter les tentes dans son jardin plusieurs fois, au détriment de sa belle pelouse verte... vous êtes parti bien trop tôt mais votre souvenir reste intact)

Chapitre I

Sur un air de Calypso Rose qui flotte dans les enceintes du salon.

«... I've been breaking down walls
ever since I was small
They could stand up tall and strong
Like a wrecking ball I got knock them down..."

Belle journée, beau soleil, belle musique et beau moment de nostalgie qui me gagne. C'est marrant, pourquoi j'y pense aujourd'hui ? Je sais pourquoi. Parce que j'y pense tout le temps en fait, voilà. Mais je me refuse toujours de me l'avouer. Les vieilles habitudes ont la peau dure. Et en ce moment en plus, on est en juillet, début d'été.... donc c'est forcément le moment d'y penser. Tous mes souvenirs refont surface avec une telle force que c'en est impressionnant.

— C'est quoi ce truc ?
— Nate laisse ça ! Repose ça tout de suite. Pose-le sur la table, lève les mains et recule.

Je me lève d'un bond du canapé, tend les mains, moitié en le menaçant, moitié pour prévenir le danger et je regarde mon coloc avec un regard de tueuse. Celui-ci ne semble pas du tout inquiet, au contraire ! Il a dans les yeux cette lueur que je n'aime pas, mais alors pas du tout. Celle de la connerie profonde. Je m'approche doucement de lui, rampe sur la table basse en bois qui est entre nous, mais ce fourbe court de l'autre côté du canapé pour m'échapper, mon ancien journal intime toujours brandi dans sa main levée au-dessus de sa tête, tel un trophée.

— Oh oh oh ! Enfin je vais en savoir plus sur toi ma chérie ! J'ai l'impression d'avoir trouvé un trésor ! Et quel trésor ! C'est un truc de fou, c'est un vrai roman…

Il baisse la main pour en lire une partie :

— « Oh Nicolas, pourquoi faut-il que tu sois Nicolas ? »

Il met la main sur le cœur et prend un air dramaturge ridicule.

— Mais c'est du Shakespeare ma parole ! Je ne te connaissais pas ce talent caché !
— Je te jure Nate, si tu ne reposes pas ça tout de suite, je … je …
— Tu quoi ?
— Je déménage !

Nate semble interloqué quelques instants, il arrête de rire, puis reprend de plus belle. Le rythme continue de couler dans les enceintes, comme un avertissement.

“…Everywhere I reign supreme
The one and only Calypso queen
No man alive or dead
Could come and take the crown of my head…”

Je le regarde intensément et j’articule en chuchotant, comme une menace, sans le quitter des yeux :
“*No man alive or dead*”

— Alors c’est si sérieux que ça ?
— Pire. Tu as encore fouillé dans mes habits ?
— Si tu ne veux pas qu’on trouve ce journal ma chérie, ne le mets pas au milieu de tes sous-vêtements…
— Mais tu déconnes ou quoi ?

Je tente une approche directe par une attaque furtive en me jetant par-dessus le canapé, mais celui-ci esquive et je manque de m’éclater la bouche contre le tabouret de la cuisine placé derrière. Je m’écroule par terre, le tabouret déstabilisé tombe avec moi. Mon regard n’est plus que haine quand je me relève, mais toujours rien que ce farfadet ne puisse prendre au sérieux.

— T’es sérieuse là avec ton regard de serial killeuse ?

La phrase préférée de mon co-locataire : « non mais t’es sérieuse là ? ». Il me le dit pour tout. Quand il ne comprend pas, quand je plaisante, quand je suis en colère, quand je suis de mauvaise humeur… bref tout le temps. Et là, elle tombe super bien car c'est un condensé de tout ça.... Je boude tout en me massant le tibia :

— Merci je vais bien. C'est gentil de t'en inquiéter !
— Je le vois que tu vas bien, ne dramatise pas. Enfin en apparence. Parce que quand je lis cette chose je me dis que de l'intérieur ça n'a pas l'air d'aller fort... je crois qu'on va devoir parler ma grande !

Il va vers l'Ipad branché sur l'enceinte et stoppe la musique. Je lui ordonne en criant à moitié :

— Non !
— Pourquoi ? A quoi ça sert un colocataire si ce n'est pas pour partager tes peines les plus profondes ?
— Ce n'est pas une peine profonde, d'accord ? C'est une blessure refermée depuis longtemps. Et un colocataire sert à payer la moitié du loyer, c'est tout !
— Oui oui ok, fais ta maline. C'est pour ça que tu écris « qu'il est et restera le seul et unique mais que vous ne devez pas être fait pour être ensemble donc c'est mieux comme ça ».
— Mais tu as tout lu déjà ?

Je sens la panique me gagner avec un fond de déprime. Je vais vers l'Ipad et remets play. La musique qui reprend d'un coup me donne un sursaut. Finalement sur fond de nostalgie Calypso Queen est trop ... « joyeuse».

— Non j'ai rien eu le temps de lire d'autre à part l'extrait de toute à l'heure et ça. Ça devient de plus en plus dur de fouiller dans ta chambre si tu y restes autant de temps enfermée !
— Oublie s'il-te-plait. Je n'ai pas besoin de ça. Je te dis que j'ai tourné la page, alors crois moi sur parole et laisse-moi tranquille. Décidons plutôt de ce que l'on fait ce soir ça nous distraira.
— Ça « te » distraira. Moi cette lecture me semble beaucoup plus attrayante…
— Mais putain, on ne peut pas avoir de vie privée dans cet appartement ?

La colère reprend le dessus sur la déprime, ou alors elles sont liées.

— Non pas de vie privée en colocation, c'est la règle « number one » chérie. Mais bon si tu me dis que tu as tiré un trait alors, ok. Je respecte.

Il se lève et stoppe de nouveau la musique, fais défiler ma playlist rapidement et appuie sur un nouveau morceau.
« Parla più piano » la musique du parrain en version jazz. Il est taré ce mec. Il n'y en avait qu'un de colocataire comme ça dans tout Paris et j'ai mis la main dessus ! Quels étaient les probabilités de tomber sur un taré de son espèce franchement ? Mi-homo mi-jenesaispasquoi. Alors que le violon pleure sa complainte dans le haut-parleur, Nate vient s'asseoir sur le canapé et jette le journal intime

devant lui sur la table basse. Je tente une approche subtile par le côté mais son regard me décourage. Je crois qu'il s'est lancé dans une imitation de Marlon Brando, enfin je suppose car c'est très mal fait, quand il me dit avec un accent sicilien à couper au couteau :

— Alyzée, c'est joli comme prénom. J'ai connu une Alyzée, c'est peut-être la même avec qui ton Nicolas s'est marié ? Tu n'as pas été invitée ? Ah dommage… ça a l'air d'être un ami que tu connais depuis très longtemps quand même…

Je lui crie dessus en me levant d'un bond :

— Il n'est pas marié !

Je retiens mon souffle, au moment précis où le violon s'arrête dans un silence intimidant pour laisser la place au rythme enjoué de la clarinette. Puis je comprends que j'ai commis une grossière erreur auprès de cette fouine qui m'a, encore une fois, tendu un piège gros comme une maison.

— Ah, ah tu t'es documentée ! Je le savais.

Alors que je fonce pour reprendre le journal, il est bien évidemment plus rapide et le récupère pour le serrer contre lui.
Il tapote alors le canapé à côté et me dit sur un ton doucereux :

— Allez viens ma chérie. Raconte tout à tonton Nate.
— Tu fais chier.
— Je sais. Mais je sais aussi reconnaître quand quelque chose à besoin de sortir et je vois au fond de toi qu'il y a beaucoup de choses qui doivent sortir. C'est mon petit doigt qui me le dit. Deux ans qu'on se connaît, et ce Nicolas n'est jamais entré dans la conversation. Ce qui est louche quand on voit qu'il a occupé plusieurs années de ta vie et a été couché dans ton journal intime…C'est marrant mais quand tu m'as raconté ton passé, pfiut pas un mot… alors je pourrais être vexé que tu me caches des choses, à moi, mais je pense plutôt que ton petit cœur brisé a du mal à s'exprimer.
— Oh, tu me gonfles. C'est compliqué.

Je m'assieds à côté de lui et croise les bras dans une attitude enfantine de bouderie profonde.

— J'adoooore le compliqué !
— Il n'y a rien à dire en fait. Mauvais timing dans une vie, tu connais ?
— Oh oui ! Le timing c'est ma spécialité chérie. Allez commence par le commencement et ensuite je t'amène manger en terrasse en centre-ville comme tu aimes. C'est moi qui invite !
— Toi ? Ça vaut peut-être le coup alors. Mais je te préviens, c'est chiant à mourir comme histoire.

— Rien n'est chiant avec toi, je le sais par expérience. Tout est une aventure et celle-là promet d'être géniale !
— Non, c'est fini. Tu as dans tes mains l'histoire complète et ça s'arrête là.
— Ça, ça m'étonnerait !
— Ecoute moi bien Nate, je te raconte uniquement si tu te sors de la tête qu'il puisse y avoir un happy end et que tu acceptes ensuite de m'aider à jeter ce torchon.
— Jeter ton journal ?
— Oui, tu comprendras comme moi que c'est une voie sans issue. J'ai presque 30 ans, il est temps que je me construise en dehors de tout ce que tu pourras trouver dans ce journal. Ma survie, c'est de le détruire. Mais je n'ai pas encore trouvé le courage alors peut-être qu'avec toi ce sera plus facile.

Nate me regarde, plisse les yeux et me lève le menton du bout des doigts pour peser le pour et le contre en sondant le fond de mes pupilles, tel un avocat qui voudrait savoir si son client est réellement malhonnête.

— Ok. Je devrai pouvoir trouver une dent de basilique pour détruire l'horcruxe avant qu'on soit infesté. Dit-il en référence à sa saga préférée Harry Potter.
— Je signe.
—Tu me racontes tout, de A à Z sans oublier les détails croustillants. J'espère qu'il y en a. Et à la fin

de ce long périple dans ton esprit, tel un voyage dans le temps : je t'aide. On fera une cérémonie officielle pour que tu te débarrasses de ton passé. Promis juré, tu tourneras enfin la page et tu pourras construire ton avenir de manière plus sereine et trouver l'homme de ta vie…
— Je ne veux pas trouver l'homme de ma vie !

Dis-je de manière brusque en lui coupant la parole.

— Tu pourras avancer alors, tout simplement, sans te retourner. Ça te va ? Tu as besoin de le sortir, de ne pas le garder pour toi, crois-moi.
— Oh putain, tu es en mode psy encore. On avait dit : pas de travail à la maison et pas de psychanalyse sur moi !
— Oui, mais c'est plus fort que moi. Là c'est juste le conseil d'un ami. Promis, rien de plus. Il est 18 heures.

Dit-il en se levant et en allant dans la cuisine :

— Un petit rosé et c'est parti ? On remonte le temps ?
— Vas-y sors la bouteille, j'en aurai bien besoin. Je commence par quoi ?
— Le commencement. Tu prends le journal à sa première page et tu me le lis. C'est un journal d'été à ce que j'ai cru comprendre. Un chapitre par an. C'est délire ! Tu lis toi. Je préfère que ce soit ta voix plutôt que la mienne et tu t'appliques s'il-te-plait. Je veux ressentir les émotions.

— Oh putain tu auras ma peau. Je ne sais pas où ça va me mener tout ça ! Il y a si longtemps que je n'ai pas tout lu. Je ne suis même pas sûre de l'avoir déjà fait. J'écris et je ferme le livre normalement, ça a toujours été comme ça.

Il me tend un verre à pied et je prends une grande gorgée pour me donner du courage.

— Bon, si tu te fais chier, tu me le dis hein ? Tu n'hésites pas.
— Compte sur moi.

Il s'installe à côté de moi sur le canapé, les jambes croisées dans cette position décontractée qui en fait fondre plus d'une, et surtout plus d'un, avec son chino beige, sa chemise impeccable et ses baskets à la mode.

— Quoi ?
— Rien, t'es beau. Je me demande comment tes patients font pour ne pas te sauter dessus.
— Change pas de sujet. Je viens juste de commencer les consultations alors ne me donne pas de mauvaises idées. Je ne voudrais pas être radié pour avoir sauté un patient. Lis ma chérie, je suis prêt à t'écouter.
— Tu me donneras ta facture à la fin.
— Pour toi c'est gratuit.
— Rêve pas, on ne couchera pas ensemble.
— Je sais. Dommage tu loupes quelque chose je te l'ai déjà dit. Mais bon, de toute façon, c'est les mecs

qui m'intéressent, ils m'excitent plus. Mais arrête, ne retarde pas l'échéance. Chapitre un. C'est parti !

Putain, oui c'est parti. Et je ne suis pas sûre de ressortir vivante de cette introspection. J'ouvre la page du carnet qu'il a bien voulu laisser à ma portée cette fois-ci, et je ressens un léger frisson. Cette écriture, ces dessins, c'est moi et pourtant ça me paraît tellement étranger, c'était il y a si longtemps… Je toussote, me racle la gorge et prends une profonde inspiration.

***

1er jour.

ÉTÉ 1999. Exactement mardi 3 août 1999. Je note la date parce que pour moi c'est important. Le premier jour de ma nouvelle vie. Qui je suis ? Et bien moi : c'est Morgane. Et oui, Morgane la brune. 13 ans et deux mois s'il vous plait. Petite, brune, avec un appareil dentaire. Mais bon, je dois bien avoir du charme, j'en suis sûre, ma mère me le répète, il est juste là, quelque part, enfoui... quand j'aurai réussi à discipliner mes cheveux épais, quand j'aurai plus mon appareil, quand... bref, un jour, je serai belle quoi. Pour l'instant du diamant j'en suis la partie charbon je crois. Comme ce que j'ai vu en cours de physique au collège. Et bien, c'est chiant d'être un charbon, je peux vous le dire, surtout quand il y a autant de filles diamants autour de vous. Mais je suis sûre, un jour, un jour... En attendant, suis trop contente !!! Ma mère a accepté que je parte en vacances avec Élo. Ma meilleure amie Élo, la seule et unique. Qu'est-ce qu'on a ri cette année ! Bon je suis première de ma classe alors ça va, j'ai le droit de m'amuser un peu cet été. Oui, un charbon c'est intelligent et en général un diamant c'est con. Enfin c'est la déduction que j'en fais en voyant les autres. Celles qui ont des petits copains pour elles c'est plus compliqué de réviser le soir, elles passent leur temps au téléphone pour parler avec lui ou avec leurs copines de ce qu'elles ont fait avec lui. Moi, j'en ai pas de petit copain, alors ça limite le temps passé. Même si avec mes copines on parle quand même beaucoup au tel. Disons que j'ai du temps pour me concentrer sur mes devoirs. Ça arrange ma mère. Moi un peu moins... Même si on s'est bien amusées quand même au collège Clémence Royer en 5ème B. Depuis que sa mère est venue habiter après son divorce dans le même immeuble que moi au début d'année, ça a été la révélation ! Inséparables qu'on est avec Élo ! Mais bon, j'ai eu les félicitations du conseil alors maman m'a autorisé à aller en vacances avec ma meilleure amie. Cadeau : un journal intime pour ne pas que je perde la main d'écrire selon elle ! Wouais. Elle est chiante des fois. J'ai réussi à lui faire promettre qu'elle ne le lira pas. Je suis censée écrire dessus tous les jours. Ça va me gonfler. J'écrirai ce que j'ai envie d'écrire et puis c'est tout ! Merde. Elle veut quoi ? Un nouveau Journal d'Anne Franck ? C'est fini tout ça. Moi je veux vivre, en profiter. Et cet été je compte bien embrasser un garçon. Oui parce que franchement, arriver en 4ème et être vierge d'embrasser c'est trop nul. Je veux pas coucher avec un garçon, jamais, et puis surtout pas là, je suis trop jeune et ça nous fait un peu peur avec Élo, on se l'ai avoué un soir ou elle dormait chez moi et qu'on faisait le serment de l'amitié*.

* Pas le droit de rire, de critiquer ou de s'en resservir même si on se fâche ! C'est délire, on a dit pareil toutes les deux ! On était vraiment

faites pour se rencontrer. Y a une fille qui dit qu'elle l'a déjà fait mais je suis sûre que c'est pour se rendre intéressante. C'est cette Marcia Toleda l'étrangère. Elle s'habille vraiment comme une pute. Mais je suis sûre que c'est pas vrai. Élo est d'accord. Elle dit que c'est avec un gars du lycée, genre il a voulu d'elle ! On peut pas se blairer toutes les deux. Elle me traite de poule mouillée et d'intello, mais elle sait pas de quoi je suis capable ! Un jour elle va s'en prendre une !!!!

Ok j'ai pas ENCORE embrassé un garçon mais j'ai menti j'ai dit que si et avec la langue. Alors quand il y a eu ce jeu idiot le mois dernier, action ou vérité, j'ai paniqué. Je suis tombée sur Julien et ils ont voulu qu'il m'embrasse car il avait perdu et son gage était d'embrasseur une fille. Mais pourquoi moi ??? Je voulais pas, il me plait pas ! Enfin j'ai dit qu'il me plaisait pas en faisant la grimace pas très discrètement à Élo, mais c'est surtout que j'avais le trac. Je peux le dire, à toi journal, j'avais juste une énorme boule au ventre. Alors j'ai fais genre je veux pas, je me suis débattue. Ils ont dû me tenir à plusieurs pour que Julien m'embrasse. Je me débattais et je riais en même temps et les filles riaient encore plus. Enfin à part Marcia Toleda qui est passée et a fait comme si j'étais vraiment la dernière des idiotes. Après ce que j'en ai pensé ? Ça fait tout bizarre. Beurk. Ok, je l'avoue : c'était pas si désagréable. Mais il avait les lèvres mouillées ! Il a pas mis la langue, de toute façon j'avais tellement peur que je fermais la bouche. En réfléchissant je me dis que je suis vraiment ridicule. Je me dis aussi que si je commence à autant écrire, il faudra que je te cache bien car si quelqu'un te lit mais juste je me suicide !

Bon, ce qu'il y a aussi c'est que je ne l'aime pas Julien. Moi c'est Fabien Gazan qui me plait ♥ . Mais je ne l'intéresse pas c'est nul. Et puis il a déjà eu plusieurs petites amies, il embrasse avec la langue lui. Il est grand, il a un an de plus que moi. Alors je ne ferai jamais le poids. C'est pour ça que cet été, il faut que j'embrasse avec la langue, comme ça je m'entraine sur une aventure de vacances et après je serai prête pour Fabien.

Je te laisse, j'entends la mère d'Elo qui discute avec la mienne, ça y est : c'est les vacances !!!!

Vendredi 13 août.

C'est trop génial ici ! La maison est super belle. Il y a des lauriers roses partout devant, je trouve ça trop beau, j'ai l'impression d'être sur une île en vacances sur un coin de paradis alors que c'est juste à 10 minutes de Montpellier. Mais bon, le centre de Montpellier, mon grand immeuble gris, c'est pas pareil quand même. Monsieur Barina Pierre, le père d'Elodie c'est sa maison il est propriétaire ! C'est pas ce qui nous arriverait à ma mère et moi d'être propriétaire d'un truc. Si « de notre liberté » comme elle me répète tout le temps. Enfin, c'est surtout parce que son mari, mon père, est parti quand j'étais petite qu'elle s'accroche à cette histoire de liberté je pense. Il me dit de l'appeler Pierre, c'est son prénom, au père d'Élo. Il est super gentil et je pense que si j'étais vieille je le trouverai bel homme. Le frère d'Élo vit avec son père, il est plus âgé qu'elle, il a 15 ans. Elle a choisi de rester avec sa mère et elle voit son père les week-ends parfois mais surtout l'été. Donc elle voit peu son frère en fait et ils ont pas l'air très proches.

Ce soir c'est l'ouverture de la fête à Mauguio, le village où il habite et où on est. J'ai déjà entendu parler de ces fêtes de village mais j'en ai jamais vu. Ma mère veut pas que j'y aille. Là, je vais pouvoir aller faire un tour pendant la semaine mais Pierre nous accompagnera tout le temps le soir. Il est hors de question qu'on y aille seules ou son ex-femme va l'émasculer. Il est drôle, il me fait rire. On aura le droit d'aller voir les taureaux la journée et les jeux mais c'est tout.

Ce matin je dormais avec Élo dans la chambre quand a déboulé un garçon en gueulant. On a eu la peur de notre vie. On s'est réveillé en hurlant, on avait peu dormi car beaucoup discuté hier soir. J'ai galéré car j'avais mon appareil dentaire de nuit et en criant je l'ai coincé dans ma bouche. En plus j'ai eu trop honte quand j'ai compris que c'était son frère. Il était avec un copain et ils étaient mort de rire. J'avais un vieux tee-shirt en guise de pyjama (il fait super chaud ici) et je tirais dessus pour ne pas qu'ils voient ma culotte. Le plus dur a été de se débarrasser de cet idiot d'appareil dentaire. Je l'ai insulté moi aussi, comme Élo, même si je ne le connaissais pas, d'abord parce que j'ai eu peur et ensuite pour faire bonne figure et regagner un peu de courage devant cette honte absolue qu'il m'ait vu comme ça. Élo m'a dit qu'il faut pas se laisser faire sinon il va nous emmerder tout le mois. Il est de taille moyenne, à peine plus grand que moi je crois, il a des yeux bleus, un peu comme la mère d'Élo. C'est la seule chose que j'ai pu voir de sympa chez lui car sinon je le trouve vraiment très con.

On leur a jeté des coussins dans la figure et ils ont fini par partir en riant en m'appelant R2D2. Quel gros con je vais faire attention car s'il revient il est hors de question qu'il me voit de nouveau dans cette tenue !

Lundi 16 août.

Waouh, je t'écris encore journal mais ce sera la dernière de cette semaine car je compte bien profiter. C'est un truc de fou cette fête de village ! J'ai jamais vu ça. D'abord j'ai cru qu'il y avait un tournoi de foot. J'ai croisé plein de jeunes en maillot comme pour un match avec un tee-shirt, un short, des chaussettes. Garçons comme filles ! Mais en fait non, c'est des bandes ! Nicolas m'a expliqué vendredi. Ah oui Nicolas c'est le prénom du frère d'Elo. Après nous avoir réveillé le matin on a pris le repas de midi avec lui et il m'a parlé de cette fête de village. Il est intarissable à ce sujet. Au moins ça a permis pendant quelques minutes qu'il oublie de me chambrer sur mon appareil dentaire. Il fait partie d'une bande avec ses copains. Ils sont une trentaine de bandes dans le village et chaque bande compte entre 5 et 30 jeunes. Ça va de 14 à ... pas d'âges. J'ai croisé vachement de vieux ! Il faut que je te raconte mon journal sinon tu ne pourras pas comprendre. Aujourd'hui, j'écris et demain... je vis.

Ma rencontre avec ce village va changer ma vie, j'en ai conscience, je le sens... je ne vivrai plus les choses pareilles. Ce village est magnifique d'abord. Il y a beaucoup de fleurs mais bon on s'en fou. La fête à Mauguio ça dure depuis des siècles, enfin depuis 1834 ! Un truc de fou. A la base c'est des traditions espagnoles principalement parce que Mauguio est la première communauté espagnole de France. Alors c'est marrant dans la rue il y en a qui parlent espagnol ! Je pourrai dire à maman que j'ai révisé !

Ils font toujours leur fête autour du 15 août, pour ne pas contrarier les moissons, j'ai pas tout compris mais j'ai pas insisté. C'était trop beau samedi, il y avait la présentation des bandes de jeunes. D'abord on va aux arènes et là il y a un spectacle de danses folkloriques avec les filles en tenues arlésiennes et des danses avec les hommes sur des chevaux tous blancs. C'est des chevaux d'ici : des camarguais. Les hommes dessus c'est des « gardians » qui travaillent dans des manades là où ils élèvent les taureaux pour les mettre ensuite dans les jeux des arènes et pour les manger sous forme de gardiane de taureaux plus tard. Mais quand j'ai dit que c'était barbare de jouer avec des taureaux, ils m'ont regardé de travers. Il y a un grand respect de l'animal et je ne savais pas mais dans les arènes c'est le taureau qui est applaudit, pas les hommes. Bon même si le taureau, concrètement, il s'en fou je pense. Mais il n'y a jamais de mise à mort, c'est pas du tout une corrida et si le taureau est blessé dans un jeu, ils le sortent de suite pour aller le soigner.

Mais je m'éloigne du sujet. Je vais faire un journal historique sur cette fête. Comme ça si maman m'embête je lui sélectionnerai les passages « lisables ». Je disais que samedi on était aux arènes et on regardait le spectacle avec les gens en tenue d'époque, des femmes principalement sur un char et des petites filles. C'était assez beau. Puis arrive une peña, c'est un orchestre de rue, ils sont tous habillés de blanc et jouent des instruments dont le célère air de Carmen joué dans toutes les arènes du monde (c'est un opéra il parait, trop drôle d'entendre un air d'opéra joué par une peña). Puis ensuite les bandes de jeunes arrivent. Ils font le tour du village ou tout le monde les acclame sur leur passage pour finir aux arènes. Chaque bande qui entre est présentée par un homme au micro. Ils ont des noms espagnols trop drôles. Des fois c'est des noms inventés, souvent même : « Los Borrachos », « Los Bimbos », « Les Locos » etc...Des fois il y a des noms français mais c'est rare, comme « Les Bois sans soif », le thème est clairement annoncé...

Puis ils ont chacun sur leur maillot des surnoms. C'est pas leur prénom à eux mais leur surnoms qu'ils choisissent. En fait dans chaque bande il doit au moins y avoir un adulte et il y a un responsable. Le responsable va à plusieurs réunions en mairie pour organiser la fête deux mois avant. On leur donne les règles à respecter, les consignes de sécurité, c'est très bien encadré. Ils doivent déclarer tous les noms des gens de leur bande. Puis ensuite les bandes vont voir les commerçants du village et leur demande d'être « sponsor », j'ai découvert ce mot. En fait ça veut dire que le commerce leur donne de l'argent, en échange ils écrivent son nom sur leur maillot. Trop marrant, il y en a qui ont comme sponsor « Boucherie Melgueil » écrit sur leurs fesses ! D'ailleurs je croyais que les habitants de Mauguio c'était des Mauguoriens ou un truc comme ça, mais non c'est des Melgoriens, du nom des Comtes qui sont arrivés il y a longtemps et ça s'appelait les Comtés de Melgueil.

Chaque bande choisit ses couleurs, en général j'ai vu ils en ont deux sur leurs maillots. Nicolas sa bande c'est rouge et vert. Des fois c'est trop laid, orange et noir, des fois c'est plus sympa bordeaux et blanc ou bleu et blanc ou rouge et vert ... ils ont même les chaussettes hautes comme les équipes de foot !!! Les chaussettes sont aux couleurs du maillot donc il y en a qui ont une chaussette orange et une noir ! C'est trop bizarre mais comme ils sont plus de 700 en tout par groupe de vingt ou trente, ben ça passe ! Et sur les maillots, devant c'est le nom de leur bande qui est « floqué » (ça veut dire écrit comme si c'était fait dans un magasin) et derrière c'est leur surnom plus le nom de tous les sponsors. C'est des pubs ambulantes. Avec l'argent récolté ils font vivre leur bande une semaine. Ils achètent leurs maillots complets avec le flocage, la nourriture et aussi l'alcool. Ça, ça rendrait folle ma mère si elle savait car il y a pas mal d'alcool ! Ça me fait un peu peur. Ils vivent tous ensemble du samedi de l'ouverture (il y en a même qui commencent le vendredi, la veille, ils mettent les maillots de l'année dernière et le lendemain les nouveaux maillots car ils changent chaque année de maillot même si c'est la même bande et le même nom, ils refont tout) jusqu'au dimanche d'après. 10 jours en tout. Et tu vas halluciner mon journal : ils ne se quittent pas de 10 jours ! Là, Nico est de passage pour récupérer sa tente pour la planter dans un jardin chez un autre pote ce soir. Il déjeune avec nous car son père l'a obligé et après on le verra plus. Il y en a qui rentrent dormir chez eux, mais les vrais ils se suivent et dorment tous ensemble dans des tentes ou chez les uns les autres. C'est trop génial. J'en ai vu arriver aux arènes qui sont trop mignons. Et truc de fou : Fabien Gazan, celui que j'aime, il y était ! Il fait partie d'une bande. J'ai cru m'évanouir quand je l'ai vu. Il est trop beau dans son maillot ! Sur lui, je sais pas pourquoi mais ça lui va bien.

Qu'est-ce que j'aimerai plus tard faire partie d'une bande moi aussi. Là je suis trop jeune je le sais mais ça serait super la liberté !

Lundi 23 août.

Ça y est mon journal. Je ne sais pas. J'hésite entre la déprime, la joie, l'euphorie, mais je crois que la déprime me gagne. C'est fini ! Je suis rentrée et maman ne veut pas que je retourne à Mauguio... c'est la galère à la maison. Ça a gueulé, mais je m'en fou. Moi je suis bien. Dans ma tête, je suis où je veux, et ça elle ne pourra pas m'en empêcher.

Cette semaine tout a changé pour moi. Ça a été différent. Pour la première fois, je me suis sentie entière, vivante, ivre comme si j'avais bu. Bon ok j'ai gouté une bière, mais j'ai pas aimé donc ça ne vient pas de là. Il faut que je l'écrive, ça me fera du bien. Et ça me fera réaliser que c'est vrai, que tout est vrai et que je n'ai pas rêvé cette semaine magique.

Je n'ose même pas penser au pire, me dire que ma mère ne plaisante pas, que je n'y retournerai pas. C'est impossible. On verra, l'été prochain c'est loin...

Je t'ai laissé la semaine dernière, je n'avais encore rien vu. Presque tous les soirs on a pu aller au bal avec le père d'Élo. On rentrait avec lui vers 23 heures, c'était frustrant mais bien déjà. La journée on se promenait toute les deux dans les rues, on suivait la foule. J'ai vu de tout. On a même été flâner du côté du concours de pétanque, ils sont rigolos les vieux comme ils râlent, ils ont l'air de s'amuser et ils se chambrent entre eux, c'est cool. On a fait beaucoup de choses. On a fait toutes les abrivados et bandidos. L'abrivados c'est pour respecter une tradition quand ils amenaient les taureaux du pré aux arènes. Et bien c'est impressionnant ! Ils bloquent complètement les rues, toute une grande rue qui traverse le village, les voitures n'ont pas le droit de passer. De toute façon les voitures le savent, de la semaine, elles ne

sont pas prioritaires. Ils ont juste le droit d'attendre que la police municipale lève les barrières et les laisse partir 30 minutes après. Pendant ce temps ils mettent des barrières partout dans le village le long de l'allée où vont passer les taureaux pour que le public se mette derrière à l'abri. On attendait derrière les grosses barrières rouges, on se faisait peur avec Elo en passant à travers les barrières. On peut y passer facilement, tout le monde en fait, à part d'être très gros. C'est juste les taureaux qui ne peuvent pas y passer. Enfin en théorie. Et là, derrière nos barrières, d'un coup, on voit débouler des chevaux blancs, magnifiques avec dessus des cavaliers, les fameux gardians. Ils arrivent au galop, ils sont entre 5 et 7 gardians, les chevaux sont super serrés et en forme de V à l'envers, la pointe du V devant car entre les chevaux qui courent il y a les taureaux ! Oui oui, les taureaux sont bloqués et courent entre les chevaux qui les encadrent. Ils les amènent comme ça à travers le village jusqu'aux arènes. C'est impressionnant ! Je ne peux pas le décrire tellement c'est beau !
Et alors le plus fou c'est que les jeunes courent derrière les taureaux et leurs tirent la queue ! C'est des malades ! Le but est de réussir à faire sortir les taureaux. Des fois ils y arrivent, un taureau s'échappe donc un gardian dirige son cheval qui est super bien dressé et habitué, il sort du V et va récupérer au galop le taureau avec une petite fourche

(un trident), il lui pique le cul pour le diriger et le ramener vers la route des arènes. C'est d'une précision hallucinante. Parfois c'est arrivé, m'a dit Élo, qu'un taureau s'échappe de la rue principale et qu'on le retrouve dans un jardin chez quelqu'un en train de se promener ! Délire !

Forcément, au milieu en train de courir, il y avait Nicolas. Tout pour faire son intéressant celui-là. Il nous a fait peur à un moment donné ce crétin ! Il est passé derrière moi, j'attendais le soir à un bandidos, c'est la même chose que l'abrivados mais en sens inverse, c'est les taureaux qui sont ramenés des arènes au pré. Je cherchais Élo qui parlait avec une copine à elle, une certaine Marie que j'aime bien, et je regardais dans le vide quand j'ai entendu le bruit des sabots des chevaux frapper le bitume et les cris des gens qui les saluent et d'un coup, je me suis sentie projetée sur la route ! J'ai eu la peur de ma vie. J'étais entre les barreaux de la barrière et une main m'a poussé sur la route, devant les chevaux. Bon j'exagère ils étaient encore très loin, mais de suite la main m'a ramenée et m'a refait passer derrière les barrières et j'ai atterri dans ses bras ! C'était Nico ! La honte c'était trop bizarre ! J'ai pas eu le temps de lui hurler dessus qu'il passait à travers les barrières lui aussi pour courir après les taureaux. Mais quel con ! Élo m'a dit qu'elle le dirait à son père, mais bon c'est idiot, je vais pas rapporter. Il était avec ses copains il a voulu faire l'intéressant. En plus il me gonfle, il m'appelle Tilt, comme la fourmi du dessin animé qui est sorti cet hiver « 1001 pattes ». Je l'ai même pas vu, ça me branche pas. Pourquoi il m'appelle Tilt ? C'est con une fourmi ! Bon c'est mieux que R2D2 remarque. Il est bizarre Nicolas de toute façon. Dans sa bande il se fait appeler « Joe » c'est son surnom. Comme Joe Black. Il a un problème avec le cinéma, il ne vit qu'à travers ça on dirait. Mais bon s'il croit qu'il va ressembler à Brad Pitt pour autant il rêve !

On a passé toutes nos journées dehors, à se promener, à rencontrer des jeunes. On a sympathisé avec Alex, un garçon de notre âge, que connaît Marie. Les deux sont comme nous ils ne font pas partie d'une bande mais ils en rêvent. On s'est dit que l'année prochaine on avait qu'à faire la notre ! Mais bon vu comme c'est parti avec ma mère, je préfère ne pas y croire.

Elle m'a fait une surprise en fait. Quelle idiote ! Elle est venue dimanche matin avec les croissants, elle voulait nous amener à déjeuner. Sauf que le problème c'est que samedi soir, le père d'Élo il avait accepté qu'on reste au bal jusqu'à la fin, il est resté avec des amis à lui et nous a surveillé mais de loin. C'était la meilleure soirée de toute ma vie ! On a dansé, on a crié, et j'ai même dansé avec Fabien !!! Un slow...

Il faut que revienne sur cette soirée magique.

Le soir, je ne sais pas pourquoi, je me sentais différente et Élo pareil. Comme si on savait que ça allait être une soirée de malade. Dans la salle de bain on s'est préparées comme si on allait à un bal de fin d'année des séries américaines. On s'est même maquillées un peu, on a mis du mascara, une jupe et un petit tee-shirt avec nos baskets, moi les blanches comme ma jupe et elle les noirs.

Pendant qu'on se préparait on écoutait de la musique, on riait, on dansait, c'était trop bien. A un moment donné son frère est passé dans le couloir, je croyais qu'il était pas là mais il venait récupérer un « truc » selon lui dans sa chambre. Comme il a glissé un truc dans sa poche de jean en passant devant nous, Élo et moi on s'est regardées choquées, je crois que son truc c'était un préservatif !

Bref Élo préfère ne pas y penser, ça la fait gerber qu'elle dit, c'est son frère. Mais moi, j'y ai pensé... Il est si grand que ça par rapport à nous ? Il va avoir 15 ans en septembre m'a dit Élo, ça fait jeune non ? Moi je pense qu'il fait genre, car j'ai vu sa blonde de copine et je crois pas qu'elle soit prête pour autre chose que des baisers volés.

En passant devant la salle de bain, il s'est arrêté en riant et s'est moqué de nous, encore une fois :

— Tiens Tilt a mis du noir sur les yeux, c'est normal pour une fourmi.

Je lui ai jeté un truc à la figure et il est parti en riant.

On est arrivées au bal et on a eu la surprise d'entendre Pierre nous dire qu'il nous laissait de l'argent pour acheter un sandwich car qu'il allait manger au Cheval Blanc, une rue à côté, avec des copains. On était trop contentes. Le bal c'est des groupes des fois trop bien, des fois pas top, qui font que des reprises des chansons de l'année. On a pu danser sur Mambo n°5 j'adoooore ! J'ai dansé avec Alex c'était trop cool. On a rit, on a chanté, on s'est cassé la voix, (c'est de là que vient tout mon problème avec ma mère) mais c'était trop génial de chanter à tue-tête sur « Tu m'oublieras » de Larousso ou « Baby one more time » de Britney, la chanteuse elle lui ressemblait trop, elle était habillée pareil ! J'aimerai bien un jour faire partie d'un groupe et être danseuse, ça a l'air trop cool. Et puis d'un coup sur « Tomber la chemise », je me retourne et je tombe nez à nez avec Fabien qui était à côté de nous. Fabien !!! Il m'a dit :

- Eh on se connaît ?

Je savais plus où me mettre. Je lui ai dit :

- Oui au collège...

Et là, la magie opère. La musique s'est finie et c'était un slow ! Oui un slow... « I Want to know what love is» une veille reprise des Foreigner, ma mère l'écoute parfois. Et bien là, cette garce d'Élo m'a poussée et m'a dit :

- Vas-y profite.

Fabien m'a regardée, sans savoir quoi faire, puis finalement, on a dansé ensemble car Élo s'est mise à danser avec Alex à côté alors on n'avait pas trop le choix... C'était trop bien. J'étais mal au début, je savais pas comment le tenir, comment me tenir. Puis j'ai mis mes mains autour de son cou. Nico est passé derrière et j'ai entendu qu'il disait un truc genre «Tilt emballe ». J'ai rougit, je m'apprêtais à me retourner pour l'envoyer bouler ou lui demander où était passée sa copine quand sans comprendre Fabien m'a embrassée ! Oui, je te jure : embrassée !!!

Comme ça, sans me le dire. En même temps ça se dit pas ça. Il a dû croire que c'était ce que j'allais faire quand j'ai levé la tête pour engueuler Nico. Enfin je m'en fou de ce qu'il a cru, c'était trop bien. Un point de moins pour mon appareil dentaire par contre.

Je peux pas décrire les fourmis que j'ai eu partout (pour le coup, ce crétin de Nico avait raison de m'appeler Tilt). J'avais l'impression que je touchais plus le sol. Quand il a ouvert sa bouche, ça s'est fait tout seul, j'ai ouvert la mienne aussi, et là c'était trop bizarre... nos deux langues qui se touchent c'est impressionnant, c'est, c'est trop bizarre quoi. Je me sentais complètement différente. Ça a duré le temps de la chanson, elle est gravée en moi cette chanson, à vie maintenant. Je suis rentrée, j'ai cherché les paroles partout pour l'apprendre par cœur.

"In my life there's been heartache and pain
I don't know if I can face it again
Can't stop now, I've traveled so far, to change this lonely life"

J'en avais la tête qui tournait, des fois mon appareil tapait contre ses dents, j'espère que je lui ai pas bousillé l'émail. Quand la chanson s'est finie, on s'est regardés bizarrement, j'étais encore accrochée à lui, j'ai mis quelques secondes à redevenir naturelle. C'était vers la fin du bal, tout le monde était euphorique, ses potes étaient derrière lui et le chambrait, on s'est séparé, il m'a juste fait un signe de tête, à la cool et il a rejoint ses amis. Et moi je suis restée là, comme ça, comme une potiche, sans bouger, sans rien faire. J'étais trop bien et trop mal en même temps. J'avais l'impression que tout le monde pouvait lire sur moi que j'avais embrassé un garçon. Élo s'est précipitée pour que je lui raconte tout mais c'était pas possible. Tu ne peux pas dire avec des mots ce que tu ressens. Elle était contente pour moi mais j'ai l'impression un peu jalouse aussi. Finalement juste après pour ne pas être en reste, elle a demandé à Alex de sortir avec elle. Il a dit oui et je ne les ai pas vu pendant au moins 10 minutes, ils sont partis s'embrasser derrière un arbre pendant que je dansais et faisais la folle avec Marie sur les derniers morceaux.

C'était magique ! Ce soir-là je me suis couchée différente. J'avais le goût de sa bouche sur la mienne, j'ai l'impression que ça ne partira jamais, je le sens encore aujourd'hui quand je me concentre. Je donnerai tout pour revenir à ce soir. On a ri et parlé de nos baisers toute la nuit avec Élo.

La seule ombre au tableau a été ma mère le lendemain. Quand elle est arrivée et qu'elle a vu mes cernes et le fait que j'étais complètement aphone, ça ne lui a pas plu. En plus mon air niait n'a pas dû m'aider. Elle s'est mise en colère, le père d'Élo a voulu la calmer et elle l'a traité d'irresponsable de nous laisser sortir si tard à notre âge. Il a essayé de lui expliquer que ça ne craignait rien ici, que tout le monde était sur la place et que c'est comme en plein jour, mais rien n'y a fait, elle n'écoutait plus. J'ai remercié son père, je suis montée faire ma valise, j'ai croisé dans le couloir un Nico en caleçon qui sortait des toilettes, tout blanc, tout grand et tout maigre dans son caleçon trop large. Il avait les yeux défoncés de celui qui a très peu dormi, il m'a souri, m'a dit un truc genre :

- Allez Tilt c'est pas grave elle sera calmée d'ici l'année prochaine. You know what love is now...

Comme s'il avait compris quelque chose .... je suis descendue honteuse et folle de rage contre ma mère. Le trajet du retour s'est fait pour moi en silence. Pour elle avec des tonnes de phrases toutes faites sur ce qui se fait, ce qui ne se fait pas, les risques, les dangers de la vie en village avec des bandes de jeunes alcoolisés etc etc... bla bla bla, c'est tout ce que j'entendais avec un fond de :

« I want to know what love is, I want you to show me
I want to feel what love is, I know you can show me"

Elle peut dire ce qu'elle veut, une part de moi a changé cette semaine et ne redeviendra plus jamais comme avant. Oui Nico avait raison, « I want to know what love is » c'est le cas et maintenant cette sensation de vivre, à fond, je ne pourrais plus jamais m'en passer. Un an ! J'ai un an pour être la meilleure en classe et la convaincre.... L'été prochain je serai là, de nouveau avec Élo, j'en fais le serment !

***

— Voilà, t'es content ? C'est ridicule ! Je ne parle même pas de Nico sur ce début…
— T'es sérieuse là ? Me dit un Nate dont le regard malicieux m'inquiète.

Il s'est reculé contre le dossier de sa chaise et me regarde avec quelque chose d'indéfinissable. Je m'aperçois qu'il a très peu mangé.

— Tu fais le régime encore ?
— Non ! Je suis captivé !
— Oh arrête tes conneries. C'est parce que c'est toi qui paye que t'as pris qu'une salade ?
— Oui aussi. Mais revenons à nos moutons. C'est passionnant !
— Tu ne crois pas que tu en fais un peu trop ?
— Mais non voyons ! Tu m'offres l'opportunité absolument géniale de rentrer dans la tête d'une fille ! Une ado. Je vais enfin vous comprendre. Peu de gens ont ta capacité. Je le savais déjà mais je suis bluffé. Pour une fille de 13 ans c'est impressionnant ce que tu écris sur ton journal. Les détails, cette façon que tu as de nous plonger dans l'histoire. Je te jure : j'étais avec toi dans cette fête. Tu m'y amèneras un jour ? Je ne suis qu'un crétin de Parisien, tu me l'as dit une fois, je ne connais rien à vos fêtes de péquenots.
— Tu ne le mérites pas ! Il faut avoir été invité par quelqu'un et avoir passé un rite d'initiation. Tu es trop fragile, tu ne survivrais pas… Dis-je en riant et en reprenant du vin.

— Ok ok, je te sauverai la vie un jour et tu seras obligée de me rendre la pareille. J'y arriverais, je suis quelqu'un de persévérant. Tu me lis la suite ?
— Certainement pas ! Tu as vu l'heure ? Il est temps de sortir.
— Tu veux sortir finalement ?
— Oui, trop de nostalgie tue la nostalgie. J'ai besoin d'action ! Allez va payer Picsou et ne me fais pas le coup du porte-monnaie oublié. Je t'attends sur le parking.
— Oh tout de suite ! Comme si c'était mon genre. Picsou était riche au passage. Ce qui n'est pas mon cas. Va ma déesse ! Va te repoudrer le nez et allons guincher toute la nuit si tu le veux. Mais je veux la suite demain ! RDV brunch midi, enfin quand on se lèvera. Ça me captive vraiment, on dirait une histoire du soir. J'attends l'arrivée de la méchante sorcière et du gentil prince que n'a pas encore découvert l'héroïne…
— C'est pas tout à fait ça ! dis-je en riant. Tu vas être déçu.
— Oh non, je ne pense pas ! Et puis détrompe-toi, ton Nico pour quelqu'un qui ne comptait pas, je le trouve déjà bien présent dans cette première partie de l'histoire. Je suis sûre qu'il est plein de ressources.

Nate se lève et va payer au bar, me laissant seule et tout d'un coup frileuse. Je descends mon foulard sur les épaules, prends mon téléphone sur la table et mon cœur se met à battre beaucoup, beaucoup plus vite tout d'un coup. J'ai dû me lever trop vite. Je laisse

mon doigt sur le bouton central, l'écran s'allume, je vais sur « Contacts » et fais défiler d'un geste rapide.
A.
B.
C.
D.
E.

Eliane
Elodie Arins

STOP

Elodie Barina
Le nom qui apparaît sous mes yeux me semble tellement ancien et tellement proche. Et si je l'appelais ? Pour prendre des nouvelles ?

Je ne sais pas. Ça se fait ? Ça fait si longtemps…. J'inspire un grand coup quand je sens le bras de Nate se poser au bas de mon dos.

— Prête ma déesse ?
— Toujours mon prince.

Dis-je en verrouillant mon téléphone avant de le glisser dans la poche de mon pantalon.

***

CHAPITRE II

ÉTÉ 2000. Jeudi 10 août exactement.

Ça y est ! J'y suis. Je suis de retour et je suis prête à y aller ... Où je vais mon journal ? Ben voyons d'après toi ? Qui a pu gagner ? Quand je veux quelque chose, je l'obtiens. J'ai découvert ça cette année : j'ai du caractère ! Et faut pas me chercher des noises. Qui a eu réussi son année avec les félicitations du conseil de classe ? Bon à part le prof de math qui a essayé de s'interposer, c'est vraiment pas mon fort les calculs...

Donc oui, je fais ma valise. OK j'ai le temps on ne part avec Élodie que demain matin pour Mauguio mais je suis tellement excitée !

C'est jeudi, la fête commence demain soir pour l'ouverture comme d'habitude avec les anciens mais vraiment le premier bal sera samedi après la présentation des bandes aux arènes l'après-midi. Et la présentation des bandes et bien... c'est toujours pas pour nous. Snif. J'ai eu gain de cause ok mais c'était facile. Ma mère a vite compris qu'elle ne me retiendrait pas et ses finances ne lui permettant pas de nous amener en vacances pour me changer les idées, Mauguio était donc une solution toute trouvée pour elle et à moindre coût. On a fait un pacte cette année : 15 de moyenne générale et je peux aller à Mauguio. Et bien voilà, j'ai même fait mieux : 16 et demie ! Elle a souri, a dit qu'elle me faisait confiance MAIS que j'étais trop jeune pour faire partie d'une bande. Ok. C'est toujours ça. Élodie m'a dit que par solidarité elle n'en ferait pas non plus mais je crois que sa mère a aussi refusé car elle est passée limite limite. Mais c'est pas grave. Élodie a vu Marie plusieurs fois dans l'année quand elle allait en we chez son père. Une fois j'y ai été avec elle et on a prévu de s'incruster dans sa bande. Des fois elle nous prêtera son maillot et celui d'Alex car il sera dans sa bande aussi. Élo et Alex ne sont plus ensemble. Ça n'a pas duré, ça s'est fini dès que la rentrée a commencé et qu'Élo est rentrée chez sa mère. Et moi j'ai cassé avec Fabien. Ou c'est lui, ou c'est les deux j'en sais rien en fait. Je voulais t'en parler journal mais impossible d'avoir le temps quand la rentrée reprend. Je te jure. J'ai essayé de t'écrire une fois mais à peine commencé j'ai tout effacé. Tu es mon journal d'été, le seul truc fun de ma vie. Pas celui de l'année scolaire. De toute façon il n'y avait rien à raconter. J'ai bossé dur et puis c'est tout. Je suis devenue très bonne en anglais selon la prof. Maman m'a payé des cours du soir de complément, j'aime bien mais avec les cours de piano et le tennis, ça me prend pas mal de temps. Là, maman m'a fait promettre d'écrire pendant cette semaine. Elle doit se dire que tant que j'écris je n'embrasse pas de garçons... Je la vois, elle rode et passe devant ma porte entrouverte. Comme elle me voit en train de t'écrire mon journal, ça la rassure et tout le monde est content.

Donc je te disais : plus de Fabien. Il est devenu trop con de toute façon. Il a un peu fait comme s'il m'ignorait à la rentrée, pendant deux semaines, un petit bisou le premier jour et stop. Rien à voir avec la magie ressentie. J'avais bien la boule au ventre mais c'était plus dû au regard des autres qui me stressait. Je le sentais même gêné quand je le voyais et ça me mettait mal à l'aise encore plus. J'en ai eu marre de me stresser tout la journée à savoir comment il allait réagir. Je suis pas assez populaire pour faire ma crâneuse mais en même temps : est-ce que c'est une raison pour qu'il se foute de moi ? Un soir où j'avais mal au ventre à force de m'angoisser toute la journée à savoir si j'allais le croiser, je me suis demandée : mais pourquoi ? Après tout je n'ai rien fait ! Ok on s'est embrassé, maintenant s'il ne veut pas de moi et qu'il n'a pas le courage de me le dire et bien tant pis ! C'est pas à moi d'être mal. Et bien, crois moi ou non mais du moment où j'ai pris cette décision ça allait beaucoup mieux. A un moment donné il a voulu venir me parler, j'ai tourné les talons comme si je ne le connaissais pas. Il le méritait, je lui ai mis un vent. Je suis fière de moi.

Bon, j'ai eu aucun autre garçon dans l'année. Tous des nazes dans ma classe. Je t'avoue que ça m'a manqué un peu. Mais bon, c'est passé vite comme j'ai beaucoup travaillé. On a bien rit avec Élodie par contre. On s'est fâchées un peu quand même, c'est habituel entre nous mais ça n'a jamais duré plus d'un jour ou deux. Au final notre amitié s'est renforcée. Élodie est sortie avec deux ou trois garçons cette année, ce qui explique peut-être ses notes plus basses. Ou pas, je ne sais pas. C'est idiot ce que je dis, on dirait les parents. Quoi qu'il en soit, moi, où j'en suis ? Ben vu le peu de succès, je dirai que je suis encore du côté du charbon. Mais j'ai plus mon appareil dentaire ! Et ça, ça change tout. Et depuis début juillet j'ai le temps de me coiffer, ma tignasse est maitrisée. J'ai le droit à un peu plus de maquillage donc j'arrive également à mettre mes yeux verts en valeur. En fait, la transformation commence. Mais c'est trop long à mon goût... dans les films la fille devient belle et parfaite au bout de 1h30, moi ça fait deux ans que j'attends !

Mais là, ça y est, demain commence ma deuxième vie. Celle dans ce village si différent. Quand j'ai été un we cet hiver chez Pierre avec Élo, j'ai ressenti ça encore. Cette ambiance différente qu'il y a là-bas. Ce village est magique, j'en suis sûre. Un jour je trouverai pourquoi.

J'ai souvent repensé à mon baiser avec Fabien. J'aimerai tellement revivre ça, cet instant parfait où mon cœur battait si vite... je sais que je peux revivre cet instant. Il me faut juste le bon moment, le bon endroit... et je sais que ça sera là-bas. En même temps, et si j'espère trop ? Et si en fait, il ne se passe rien ? Peut-être qu'à trop espérer, je me fais mes films ? On verra bien. Je n'ai rien à perdre. Ça sera forcément plus sympa que cette année de travail, seule avec ma mère à la maison. Je te laisse. Maman m'appelle, elle veut que je l'aide à faire des gâteaux pour les amener au père d'Élo. J'aime bien ces moments avec elle dans la cuisine, on s'amuse, on est complices et c'est les seuls instants où elle ne me met par la pression pour que je sois la meilleure.

Samedi 12 août.

Un petit mot rapide. Super arrivée. Pierre est toujours aussi gentil. Hier on est resté à la maison avec Élo et son père. On a diné tous les trois et discuté. Le frère d'Élo, Nico, était avec ses copains pour fêter l'ouverture de la fête avec son maillot de l'année dernière. Il nous a rejoint vers 23H30 on était en train de regarder un film.

Bon tu peux garder un secret ? Oui si je te cache bien je suppose.

Nico a eu 16 ans. Il est un peu mieux que l'année dernière je trouve. Physiquement il a grandi déjà, après dans sa tête c'est toujours un taré. Il a la voix qui mue, c'est trop drôle, des fois c'est ridicule comme c'est aigu et quand c'est grave ça fait trop faux !

Quand il est arrivé on regardait Dirty Dancing avec Élo sur le magnétoscope. Oh c'est nul le magnéto, vivement que ce film sorte en DVD comme les autres. Pour l'instant la bande est usée par endroit et l'image pourrie quand on fait un arrêt. On voit à peine Patrick Swayze quand il est torse nu dans sa chambre et que bébé danse autour. C'est pile le moment le plus magique que choisit Nico pour arriver. Comme il n'arrête pas de parler et qu'il nous gonfle on se met en colère et on arrête la cassette.

— Oh ça va ! Je vous laisse regarder votre film mièvre.

— D'abord c'est pas mièvre. Lui a dit Élo. C'est le meilleur film de tous les temps.

J'ai ajouté :

— Toi qui est fan de cinéma tu devrais tout connaître au lieu de rejeter.

— Tilt s'y met maintenant !

— Voilà, tu regardes des dessins animés mais pas des films de danse. C'est incroyable ton niveau de maturité quand même ! Avant de critiquer regarde-le au moins.

— Allez, vous m'avez saoulé. OK, remettez-le au début. S'il est nul j'ai le droit de vous emmerder pendant toutes les vacances. Si j'aime bien on dit qu'on est quitte.

— Ben voyons.

Au final, on a cédé et on a remis le film. On s'en fou on l'adore, ça ne fera jamais que la trentième fois. Élo n'était pas convaincue mais moi je suis entrée en guerre avec Nico et j'aurais tout fait pour le convaincre. Je voulais enlever ce petit sourire qu'il a toujours sur les lèvres. Je me suis rendue compte à ce moment-là d'autre chose sur moi : je déteste avoir tort. Ce n'est pas un film de filles, j'ai raison, c'est un bon film. Et je n'aurai de cesse que quand il l'aura reconnu.

On s'est installés, le film a commencé et toutes les 30 secondes Nico ricanait. Une mauvaise foi pas possible. Il trouvait l'actrice pas très belle, l'acteur jouait mal. Non mais Patrick quoi ! Patrick qui joue mal ? Mais quel crétin. Au final, après 10 minutes de film, Élo a crié qu'elle en avait marre de nous entendre nous chamailler. Elle a dit être crevée et vouloir être en forme pour demain. Elle est partie dans sa chambre et nous a laissé tous les deux sur le canapé. Le père d'Élo dormait aussi. Ça a fait bizarre tout d'un coup de se retrouver seuls. Au début ça ne me dérangeait pas, il continuait de critiquer et moi de l'envoyer bouler. Puis on est arrivé à la scène de la chambre où Bébé couche avec Johnny pour la première fois. Bon d'abord il a bien rit sur la phrase « Tu n'as pas besoin de courir le monde après ton destin comme un cheval sauvage ». J'avoue je n'ai rien pu dire, cette phrase est ridicule. Mais ensuite, le ton change et une des plus belles musiques du film commence. « Cry to me ».

C'est mon passage préféré je crois avec la fin. Je connais tous les dialogues par cœur.

"*When your baby*

- Danse avec moi

Leaves your alone

- Quoi ici ?

- Ici

And nobody calls you on the phone

Ah don't you feel like crying ?

Don't you feel like crying

Well here I am my honey

Oh come on your cry to me..."

Je connais toutes les chansons de ce film par cœur en plus des paroles des acteurs. C'est comme ça que j'ai travaillé mon anglais entre autres choses.

Là, plus aucun de nous n'a parlé. C'est un de mes passages préférés, quand elle lui tourne autour et qu'ils se déshabillent mutuellement.

"...When you're all alone in your lonely room
And there's nothing but the smell of her perfume..."

Je retenais même mon souffle et j'entendais la respiration de Nico juste à côté de moi. Je sentais son parfum et ça me mettait mal à l'aise mais impossible de te dire pourquoi. J'étais figée, ma main droite était posée sur le canapé et je pouvais sentir la main gauche de Nico contre la mienne. Waouh, c'est comme si d'un coup tout avait basculé dans un autre monde ! Peut-être la magie de la veille de la fête ou le film à la télé, je ne sais pas. Plus rien ne comptait, je sentais juste le contact de ses doigts qui brulaient les miens. Et je te jure, lui aussi avait l'air bizarre.

Il a juste dit à un moment donné :

— Ben dites donc il est plus chaud que ce que je pensais ton film. Il est intéressant finalement.

Il ricanait mais sa voix était un peu différente, plus dans le grave cette fois-ci. Moi je sentais toujours sa main et je n'osais pas enlever la mienne, et lui ne faisait rien pour bouger la sienne.
Je lui ai tiré la langue pour toute réponse, reflexe stupide qui ne l'a pas fait sourire. Au contraire il avait un regard encore plus bizarre.

La fin du malaise a été quand dans le film elle lui donne son prénom le lendemain matin au lit et qu'il dit :
« Frédéric pour moi c'est le nom d'une vraie femme. »
Là, Nico a ri et je lui ai dit qu'il m'énervait à ne pas faire d'effort. Je me suis levée pour arrêter le magnétoscope, ça a rompu le charme, ou la magie ou je ne sais pas quoi, mais au moins quoi qu'il se soit passé entre nous, c'était finit. Nico a râlé, a dit que c'était bof, j'ai dit qu'il n'avait rien compris et que seule la fin pouvait lui permettre d'avoir un avis. Vu qu'on était crevés on a dit qu'on le regarderait une autre

fois et ça a été la fin de cette soirée. On est parti se coucher en râlant chacun de notre côté sur l'idiotie de l'autre.
Mais je t'avoue cher journal que j'ai peu dormi et que je me suis sentie étrange toute la nuit. Comme avec un petit mal de ventre mais sans raison. Élo m'a demandé comment ça s'était passé quand je l'ai réveillée en me mettant dans le lit, j'ai répondu « mal ton frère est un crétin qui n'y connaît rien en film », elle a souri et s'est rendormie. Moi, j'ai beaucoup pensé à la semaine à venir. Et tout d'un coup je me suis dit que j'avais vraiment, mais vraiment beaucoup misé dessus et qu'elle avait intérêt à être à la hauteur de mes attentes !

Là, on est samedi début d'après-midi et je t'écris avant de partir rejoindre les copains aux arènes pour la présentation des bandes.
Comme Pierre sait qu'on s'est couchées tard, pour ne pas avoir de problème avec ma mère, il nous force à faire « un temps de repos » après manger. Non mais j'y crois pas. Et comme il n'a pas confiance en nous, il nous a séparées. Élo est dans la chambre de son père et moi dans la sienne. D'où le fait que j'ai le temps d'écrire...

Je te laisse. Il est l'heure. Ça y est, la porte de ma prison va s'ouvrir, l'espace d'une semaine : je serai LIBRE !!!

Mercredi 16 août.

Ouiiii. Voilà, je l'ai revécu. Le baiser. C'était moins bien. Pourtant je n'ai plus mon appareil. En fait je suis sortie avec Stan un pote d'Alex. J'ai pas beaucoup de temps le journal alors je dis vite. Stan est grand. Stan est maigre. Stan à 15 ans. Donc c'est cool il est plus grand que moi en taille et en âge. Mais bon, je ne suis pas fan de lui. On est ensemble depuis hier soir. C'est cool d'avoir un petit copain. Mais je ne sais pas trop à quoi ça sert. Juste à frimer en fait. On n'a pas arrêté de sortir, je suis crevée. Pierre est cool en fait, même s'il fait comme s'il nous surveillait. Ma mère m'appelle tous les jours et Pierre est super patient pour lui répondre. Le soir on va au bal, il nous accompagne. Des fois j'ai l'impression qu'il s'ennuie car en semaine il n'a pas ses amis. Mais quand je lui ai demandé un soir il m'a expliqué pourquoi. Comme il n'a jamais sa fille, il fait tout pour lui faire plaisir et il sait que c'est ça qui lui fait le plus plaisir. Alors il prend sur lui. Pour rassurer nos mamans respectives il vient tous les soirs. On rentre entre 23H30 et minuit et demie en général.

C'est mardi, hier soir, que tout s'est passé. J'étais au bal et avec Élo on avait les maillots de la bande de Alex et Marie : Les Bimbos avec ce Chris qui est trop sympa. Les autres sont trop cool aussi, ils sont plus vieux que nous mais ils nous acceptent sans problème. Stan fait partie de la bande des Déglingos. Je savais qu'il voulait être avec moi depuis dimanche soir mais je n'étais pas sûre.

Pendant le bal dimanche, Max est venu me dire que Stan était intéressé par moi. Je m'en doutais quand j'ai vu Jeanne partir en pleurant. C'était sa copine et il l'a larguée pour être avec moi a priori. Je ne me suis pas fait une amie de plus je pense. J'ai dit que je ne savais pas. Que je réfléchissais. Puis en allant acheter un coca au bar je suis tombée nez à nez avec Nico.

Il faut que je t'explique journal. Là-bas sur la place pendant le bal c'est la folie. Il y a deux gros bars principaux qui mettent des chaises et des tables sur la place, ça devient immense. Leurs terrasses font 4 ou 5 fois la taille habituelle. Puis ils sortent deux immenses bars construits avec des planches en bois, c'est trop beau. L'un des deux, le Café du Midi, à un bar en forme de carré, les serveurs restent au milieu et on dirait un bar de boite de nuit (enfin qu'on m'a dit car je n'ai jamais été en boite). C'est très grand ils sont plusieurs serveurs, 4 ou 5 à l'intérieur et ils ont beaucoup de stock pour éviter de rentrer dedans toutes les trois secondes. Je ne sais pas comment ils font pour entendre les commandes, le son est super fort. Ça va super vite en plus. Ils sonnent une cloche dès que quelqu'un prend une bouteille, c'est trop drôle.

L'autre café, le Café du Commerce, c'est un immense bar en longueur contre leur mur, à côté de la porte d'entrée. Et comme ça ils peuvent rentrer s'approvisionner dedans quand il manque quelque chose. Pour arriver au bord d'un des deux bars pour commander il faut jouer des coudes. Entre les cons qui draguent, les bourrés, les fêtards qui chantent avec tout le monde, les poussettes des mamans qui passent (je me demande ce qu'elles foutent là d'ailleurs), et la musique à fond du bal, bref, c'est compliqué. En poussant un vieux et en essayant de me frayer un chemin jusqu'au bar, j'ai senti qu'on tirait sur mon poignet pour me happer dans la foule. Je me suis retrouvée contre le comptoir et collée : contre Nico !
C'est lui qui m'a aidé à traverser. En souriant il m'a dit :

— Et bien Tilt. On galère ?

Super, toujours un mot gentil. Je lui ai dit d'arrêter de m'appeler comme ça. Il a ri. Comme d'hab. Ce mec ne sait que rire. J'ai tiré la langue. M'énerve, pourquoi je fais toujours ça ? Et je me suis éloignée de lui. J'aime pas être serrée comme ça, je manque d'air. Il m'a dit un truc trop bizarre avant de repartir. Que moi aussi en fait j'avais un prénom de garçon mais que ça faisait pourtant aussi très fille...

Je n'ai pas compris tout de suite. Et puis après j'ai tilté (sans jeu de mot) : comme Frédérique dans le film, je m'appelle Morgane. Ça pourrait être un prénom de garçon. Je rêve où il a fait une référence au film ? Je préfère ne pas y penser et ne pas chercher à comprendre pourquoi. Mais c'était une référence à la scène de sexe du film...

J'ai essayé de discuter avec Élo mais elle est fermée dès que ça concerne son frère. J'ai donc changé de sujet.

En revenant au bal, j'allais donner son coca à Élo pour qu'on le boive ensemble quand ils ont changé la musique. On s'est mise à danser et chanter sur Anastacia « I'm outta love » enfin moi je chante et Élo fait du yaourt.

J'adore toutes les chansons de cet été. C'est vraiment un air de fête. Il y a eu ensuite « La bomba » c'est impossible de ne pas danser là-dessus. On s'est déhanchées sur « Un movimiento muy sexy. Para bailar esto es une bomba » en descendant jusqu'où nos jambes nous soutiennent. Puis il y a eu Angela. Là pour le coup moi aussi je fais du yaourt sur « moua ké fente tou as » Trop bien aussi. Toujours nos cocas à la main. Bref, nos cocas étaient chauds à la fin et dangereux à ouvrir sans explosion. Ben j'ai quand même ouvert le mien. J'ai pas réfléchit. Il a explosé. Alors pour limiter les dégâts j'ai éloigné la canette de moi, j'avais déjà le tee-shirt trempé, et j'en ai renversé sur la fille devant moi… la copine de Nico à priori. Je ne savais pas qu'il avait une copine. Elle n'était pas contente. Elle hurlait comme une bête blonde effrayée. Nico n'avait pas l'air ravi non plus. Élo riait et Alex qui passait par là aussi. J'ai fait ce qu'il me restait à faire, j'ai haussé les sourcils et bu le fond de ma canette. La blonde criante est partie laver son tee-shirt blanc ou le changer j'en sais rien tout en m'insultant. Nico l'a suivi et m'a regardé en passant en disant :

— Et bien déjà qu'elle était chiante merci Tilt ! Je suis pas près de me la taper maintenant.

Ce à quoi j'ai répondu un truc du genre :

— Oh t'as qu'à mieux les choisir ! Le blanc franchement c'est con pour faire la fête.

Il a grogné et est parti. De là, la musique a changé. Séquence slow à priori. C'est con je suis toute collante…

« Tes souvenirs se voilent ça fait comme une éclipse

Une nuit plein d'étoiles sur le port de Tunis

Le vent de l'éventail de ton grand-père assis

Au café des délices »

J'adoooooore cette chanson. Encore un Patrick. Mais bon il m'intéresse pas il est trop vieux. Swayze aussi mais c'est pas grave je le vois comme dans le film et je m'imagine à 18 ans !
On danse côté à côte en se prenant par les épaules avec Élo, Marie, Alex et d'autres copains de la bande.

« Yalil Yalil Habibi Yalil
Yalil Yalil Habibi Yalil ... » ça y est cette chanson aura raison de ma voix...

Stan est arrivé et m'a pris dans ses bras, tout le monde s'est décroché. Je me suis dit « bon après tout ». Il s'est approché de ma bouche, il allait m'embrasser et puis il a fait une grimace bizarre quand il a vu mon tee-shirt plein de coca. Ça m'a gonflé, oui je suis maladroite et alors ? Donc au final c'est moi qui me suis approchée de ses lèvres pour l'embrasser. Je n'aurai jamais cru ça de moi ! Cette fête à un effet étrange sur moi, vraiment, ça me transforme. Ou alors ça révèle qui je suis vraiment, je ne sais pas...

C'était sympa mais il a la langue vraiment très mouillée. Je ne sais pas si j'aime ça ou si ça m'écœure. Je ne suis pas sûre de rester avec...

J'ai vu repasser Nico plus tard avec un grand sourire et sa copine changée. Elle m'a jeté un regard noir puis Nico l'a embrassée et elle m'a oubliée. Waouh, lui, quand il embrasse, c'est pas la même chose ! Ça fait de suite plus grand, je sais pas comment dire. Je n'arrivais pas à regarder ailleurs. Ça façon de la prendre dans ses bras, on voit qu'il a plus d'expérience...

Élo est passée à côté de moi à ce moment-là et a dit :

— Beurk décidemment c'est un porc celui-là. C'est la troisième depuis le début de la fête...

Snif. Dimanche 20 août.

Ça y est. Je suis en haut dans la chambre. Séquence repos avant que ma mère n'arrive. On part toutes les deux avec Élo et ça, c'est cool. Elle vient en vacances chez moi une semaine, on ne se quitte pas. Et l'année prochaine on a dit qu'on passerait tout le mois d'août ensemble ! Reste plus qu'à convaincre nos parents. Je me repose dans la chambre d'Élo, elle dans la chambre de son frère qui continue de faire la fête jusqu'à ce soir. Depuis mercredi je l'ai vu avec une autre fille, la quatrième. Toujours blonde.

J'aurai dû casser avec Stan comme je le pensais jeudi. Au lieu de ça il m'a fait pleurer ce con. Vendredi je l'ai vu embrasser une autre fille. C'est vraiment un connard ! Je ne sais même pas pourquoi j'ai passé tout vendredi soir à pleurer, c'est lui accorder trop d'importance comme dit Élo. Elle a rompu avec Alex samedi, elle était avec depuis mercredi, mais elle voulait qu'on passe samedi soir entre filles avec Marie. Rien que nous 3, sans mec, sans larme, sans drame. Et c'est ce qui s'est passé, et c'était une super soirée ! On a bien rit. On a dansé et chanté jusqu'à la fermeture à 2h. Pierre veut qu'on fasse la sieste pour être en forme quand ma mère arrive. Il a raison. Il faut ménager ses arrières si je compte revenir. Je crois que j'entends ma mère en bas, je ne suis pas pressée de descendre. Je la laisse discuter avec Pierre. On doit faire semblant de dormir avec Élo, il viendra nous appeler. Je suis triste de partir. J'ai l'impression de laisser une part de moi ici. C'est idiot non ? Faudrait que je vois un psy peut-être. C'est pas que cette ville, cette fête, c'est cette maison aussi. C'est un peu de ma famille que je laisse, même si, heureusement, je prends ma sœur avec moi cette fois-ci !

Ohlala, avant de te laisser journal, je te raconte. Il y avait du bruit dehors, j'ai regardé par la fenêtre. C'est Nico avec sa nouvelle blonde. Et bien elle pas coincée celle-là ! Il l'embrasse contre le mur de la maison on dirait un film X (enfin je pense j'en ai jamais vu). Waouh, c'est peut-être un crétin mais qu'est-ce qu'il a l'air de bien embrasser. Mais je m'en fou, ça ne me regarde pas. Et c'est surtout vraiment trop un con. Non Stan m'a servi de leçon, les cons et moi : c'est fini ! Promis juré, craché.

A l'année prochaine cher journal. Je te laisse et te garde bien au chaud. Qui sait ce qu'il va se passer cette année à venir hein ?

***

— Morgane, Morgane, Morgane …
— Nathan, Nathan, Nathan…

Allons bon, qu'est-ce qu'il va me dire encore celui-là ? Je viens de refermer mon journal et je me dis que ce n'était peut-être pas une bonne idée. Cette part de nostalgie que je ressens est géniale mais en même temps très douloureuse. Je ressens tout. J'entends la musique, je hume les parfums, son parfum surtout, je sens le contact de ses doigts, de la langue mouillée de Stan… c'est incroyable. C'est limite surnaturel. Et me livrer comme ça devant mon taré de coloc n'est peut-être pas la meilleure des choses. Qu'est-ce qu'il peut y comprendre en plus ? Ça doit le faire chier.

— Qu'est-ce qu'il s'est passé avec Élodie ?
— Comment ça ?
— Tu sais très bien ce que je veux dire. Deux personnes aussi proches… et là j'en entends parler pour la première fois ? Pas une seule fois depuis qu'on vit ensemble tu ne m'as dit « tiens je descends chez ma mère et ouais, génial, je vais retrouver mon amie d'enfance Élo ! »

Ok, il a très bien compris en fait. C'est le problème d'être en colocation avec un psy. Ça m'apprendra à mieux les choisir. La prochaine fois je prends « tueur en série » ou « psychopathe notoire » c'est plus sûr en fait.

— Et ce n'est pas parce que je suis psy ! Même si je suis un excellent psy. N'importe qui t'aurait posé la même question.

Putain en plus il lit dans les pensées. Je suis à deux doigts de paniquer.

— Ne flippe pas !
— Oh Nate arrête !

Je me lève de table et vais ranger notre vaisselle dans l'évier. Il reste silencieux et je comprends que ma technique de détournement ne va pas marcher longtemps.

— Ok. Dis-je en me rasseyant sur notre petit balcon avec lui.

J'allume une clope et expire doucement la première bouffée.

— On s'est perdues de vue et … c'est un peu de ma faute.
— Nico ?
— Non même pas. Nous n'avons jamais abordé le sujet.
— Vous allez être ensemble avec Nico rassure moi ?
— OK, tu veux connaître la fin du film ? Tu en as déjà marre de l'histoire ?
— Oh que non ! Au contraire. Je suis pendu à tes lèvres ma chérie. En plus, ce journal, c'est un jukebox en puissance. C'est génial de revivre les musiques d'époque au travers de ta lecture. Je te jure, j'ai l'impression d'y être !
— Moi aussi Nate, moi aussi…

Dis-je d'un air mélancolique.

— Ok. C'est peut-être un peu dur pour toi. Pose-moi cette clope qui te bousille les poumons et je vais te servir un shoot de tequila plutôt.

Je rigole :

— Ah parce que c'est mieux pour la santé peut-être ?
— Exactement !

Alors qu'il se lève pour nous servir je pars dans mes pensées, loin très loin…au café des délices de mon enfance.
Je fredonne sans m'en rendre compte.

« Et les soirées de fête qu'on faisait dans nos têtes…
aux plages d'Hammamet…

Et ce quai qui s'éloigne vers un monde nouveau
Une vie qui s'arrête pour un jour qui commence
C'est peut-être une chance… »

Nate arrive derrière moi et se met à fredonner :

« Yalil Yalil, Habibi Yalil
Yalil Yalil, Habibi Yalil… »

On rit tous les deux. J'écrase ma cigarette et on trinque à l'amitié. Puis comme son regard ne me lâche pas, je poursuis :

— Une connerie. Elle a rencontré un mec. Gregory. On était toujours aussi inséparables malgré la fac. On a fait la fac de lettre ensemble. Moi en histoire classique et elle, je ne sais même pas sa spécialité car je crois qu'elle ne le savait pas non plus.
— Hein ?

Nate rigole mais ne m'interrompt plus.

— Tu sais Élo n'a jamais été faite pour les études. Elle c'était du concret, de l'action. Elle faisait plein de boulots par ci par là de serveuse ou autre. Moi j'étais une bosseuse, une cérébrale. Le « par cœur » c'était mon fort. Mais sortie de là, je ne savais rien faire. Nulle dans tout ce que je touchais. Trop maladroite. Ma mère se serrait la ceinture et je n'avais pas besoin de bosser en dehors de l'été. Élo, elle, se faisait un point d'honneur à bosser tout le temps. Des petits jobs de tous les styles. Je ne connais personne qui ait eu autant de métiers qu'elle. Mais ça l'éclatait. La fac c'était juste une couverture pour calmer ses parents. Même si Pierre s'en doutait je pense. Bref, je révisais, elle bossait, mais surtout on sortait. Et puis quand on est arrivées à Paris, un soir elle a rencontré Greg dans une de nos soirées dans un bar. Il était DJ. Un mec chelou mais elle est tombée accro.
— Ah le bad boy ! L'éternel fantasme.
— Exactement. Élo a eu tous les hommes qu'elle voulait, elle papillonnait de mecs en mecs, je n'étais pas fâchée à l'idée qu'elle se calme un peu. A force de faire n'importe quoi j'étais persuadée qu'elle allait attraper une maladie !
— Ah quand même !
— En plus on buvait pas que de la bière et on ne fumait pas que des cigarettes.
— Ah mais dites donc, j'en apprends plus sur toi…

Je ris en me rappelant cette époque de fausse rebelle. On n'était pas non plus complètement déjantées. On aimait faire la fête c'est tout. Je reprends une cigarette et la repose devant le regard réprobateur de Nate.

— On ne faisait rien de bien méchant non plus. Désolée, tu ne pourras pas me faire chanter avec ça !
— Zut. Dit-il en claquant les doigts. Allez, poursuis. Ce Greg…
— Ce Greg … Et bien elle était vraiment accro. Je n'ai jamais compris pourquoi d'ailleurs. Qu'est-ce qu'elle pouvait bien lui trouver ? Une belle gueule certes mais bon, tellement con ! Et suffisant ! Et surtout coureur de jupons…
— Un queutard
— Exactement !
— Et tu l'as surpris avec une autre !
— Comment tu sais ? Tu étais là ?
— Non, mais c'est souvent comme ça. Continue.
— Je l'ai dit à Élo. Elle ne m'a pas cru au début.
— Aïe dur.
— Elle pensait que j'étais jalouse.
— C'était le cas ?
— Non ! J'avais d'autres chats à fouetter justement !
— Ou d'autres Nico ?
— Exactement. Élo avait compris d'ailleurs mais était persuadée que son frère m'avait rejetée et que j'étais aigrie, d'où le fait que je ne comprenne pas son amour pour Greg.

— Mais enfin, tu aurais pu te justifier ! Le prouver ! Le mettre en porte à faux je sais pas moi…

Je ris devant la colère de Nate.

— Oui monsieur mon avocat. Ne t'inquiète pas, c'est ce que j'ai fait. Et elle m'a cru car elle a fini par s'en rendre compte d'elle-même. Mais quelque chose s'était brisé entre nous. Et puis elle a décidé de lui pardonner. Je n'ai rien dit, c'était son choix. Mais à la connerie d'après j'ai cru qu'elle allait renoncer mais non. Alors, au bout d'un moment, j'en ai eu marre de recoller les morceaux. On a eu une terrible engueulade, je voulais juste la faire réagir, je lui ai dit que je ne la reconnaissais plus, qu'il l'avait changée et que je n'aimais pas ce qu'elle était devenue. Qu'elle méritait mieux blabla… Je voulais mon discours gentil…
— Mais c'était tout l'inverse. Elle s'est sentie agressée et trahie par sa meilleure amie...
— T'as tout compris ! Si tu ne sais pas quoi faire, tu devrais faire psy toi ! Tu as quelque chose.

Nate a ri et on est resté sur la terrasse à parler encore quelques minutes avant d'aller se coucher. Il doit aller tôt au cabinet demain matin et moi je bosse à 8h30. Mon boulot d'historienne d'art me passionne et je veux être en forme même si ce n'est pas le lieu le plus dynamique de la planète et le plus touristique.

En me mettant au lit je me rends compte que le voyage dans le temps n'a pas marché dans le sens du retour. Je suis encore avec Élo cet horrible hiver où on s'est fâché. Puis comme c'est douloureux, je remonte encore la machine et je suis repartie été 2000, avec cette musique que l'on fredonne. Je revois ce match de foot inoubliable fin juin, le but d'égalisation de Sylvain Wiltord et le but final de la victoire de Trezeguet face aux Italiens. Toutes les blagues l'été sur la vitesse à laquelle les Italiens savent reboucher une bouteille de champagne depuis. Oui ça m'a marqué, même si je suis une fille, même si je ne joue pas au foot. Cet été-là, la France était hystérique et c'est tellement rare de nos jours ces moments de béatitude collective que ça me donne encore la chair de poule quand j'y pense. Mais aussi, là, dans mon lit, j'ai chaud, je ris, Élo est belle et pleine de joie, Nico passe à côté de moi et me fait un clin d'œil, je peux sentir la poisse de mon tee-shirt remplit de coca séché et le parfum bon marché de Stan Abermane quand il se penche pour m'embrasser.
Une part de moi à hâte de lire la suite, une autre part se souvient de la suite sans lire. Cet été-là où, peut-être, tout a commencé. Le 2001.

***

CHAPITRE III

ÉTÉ 2001.

28 juillet 2001.

J'attends Élo.

J'ai eu mon brevet des collèges. Avec mention Bien. Tu avais un doute le journal ? Ok j'aurai pu avoir TB mais les maths.... Maman n'a pas changé d'avis, bonne réussite cette année = fête à Mauguio à la clé ! Et puis j'ai besoin de décompresser. Rentrer en seconde l'année prochaine, ça fait un peu peur... je préfère ne pas y penser. On est rassurées avec Élodie (qui a eu son brevet très juste) on va toutes les deux au même lycée l'année prochaine. Comme on habite dans le même immeuble on prendra le bus ensemble, ça aussi c'est cool. Pour nous « canaliser » nos mères ont accepté qu'on passe le mois d'août ensemble avec Élo. On est chez sa mère de demain samedi 28 juillet au vendredi 10 août et là on va chez son père pour la fête, on fait la fête à Mauguio et ensuite on revient chez ma mère jusqu'à la fin du mois.

Je suis contente. Cet été va nous faire du bien et encore plus resserrer nos liens avant le lycée. Au fait mon journal tu ne me demandes pas ?

Et oui je suis célibataire... dommage ? Non, bien au contraire. C'est mieux d'attaquer l'été seule en fait. Je me suis coupé les cheveux, je les ai au carré et c'est beaucoup plus facile de les discipliner comme ça. Il paraît qu'on voit mieux mes yeux verts. A priori j'ai un certain succès avec les garçons au fait cher journal. Je suis sortie avec Loïc et Fabrice cette année. Et oui, deux rien que pour moi ! Je ne suis pas sortie avec les deux en même temps je te rassure c'est pas mon genre. Je ne suis pas Élodie... je ne sais pas si j'ai le droit de trahir ses secrets en t'en parlant. Mais en même temps, personne ne le saura, à part moi alors bon...

Élodie est sortie avec Loïc, oui le même que moi, mais juste après moi alors ça ne compte pas et puis c'est moi qui avait rompu. Bon ça m'a un peu fait chier au début, mais je m'y suis faite. Mais comme il n'était pas très cool avec elle, il continuait de me draguer, il s'était pas remis de notre rupture je crois, alors elle l'a trompé avec Mathias ! Truc de fou !

J'y vais, je crois que c'est Élo qui vient d'arriver dans le salon, j'entends ma mère parler. De toute façon, cher journal, je te retrouve pour la semaine prochaine... les aventures de la fête à Mauguio sont bientôt là, à portée de main !

Mercredi 8 août 2001.

Ok je sais c'est pas encore la fête à Mauguio. Mais il faut que j'écrive ou je vais devenir folle. Je suis chez la mère d'Élo cette semaine. Ça ne me dépayse pas, c'est l'étage en dessous de chez moi. Nico est là ! J'y avais pas pensé. Comme il vit chez son père, c'est logique, de temps en temps il vient chez sa mère pour les vacances. Et là, il passe la semaine avec nous. Ça m'a perturbé quand je l'ai vu, je ne sais pas pourquoi. Il a vachement grandi. Un truc de fou. Sa voix est définitivement grave et il a cette petite boule dans la gorge : la pomme d'Adams qui bouge à chaque fois qu'il parle. Je le trouve immense, et pourtant, moi aussi j'ai grandi ! Il m'a appelé Tilt dès qu'il m'a vue. Et comble de la connerie : ça m'a fait rougir ! Ce qui l'a fait sourire encore plus. Merde. Il a vraiment de beaux yeux bleus, je ne me souvenais pas qu'ils étaient aussi clair. Ou alors c'est qu'il est plus bronzé que d'habitude. Élo m'a dit qu'il était pire qu'avant avec les filles. Il en a une différente à chaque fois qu'elle le voit en vacances chez son père. Elle le trouve chiant et méchant. Il passe son temps à l'emmerder. La seule chose qu'elle aime chez lui c'est son copain Buzz. Il ne s'appelle pas Buzz, c'est son surnom, mais je ne connais pas son vrai prénom. Il est marrant avec ses tâches de rousseur et son air toujours largué. C'est pas mon genre mais il est touchant. Enfin Élo en tout cas il l'a touché, même en plein cœur. Mais elle n'aime pas en parler. Je sais qu'elle l'aime, elle me l'a dit un soir ou on a fait le serment de l'amitié mais depuis elle refuse d'en parler d'avantage. Elle me dit qu'il est aussi con que son frère. Je ne sais pas ce qu'il s'est passé mais je la connais, tant qu'elle ne voudra pas, elle ne m'en parlera pas. Enfin le truc n'est pas là. Hier soir on regardait la télé et là la mère d'Élo va se coucher et on se retrouve tous les trois. Je réagis et dit à Nico :

— On n'avait pas un film à finir ?

J'ai réfléchi après à ce que j'ai dit et j'ai rougi de plus belle devant mon audace. Je ne me savais pas capable de faire une chose pareille !
Élo ne comprenait pas de quoi je parlais et Nico non plus. Puis ses yeux se sont ouverts en grand et il m'a dit avec un grand sourire : « Mais oui, ce navet : Dirty Dancing ». Il n'avait pas l'air très chaud mais comme il n'y avait plus rien à la télé et qu'on ne voulait pas aller se coucher, on a fini par le faire céder avec Élo et on l'a mis... depuis le début. Nos prises de becs ont repris avec Nico et c'était comme un jeu. Élo riait de nos conneries et baillait de plus en plus. Résultat, comme d'habitude, à même pas la moitié du film, elle s'est endormie sur le fauteuil, nous laissant Nico et moi sur le canapé. Il fait chaud dans

l'appartement de Carole mais je ne sais pas pourquoi, j'avais froid. Et là, il s'est passé l'impossible...
Vers la fin du film, quand Johny fait ses valises, prêt à partir pour quitter cet hôtel ou tout l'accuse, quand la chanson « She's like the wind » commence, Nico m'a dit :

— Il n'a quand même pas beaucoup de caractère ton héro pour se barrer à la moindre contrariété.

Je me suis mise en colère :

— Tu ne comprends rien. Il n'en rajoute pas, c'est ça la classe.
— La classe ?
— Parfaitement monsieur. Tu ne connais pas peut-être ? Si tu veux je te ferai un cours. Ah non, suis-je bête, tout est complet, ça ne s'apprend pas en plus malheureusement.

Je le regardais droit dans ses beaux yeux bleus quand il m'a complètement déstabilisé en me disant :

— Tu es belle quand tu es en colère Tilt.

Je crois que je n'ai jamais, de ma vie, rougi autant. Et la seule chose qui m'est venue c'est :

— Pourquoi tu m'appelles Tilt ?

— J'aime bien les fourmis. C'est mignon. Et celle du dessin animé est déterminée et trace sa route envers et contre tous malgré ce que les autres ont décidé et où ils vont... et je t'ai toujours vu comme ça je crois. Alors c'est resté.

Silence. Pendant ce temps Patrick Swayze continue de chanter :

"Feel your breath on my face
Your body close to me
Can't look in your eyes
You're out of ma league
Just a fool to belive
I have anything she needs"

— Tilt...

Il a replacé une mèche de cheveux derrière mon oreille et ... il m'a embrassée !!!!! Ouiiiii je te jure le journal : embrassée ! Et c'était complètement différent de toute les autres fois de ma vie ! J'avais le cœur qui battait tellement fort que je pensais que ça allait réveiller Élo. D'ailleurs elle a bougé, a grogné et on s'est repoussé loin l'un de l'autre immédiatement.

Il m'a regardé bizarrement, a bloqué sa respiration et a dit :

— Tilt, tu es trop jeune. Oublie ça.

Puis il s'est levé en disant un truc genre « quel con » et est parti dans sa chambre. Avant que je puisse reprendre mon souffle, Élo se réveillait sur son fauteuil. L'enfer. J'avais l'impression que ça se voyait sur moi. J'avais les lèvres en feu, la gorge sèche et qu'une seule envie... me retrouver seule dans le noir pour juste me concentrer sur cette sensation. Je n'étais même pas sûre de savoir ce que je ressentais. Tu te rends compte ? Et même là, aujourd'hui, je ne sais pas ce que je ressens le journal. Il est parti chez son père en bus ce matin. Je ne l'ai pas vu. Je me demande s'il me fuit ? Je le verrais ce we pour l'ouverture de la fête. Malheureusement... ou heureusement... je ne sais pas, je suis perdue.

Je n'ai jamais ressenti ça et rien qu'en l'écrivant j'ai la main qui tremble. J'ai une peur bleue que quelqu'un tombe sur toi le journal. Tu vas rester chez moi, c'est plus prudent. Cette année, je ne te prends pas, je te remplirai en rentrant. Tranquillement. Seule. On ne sait jamais...

Trop jeune... j'ai 15 ans quand même ! Ok, lui en a 17 mais bon, c'est rien merde !

Il m'embrasse et il me dit d'oublier. C'était si nul que ça pour lui ?

***

Alors que je tourne la page vieillie et cornée par le temps, je jette un coup d'œil à Nate que je vois pendu à mes lèvres. Je m'aperçois alors que le simple souvenir de ce premier baiser avec Nico me fait trembler. Comment c'est possible ? Peut-être juste la magie de me mettre dans la peau de cette adolescente qui vit un interdit ? C'est formidable de pouvoir ne serait-ce qu'en rêve revivre une première fois.

***

Vendredi 31 août.

Élo vient de partir. Enfin seule et en sécurité pour t'écrire.

Ça a été un été étrange. Génial, puis horrible, puis génial puis douloureux. Tout ça à la fois. Nico est un vrai connard. Élo avait raison, il n'y a que moi qui ne veut pas voir ce qu'il est. Quand on est arrivé le vendredi soir chez Pierre, Nico était parti avec ses copains pour l'ouverture de la fête comme d'habitude. Puis une fille est arrivée, Clarysse. Sa copine. Quel prénom pourri. Ils sont ensemble depuis 3 mois apparemment car son père la connaît bien. Elle est grande, beaucoup plus que moi, blonde encore. Je ne sais pas ce qu'il a avec les blondes, mais au moins ça prouve que j'étais une erreur. Je me suis décomposée quand il est entré et qu'ils se sont embrassés. J'ai voulu m'enterrer. Devant mon air ahuri, le père d'Élo a cru que j'étais malade quand on était à table et il m'a proposé un médicament. J'ai refusé et demandé à aller me coucher. Élo a voulu pour savoir ce que j'avais, j'ai juste dit que j'étais indisposée et que j'avais besoin de dormir. Elle n'a pas insisté plus et comme je me suis retrouvée seule dans la chambre, j'ai pu pleurer. En silence. Mais tellement fort dedans. C'est la deuxième fois qu'un garçon me fait pleurer, mais la première fois que je souffre autant.

Je suis vraiment la dernière des cruches. Heureusement que je t'ai le journal, tu es le seul à qui je peux parler librement.

Ma mère je n'arrive pas à lui parler de garçons ou elle fait une crise de nerf en me disant de faire attention, de me protéger, qu'ils vont me faire souffrir... Super merci maman pour cette marque de confiance dans mes capacités à rebondir ! Et ma meilleure amie je lui parle de tout, de tous les garçons, sauf d'un seul ... le seul dont j'aurai besoin de parler. Alors je garde tout pour moi. Sans toi journal j'exploserais.

Ce qu'il s'est passé d'autre ? Et bien tellement de choses.

Cette Clarysse n'a pas tenu longtemps, il l'a quitté juste avant la fête. Ça montre le niveau. Mais je m'en fichais, ça ne changeait rien pour moi. Il m'avait fait pleurer. Après Stan, j'étais vouée à avoir un chagrin d'amour par an c'est ça ? NON ! En plus c'est pas de l'amour. C'est juste que c'est lui, il est plus grand alors j'ai tout confondu. Mais je ne peux pas aimer un connard comme lui et il fallait que je regagne ma dignité. Je ne serai jamais ma mère. Elle me met en garde, elle ne veut pas que je souffre comme elle quand mon père nous a abandonnées, mais en fait je crois que souffrir, on ne peut pas faire autrement. C'est incontrôlable. Ce qui est contrôlable c'est ce que l'on veut bien montrer aux autres. Et moi je ne serai pas elle, à attendre tous les soirs qu'il revienne. A espérer dans le vide. Mon père ne reviendra pas. Elle ne l'accepte pas. Moi si. C'est un connard et je suis donc vouée à ne rencontrer que des hommes cons comme lui ? Non. Reste juste à inverser le vainqueur de la partie. Ça sera moi. Une fois compris ça, j'ai fait ma vie. La fête à Mauguio a été géniale pour le coup.

J'ai rencontré Roberto, il fait partie d'une bande avec qui trainait la nôtre. Oui tu as bien entendu : la nôtre. Cette année on était officiellement « Los salseros ». On a fait une bande avec Élo, Alex, Loïc qui est trop cool, Marie, Franck, Jeanne, Rémy, Julie, Anne, Juliette, Carlos et Stan. Oui Stan. Mais il est avec Julie donc pas de soucis entre nous. C'est tous des potes d'Alex ou de Marie. Roberto je suis sortie avec lui dès le premier jour. C'était mon exutoire. J'en avais besoin pour me sentir vivante. Bon OK, je m'en suis un peu servie mais ça n'a pas eu l'air de le déranger. Mais celui qui m'a rapidement intéressé c'est Arthur. Un grand brun trop ténébreux et trop populaire. Il est plein de conneries, il me fait rire. Pour la première fois lundi, j'ai remarqué que je pouvais l'intéresser. Il a un an et demie de plus que moi et forcément… il est dans la bande de Nico. Sinon ça n'aurait pas été drôle si ma vie était facile. En même temps, quand j'ai commencé à le voir de plus en plus et à comprendre qu'il m'aimait bien, je me suis dit que c'était parfait pour faire comprendre à Nico que je m'en foutais de lui et que j'avais complètement oublié notre baiser… Ce que j'aurai aimé ressentir par-dessus tout, mais qui était un affreux mensonge…

Élo m'a dit en parlant d'Arthur qu'il était vraiment beau gosse mais que je ne devrais pas m'approcher, qu'il avait une sale réputation. Mais comme elle sortait en cachette avec Buzz, elle ne pouvait pas trop me faire de leçon de morale.

Et oui dès le début de la fête j'ai compris que cette année ça allait être compliqué.

Élo m'a dit avoir souvent croisé Buzz, qu'il avait l'air de bien l'aimer et qu'elle comptait définitivement le faire craquer. L'année dernière il avait eu le malheur de lui dire qu'elle n'était qu'une gamine, c'est juste ça qui l'avait traumatisée (il lui en faut peu). Mais cette année Élo a changé. Elle ne met jamais une jupe plus basse que 15 cm au-dessus du genou et même quand elle est en maillot de fête elle arrive à être sexy. Son short est court et presque moulant (je ne comprends pas on a l'impression qu'elle n'a pas le même modèle que nous) et elle fait une espèce de nœud avec le devant de son tee-shirt qui fait que ça lui remonte sur le ventre et gonfle sa poitrine. Je ne parle pas de son maquillage… et comme je la suis pour tout, ben je m'y suis mise moi aussi. Les cours de tennis cette année et les entrainements m'ont fait du bien. Élo me dit être jalouse car j'ai des abdos. Ma foi. Je n'avais jamais fait attention mais c'est vrai que son ventre est plat quand le mien est plat et un peu dessiné. C'est bizarre, je n'ai jamais fait attention mais je ne trouve pas ça forcément sexy. Je préfèrerai avoir son ventre plat tout simple et surtout : sa poitrine. La mienne fait petite à côté c'est déprimant.

Buzz n'a donc pas été insensible à la nouvelle Élo mais il a été clair : si Nico le sait il est mort. C'est pourquoi on a mangé souvent ensemble le soir, leur bande et la nôtre et moi ça me tuait à petit feu. Voir Nico, toujours avec une nouvelle blonde, faire comme s'il ne me connaissait pas, avait le don de m'exaspérer et de me rendre folle. J'ai pris l'option Roberto le premier jour de la fête car sa bande faisait partie d'une qui était aussi avec nous le soir quand on faisait des grillades au feu de bois. C'était dans le jardin d'une ancienne carrosserie fermée. Mais arrivé le mardi je n'en pouvais plus. Roberto m'a gonflée à être tout le temps jaloux et à vouloir être en permanence avec moi. Ça m'allait quand Élo était avec Buzz, en cachette je rejoignais Roberto, mais au bout d'un moment je préférais être seule que mal accompagnée et j'avais envie d'être avec ma bande un peu plus. Les copains de la bande nous reprochaient d'ailleurs nos absences répétées, ce que je comprends. J'ai donc cassé avec Roberto. Il l'a mal pris mais tant pis, il s'en remettra lui aussi. En le quittant j'ai vu à quel point il était chiant et « nian nian » et je me demande comment j'ai fait pour tenir si longtemps.

Dès le bal du mercredi soir, la question d'Arthur s'est posée. Et si j'en profitais mieux de cette fête ? Après tout, il est intéressant et c'est ce que je m'étais promis.

Alors quand il est venu vers moi pendant la chanson de Superman Lovers « Starlight », je me suis laissée faire quand, sans me demander mon avis, il m'a embrassée. Ça aurait pu être plus romantique, c'est vrai, mais je m'en fou du romantisme. Ça ne sert à rien. Et franchement, il embrasse plutôt bien. Très bien même. Bon, OK rien à voir avec Nico. Mais comme je préfère oublier et me dire que rien ne s'est jamais passé avec celui-là, Arthur est passé numéro 1 dans mon tout nouveau classement.

J'avais un peu les jambes qui flageolent quand il m'a relâché après le baiser mais ce que j'ai vu a achevé de me remettre sur pied. Pile au moment où je ré-ouvre les yeux, je vois Nico derrière, en train de nous regarder, le regard ahuri et l'air complètement perdu. Peut-être que je rêve et que je me fais mes films. Je n'ose pas croire que ça lui fasse quelque chose. Ou alors, c'est plus simple que ça, il se demandait pourquoi son pote était avec une fille si laide et qui embrasse si mal ?

J'ai eu ma réponse quelques minutes après quand Arthur est parti se servir une bière avec ses copains et que je faisais une pause à côté de la foule, assise contre un arbre. Nico est venu. Il s'est assis à côté de moi et j'étais franchement super mal à l'aise. J'ai voulu me lever pour partir mais il m'a retenu en me prenant par le poignet :

— Pourquoi tu me fuis ?

J'ai halluciné. C'est lui qui me demande ça ? Je l'ai regardé et il a dû comprendre à mon regard que je trouvais ça fou.

— Moi ?
— On n'a pas échangé un mot depuis le début de la semaine.
— Parce qu'on échangeait des mots avant ?
— Tilt arrête. Qu'est-ce que je t'ai fait ?
— Mais rien Nico. C'est quoi ton problème ?
— C'est Arthur. Tilt méfie-toi. Tu ne peux pas être avec un mec comme lui.

Alors là, j'étais folle de rage. J'ai dégagé mon bras qu'il continuait de tenir et je lui ai dit presque en criant :

— Mais tu déconnes ou quoi ? Il est trop bien pour moi ton pote c'est ça ? Ecoute il y en a qui ont l'air de ne pas penser comme toi à priori.

J'ai voulu partir dans la rue derrière pour aller aux toilettes mais Nico m'a suivie. De nouveau il m'a retenu par le bras pour me faire faire volte-face :

— C'est pas du tout ce que je voulais dire. Mais Arthur c'est pas un gentil c'est tout. Il saute sur tout ce qui bouge et surtout il n'a qu'une envie : coucher avec tout ce qui bouge !

Je suis restée muette quelques instants.
Il a repris :

— Tilt, tu es un peu comme ma sœur en fait. Je te vois grandir depuis trois ans et je ne veux pas qu'un mec comme lui profite de toi.

Sa sœur ? Il me voyait comme sa sœur ? Là j'étais perdue. Il a dû comprendre :

— Je n'aurai jamais dû t'embrasser Tilt. Je ne sais pas ce qui m'a pris. Je suis désolé mais c'est pas que tu n'es pas assez bien pour moi, au contraire. Je tiens à toi. Comme un grand frère plutôt. Ou comme un père. Tu te rappelles l'année dernière tu nous avais expliqué pour lui et tu disais à mon père que toi, tu n'avais personne qui s'inquiétait à part ta mère. Moi je peux te protéger si tu veux.

C'était le comble de la honte pour moi. Il me voit comme un grand frère ? Ou pire comme un père ? Il veut me protéger ? J'ai l'air fragile en plus ?

Alors j'ai de nouveau retiré ma main de la sienne et je lui ai dit assez froidement :

— Merci Nico mais je n'ai pas besoin qu'on me protège. Je n'en ai pas l'air mais je ne suis pas si naïve et Arthur prendra ce que je voudrais bien lui donner. Et ce que je veux lui donner, ça ne regarde que lui et moi.

J'ai dit ces derniers mots sans le quitter des yeux et j'ai l'impression que ça lui a fait quelque chose. Il n'a pas su quoi répondre et j'étais trop contente d'avoir eu le dernier mot. Je suis partie presque en courant aux toilettes. J'avais trop la rage contre lui. Mais de quel droit il se prend pour mon père ?

Quand je suis revenue au bal, Nico était avec sa blonde, number je sais plus combien, il avait le regard noir à chaque fois qu'Arthur m'embrassait et je le faisais exprès. Bon c'est vrai que Arthur à les mains baladeuses, mais je me disais que je gérerais au fur et à mesure. Je ne suis pas prête pour lui donner plus c'est clair, je ne suis pas folle mais je ne suis pas prude non plus ...

Enfin c'est ce que je croyais, mais la suite m'a prouvé qu'un garçon, à cet âge, c'est pas facile à canaliser.

Le vendredi soir, on était aux arènes tous pour un taureau piscine. C'est un spectacle où il y a au milieu des arènes une piscine construite avec des ballots de paille et une bâche posée au-dessus, ça fait une petite piscine de 7 ou 8 mètres de long par 3 ou 4 mètres de large et profonde juste jusqu'en dessous du genou. Le but c'est d'attirer le taureau dans la piscine. A chaque fois qu'il y rentre la bande qui l'y a attiré gagne des sous donnés par les commerçants de la ville. L'animateur annonce au fur et à mesure :

« Et 10 euros ajoutés par le salon de beauté BeautiSpa. Et 5 euros pour la boulangerie du sud ». Puis il est marrant il commente tout, traite la vache de fainéante quand elle refuse d'aller dans la piscine, crie quand un jeune y tombe... Le secret c'est que quand la vachette arrive en courant il faut se jeter dans la piscine contre le bord comme ça elle vous passe dessus. Moi ça me fait une peur bleue, je n'y vais jamais. C'est marrant des fois et stressant d'autres, suivant si la vachette est calme ou nerveuse. Ça c'est pareil je n'ai pas tout compris malgré les explications de Nico un soir ou on mangeait ma bande avec la sienne : suivant qui joue c'est un taureau ou ce qu'ils appellent une vachette. Quand c'est pro c'est un taureau quand c'est des bandes avec des jeunes c'est une vachette qui a des boules sur ses cornes pour ne pas blesser en cas de rencontre malheureuse. Mais moi, je ne vois pas la différence. Soi-disant que leur vachette est plus petite mais franchement : ça reste une belle bête !

Bref quand le taureau ou la vachette rentre dans la piscine ils jouent dans les haut-parleurs l'air de Carmen et tout le monde applaudit. Il y a toujours beaucoup d'ambiance j'adore.

Des fois les jeux diffèrent. Le dernier vendredi c'était un jeu trop bizarre. Il y avait des tonneaux dans les arènes et les garçons allaient chercher des filles qu'ils mettaient sur les tonneaux pendant que la vachette tournait autour.

Moi, pour soutenir Arthur qui courait avec ses potes dans l'arène, j'étais en bas, dans la contre piste. Le présentateur a demandé une dernière fille sur le quatrième tonneau et malheureusement je n'ai pas écouté... erreur.

J'ai à peine eu le temps de réagir que Nico passait par-dessus les barrières et me soulevait dans ses bras. J'ai eu beau me débattre, en deux minutes il me mettait au-dessus du tonneau et montait avec moi. Me voilà bien, pas le temps de partir ils avaient lâché la vachette.

— Je te hais.

C'est la première chose que je lui ai dit. Il a souri et m'a dit « je sais ».

Puis le présentateur a ajouté une espèce de gage, et là les bandes qui couraient dans les arènes avaient de la mousse à raser et en mettaient sur leurs adversaires. Le but c'est que tout le monde en ait le plus sans pour autant oublier la « vachette » qui court au milieu et a juste envie de les faire valser. Nico a voulu descendre du poteau pour aller chercher de la mousse mais moi j'avais une peur bleue. Autant être dans ses bras faisait battre mon cœur 100 fois trop vite, autant je n'étais pas prête pour qu'il me lâche. Je l'ai retenu et lui ai dit presque en criant « non ne me laisse pas ». Il a souri, m'a dit « non Tilt ne t'inquiètes pas. Tu vois que tu aimes bien que je te protège ? » Comme je l'ai pris pour de la provoc je l'ai repoussé et il est descendu. J'ai eu la peur de ma vie je te jure le journal. Ça va, la vachette n'était pas du tout vers moi mais j'ai cru mourir. Arthur a profité de l'absence de Nico pour monter sur le tonneau avec moi. Je croyais que c'était pour moi mais non ! En fait ce con en a profité pour me badigeonner avec de la mousse à raser et me peloter bien sûr au passage. Comme il m'embrassait à moitié je riais en même temps que je l'insultais. Nico est revenu quelques secondes après et à son regard j'ai cru qu'il allait fusiller Arthur sur place. Je n'ai rien compris aux règles mais je pense que Nico n'aime pas perdre.

— Dommage Nico, c'est la mienne.

A dit Arthur en riant et en descendant du tonneau d'un coup. Et là, sa descente a failli faire chavirer le tonneau au moment même où la vachette arrivait vers nous. J'ai cru avoir une crise cardiaque. Nico a fait diversion et a appelé la vachette en criant et en bougeant dans tous les sens devant elle pour attirer son attention pendant qu'Arthur partait se cacher en courant dans la piscine. J'étais mortifiée. La vachette a fini par être attirée par Nico et lui a couru après, il a alors couru en lui tournant le dos, (ce qui est une grosse erreur selon moi, mais je me suis vite dit que ça aurait été moins efficace de courir en marche arrière), et il a sauté la barrière d'un coup, comme s'il volait alors que les cornes de la « soi-disant vachette » venaient défoncer la barrière en bois. Ouf. Enervée d'être bredouille, celle-ci est repartie dans une autre direction pour aller s'occuper de ceux qui couraient de l'autre côté de l'arène. Avant même que je ne reprenne mon souffle, Nico était de retour dans mon dos sur le tonneau et me prenait dans ses bras.

Il m'a demandé si j'allais bien. Moi !

— Si ça va ? C'est toi plutôt ? Tu viens de manquer de mourir !

Il a ri et m'a dit que ça ne craignait rien mais que c'est sûr que ce n'était pas à Arthur que ça allait arriver de vivre dangereusement. Puis il a pris une voix plus sérieuse et plus grave, et je te jure journal que je sens encore son souffle dans mon cou quand il me parle :

— C'est vraiment pas un mec comme lui qu'il te faut Tilt.

Et juste avant que le clairon ne sonne la fin de la partie et que le taureau ne rentre j'ai senti un baiser de Nico, du bout des lèvres, dans mon cou... puis il est descendu du tonneau pour retrouver ses potes qui l'acclamaient alors qu'une Élo en panique me rejoignait en courant :

— Morgannnnnnnneeeeee ! J'ai cru que tu allais mourir ! Mon dieu, ma chérie ! J'aurai jamais cru dire ça mais : heureusement que mon frère était là ! Il t'a sauvée !

Heureusement oui. Ou pas. Cher journal, j'ai tout fait pour ne pas avoir à le croiser depuis cet « incident tonneau », tel que j'ai décidé de l'appeler. Lui a dû faire pareil car, comme par hasard, il n'était jamais dans les parages non plus.

J'ai donc compris quelque chose. Ce troisième été à Mauguio aura eu raison définitivement de ma santé mentale. Je crois que ce mec est toxique pour moi. Pas Arthur bien sûr, lui m'a quitté le lendemain le samedi. J'ai dit que ça m'arrangeait, d'abord pour garder la face et ensuite parce qu'effectivement, ça m'arrangeait. Il devenait trop entreprenant et je n'étais pas prête. Et puis le samedi soir en célibataire avec Élo et Marie est en passe de devenir un petit rituel sympa car Buzz, par crainte des représailles de Nico le sauveur, depuis son exploit dans les arènes, a préféré quitté Élo.

Il y a donc deux catégories d'hommes :

- ceux qui abandonnent, à l'instar d'un Arthur qui se jette dans la piscine, ou d'un Buzz qui abandonne sa femme par lâcheté

et

- ceux qui provoquent le taureau.

Bien sûr, je suis irrémédiablement attirée par la deuxième catégorie et je me dis, à chaque fois que je touche mon cou là où son souffle s'est posé et où il m'a embrassée, que je l'ai dans la peau. Mais comme rien ne se passera jamais, j'ai un an pour oublier. Un an pour vivre, grandir, remettre les compteurs à zéro et espérer que, l'année prochaine, j'aurai le dernier mot.

Cher journal, ne me sous-estime pas. Je sais que j'en suis capable. Je muris, je découvre, je me fais avoir mais je sais rebondir. Ça, l'absence de mon père me l'a bien appris : rebondir et me méfier. Alors OK, je l'aime peut-être un peu, beaucoup, passionnément, mais c'est mon secret et personne ne le saura jamais. Moi je nierai en tout cas, car quelque chose me dit que c'est ma seule chance de survie.

***

— Ça va ?

Nate a l'air vraiment inquiet en me regardant.

— Quoi ? J'ai l'air si mal que ça ?

Oups, je suis peut-être un peu agressive en disant ça. Mais après tout, merde c'est sa faute ! Pourquoi il m'a fait relire ça ? C'est mon adolescence, ça ne regarde que moi.

— Non, on dirait juste que tu viens de voir un fantôme. Et franchement je comprends. C'est comme une thérapie. Tu viens de me donner une idée, je devrai dire à certains de mes patients de chercher s'ils ne gardent pas un journal intime de leur enfance. Je suis sûre que les résultats seraient cent fois plus probants qu'une séance d'hypnose.
— Je croyais que tu étais contre l'hypnose car ça projetait le patient trop violement avec une réalité qu'il a parfois préféré oublié pour se protéger ?
— Heu oui…
— Sympa ! Donc je suis ton cobaye. Tu sais que c'est dangereux pour moi mais tu observes et attends de voir quand je m'écroule ?
— Nullement. L'important c'est l'analyse et ce que tu en fais. Et je suis là pour te guider, pas à pas. Tu n'avais vraiment jamais relu ce carnet ?
— Jamais.
— Ok, je comprends. Tu as l'impression que c'est toi qui écris ou quelqu'un d'autre ?

— Mais je rêve ou tu es vraiment en mode psy là ?
— Oui pardon. C'est crétin de ma part. Ce n'est pas ce que je voulais faire en plus. Ton histoire ma passionne plus que tous les films que j'ai pu regarder jusque-là. Vont-ils finir ensemble ? Telle est la grande question !
— Euh, il me semble que tu as ta réponse Nate. Je suis là ! C'est moi. Pour ta question d'avant, quand je lis je sais que c'est moi, la moi plus jeune, mais c'est comme si je revivais tout. C'est assez dérangeant à vrai dire même si c'est sympa et que je le vis bien. J'aime bien ma vie aujourd'hui mais Nate, je te rappelle que je vis dans un appartement avec un colocataire dangereux et inquiétant qui fouille dans mes sous-vêtements et qui lit mon journal intime. Ça te donne un indice sur la fin de l'histoire non ?
— Ah mais pas du tout ! C'est là que tu te trompes.

Il se lève et va nous servir à boire.

— D'abord je ne fouille pas dans tes sous-vêtements. Je m'inspire. J'adore regarder comment vit une fille et ce qu'elle trimballe. Et si en plus j'ai des détails croustillants sur toi au passage, je prends ! Tu restes un mystère pour moi, je te l'ai déjà dit ?
— Non, mais je crois que je ne préfère pas en savoir plus.
— Si, si. C'est important, tu m'intrigues. J'aime les hommes mais les femmes me passionnent. Et toi, tu es une des plus belles femmes que j'ai dans mon

entourage. La plus belle même je pense. Tu es intelligente, tu as de la répartie mais ton passé à toujours été un mystère. J'avoue qu'une part de moi espérait en savoir plus : pourquoi tes relations ne durent pas depuis deux ans que je te connais ? Pourquoi tu vis ta vie comme si tu avais déjà tout et que tu n'attendais plus rien alors que tu n'as même pas 30 ans, que tu as un job génial pour toi et que tu vis en colocation avec un homo déjanté qui hésite entre te momifier pour mieux t'observer ou te sauter pour comprendre le mystère ?
— On ne couchera pas ensemble Nate !
— Ok ok. Si c'est tout ce qui peut te rassurer ok, tant pis. Je ne suis même pas sûre que je saurai encore bander avec une fille.
— Des fois tu m'écœures.
— Mais des fois seulement. Le reste du temps tu m'adores, je suis ta pointe d'exotisme.
— C'est plus qu'une pointe là, c'est un repas complet trop assaisonné. Mais assez parlé de tout ça. Merci pour le compliment pour la plus jolie femme.
— De rien, c'est la vérité.

Je vaque à mes occupations dans l'appartement, à savoir rien de bien particulier. Je tourne en rond pendant que Nate fait cogner les glaçons dans son verre sur le canapé. C'est louche, il attend quelque chose, il a abandonné trop facilement.

— Attends. Quand tu dis que je me trompe, c'est à quel sujet ?

— Ah, je savais bien que ton esprit vif reviendrait sur le sujet.
— Non, mais je suis curieuse moi aussi d'observer comment tu fonctionnes de l'intérieur. Parfois ça m'effraye, mais d'autre fois je me dis que je percerai peut-être un mystère de l'univers en essayant de te comprendre ne serait-ce qu'une fois.
— C'est ça, qu'importe la raison, tu veux savoir. La curiosité ou cette envie que ça finisse bien.
— Ne revenons pas là-dessus.
— Au contraire ! C'est là-dessus qu'est tout le débat ! La fin. Figure-toi qu'on n'en sait rien de comment ça finit. Pour la simple et bonne raison que ça se trouve, on est qu'au milieu du film !

Sur ces bonnes paroles que Nate m'a prononcé il y a à peine une heure, je décide d'aller faire un tour dehors pour essayer enfin de penser à autre chose. Parce que s'il y a bien quelque chose que je refuse d'avoir (car c'est inutile, stérile et destructeur), c'est bien de l'espoir.
Par contre quelque chose s'est passé à l'intérieur de moi. C'est de relire ma complicité avec Élodie qui m'a fait réfléchir. Je viens de comprendre quelque chose alors que je me promène dans les rues calmes et chaleureuse d'un Paris au mois de juillet. Oui, je viens de comprendre que quand j'ai parlé à Élodie au sujet de Greg, j'ai été dure et oui je n'ai pas vraiment essayé de me mettre à sa place. Elle n'avait pas complètement tort en fait maintenant que je me rejoue le script dans ma tête. Je lui ai dit qu'elle était

folle, que ce n'était plus elle, qu'il l'avait changé en tout point. Certes, j'avais raison sur certaines parties, mais l'amour après tout, ne change-t-il pas un peu la personne ? Est-ce vraiment mauvais d'être différent ? Elle était restée la même, elle acceptait juste plus de choses qu'avant. Que je ne sois pas d'accord avec son échelle de valeur voulait-il dire que je devais la rejeter ? Si elle trouvait son bonheur là-dedans, pourquoi je ne pouvais pas l'accepter ? Contrairement à ce que je pensais et que je défendais à l'époque, je ne faisais pas ça que pour son bien, mais pour le mien aussi. Oui j'étais jalouse. Mais pas parce qu'il n'y avait pas d'espoir avec Nico et que je voulais détruire les amours des autres aussi. Non. Plutôt parce que Greg me volait quelque chose : mon amitié avec elle. Je ne trouvais plus ma place dans ma relation avec Élo et mon problème était là. Je voulais l'exclusivité vu que je n'avais pas un homme à mes côtés. Avec Élo on a toujours été avec des garçons et on a fait notre vie, mais le samedi de la fête par exemple, c'était célibataire. Et là, il allait me voler mes samedis et tous les autres jours !

Fatiguée de ma marche sans but, je m'arrête acheter des viennoiseries à la boulangerie et remonte pour proposer le gouter à mon colocataire. Comme il est pour beaucoup dans ma réflexion, et qu'aussi et surtout j'ai besoin d'en parler à quelqu'un et qu'il est le seul disponible, je lui fais part de mes réflexions sur Élodie.

— Ah, ben dites donc, tu es vraiment la plus rapide de mes patientes toi. Si seulement tout le monde était comme toi !
— Comment ça ? Tu savais que j'allais en arriver là ?
— Non, je l'espérais à vrai dire.
— Pourquoi ?
— Parce qu'il est peut-être temps d'essayer de renouer avec ton passé non ? Ou alors c'est le passé qui va renouer avec toi…

Il a un drôle d'air…

— Explique.
— Je ne suis pas sûr que tu vas aimer.
— Précise.

Je ne sais pas pourquoi mais je n'aime pas le tournant que prend cette conversation.

— Tu promets de ne pas me tuer ?
— Ça dépend.
— Est-ce qu'on peut partir du principe que j'ai fait ça pour ton bien ?
— Non.
— Que je t'aime à ma manière et que si je m'y étais pris autrement ça n'aurait pas été efficace ?
— Annonce !
— J'ai droit qu'à des mots c'est ça ? Tu ne vas pas faire une seule phrase ?
— Vaut mieux. Annonce ou je te frappe.

Il s'approche pour me prendre le carton de gâteaux des mains. Je le stoppe net et éloigne le carton à portée de lui.

— Tu n'auras aucune viennoiserie tant que tu n'auras pas tout déballé !
— Ok Ok. Je me suis donné une semaine. Au bout d'une semaine je t'aurai dit la vérité… On a reçu un courrier cette semaine. Et comme l'enveloppe était jolie, je l'ai ouverte.
— Encore ? Tu n'en as pas marre d'ouvrir mon courrier ?
— Non ! C'est la partie la plus sympa de notre colocation. Mais le problème n'est pas là. Comme il émanait de quelqu'un que je ne connaissais pas, ça m'a intrigué. D'où la fouille dans ta chambre pour voir. Et je n'aurai jamais espéré autant que de tomber sur ce journal. J'ai vite compris que tu ne voyais plus cette personne et je me suis dit que de te plonger dans ton « moi ado » te permettrait de faire revivre des sentiments qui pourraient t'être bénéfiques plus tard…

Je reste sans voix. Je n'ose rien lui demander mais comme ce con ne dit rien, il va bien falloir que je sache maintenant.

— C'est…c'est quoi ?
— Un carton d'invitation.

Je sens la lame d'un couteau me déchirer de l'intérieur.

— Il se marie vraiment c'est ça ?

Je m'affale sur le canapé avec ma boite de gâteaux sur les genoux. J'ai l'air pathétique, je sais mais je n'arrive pas à gérer. J'ouvre la boite et décide de me faire une overdose de sucrerie destructrice. Au bout de ce qui me paraît une éternité et un éclair au chocolat presque fini, Nate se pose à côté de moi et me prend la boite des mains.

— C'est quand même symptomatique, tu remets tout sur lui de suite. C'est ça qui pourrait être le pire pour toi ? Genre je serais pas un ami pourri si je te faisais revivre tout ça pour te dire qu'il allait se marier ?
— Exact. En fait tu serais juste sadique, ce que tu es très souvent par défaut.
— Je ne relèverai pas. Non, il ne s'agit pas de lui, mais … de « elle ».

En silence, Nate se relève et va chercher une enveloppe dans un tiroir du placard du salon et revient se poser sur le canapé après m'avoir tendu le tout. Il contemple alors les gâteaux et hésite sur celui qu'il va manger pendant que moi je regarde, inerte, l'enveloppe brillante qui est dans mes mains.
J'ouvre le joli papier bristol et tombe sur l'invitation au mariage le 30 juillet d'Élodie et Gregory. Ok. Des pensées se mélangent en moi. « Elle se marie »

d'abord. « Avec lui » ensuite. Puis enfin « elle m'invite ». Mais pas de petit mot, pas de personnalisation sur ce carton. Rien de plus qu'une invitation comme toutes les autres et comme tous les autres ont reçu. Là où on avait parlé mille fois du moment où la première de nous se marierait, ou on avait rêvé de notre futur mari, découpé des photos dans des magazines pour les mettre à côté de nous, imaginé son boulot, sa vie, sa famille, sa voiture… pensé aux fleurs commandées, à la robe qu'on aurait, aux musiques qu'on passerait… aujourd'hui il ne reste qu'un papier bristol beige, indiquant un fait auquel je ne suis que spectatrice.

Lisant dans mes pensées comme d'habitude, Nate se penche vers moi et me dit :

— Elle t'invite. C'est un pas déjà…

Je comprends ce qu'il veut dire. Oui c'est un pas de sa part. C'est peut-être une porte qui s'ouvre. Je ne sais pas. Dois-je la prendre ? « Oui, bien sûr » me crie une voix à l'intérieur. Mais ne serait-ce pas ouvrir la boite de Pandore en même temps ? Car qui dit son mariage à elle, dit forcément sa présence à lui…

— Il sera là Nate.
— T'es sérieuse là ? C'est vraiment tout ce qui compte ? Tu en es au point de tout faire pour ne pas le voir ? Et si ton engueulade avec elle était un acte

manqué de ta part pour saboter ton amitié et être sûre de ne plus jamais le voir lui ?
— Putain c'est chiant de vivre avec un psy…

***

CHAPITRE IV

ÉTÉ 2002.

Mardi 13 août.

Oh làlà, je connais par cœur cette chorée, j'adore ! J'aimerai trop savoir dessiner pour la mettre sur toi le journal et comme ça je ne l'oublierais pas. Elle devient le symbole de mon amitié avec Élo. On n'arrête pas de la faire. C'est notre danse. Le problème c'est les paroles. Je ne comprends rien à ce que ça peut bien vouloir dire !

« aserejé ja de je
de jebe tu de jebere
seibiunouva majavi
an de bugui an de guididipi »

Et le nom Las Ketchup : délire !

En tout cas ils la passent tous les soirs au bal, c'est génial ! Ça et « Me gustas tu » de Manu Chao, c'est l'année espagnole en musique ! Tant mieux c'est encore plus dans le thème de Mauguio.

Bien, voilà mon journal. C'est la 4ème année que je suis là.
Quelle merde cette année ma classe de 2nde ! On n'a même pas été ensemble avec Élo. Ça a bien faillit nous séparer. Surtout depuis qu'elle a sa copine Marlène. Je l'aime pas trop celle là. Et puis finalement, de prendre le bus ensemble presque tous les jours ça a resserré nos liens. Marlène est partie dans sa famille en Espagne pour l'été, sans même proposer à Élo. Moi je vois mes deux nouvelles copines de classe Cécile et Maïa un peu toutes les semaines, on prend le bus et on se retrouve pour un ciné ou autre et Élo vient souvent avec nous car elle s'ennuie chez elle. Ça fait qu'on s'entend bien toutes les quatre, c'est cool.

J'ai réussi avec brio mon année de seconde et je passe en 1ère L. Élo aussi, mais de justesse, comme d'hab on a évité le drame.
Mes copines par contre c'est les boules, Maïa part en S et Cécile redouble. On va donc être séparé. Je m'en ferai d'autres si je ne suis pas avec Élo c'est pas grave.
Je ne suis pas célibataire. Enfin si techniquement car on a aucun moyen de se joindre ou de se voir pendant l'été. Aux dernières nouvelles, j'étais avec Luc mais là, plus de nouvelle depuis son dernier

appel sur mon fixe la semaine dernière. Il est parti camper avec ses parents et moi, je suis au beau milieu de la fête à Mauguio.

Luc est blond, à peine plus grand que moi, mais il a des yeux marrons à croquer et un air boudeur que j'adore. Beaucoup de filles m'envient dans la classe. Il est accro à moi et me traite comme une princesse, c'est toujours agréable. Il a une famille sympa, ses parents sont mariés, (waouh miracle), ils ont l'air d'avoir pas mal d'argent et c'est notre seul point de discorde. On n'est pas toujours sur la même longueur d'onde quand on parle de notre enfance ...

Non cher journal, je ne change pas de sujet... oui je tourne autour du pot car j'ai du mal à en parler. Si j'ai revu Nico ? Et oui bien sûr. Dans les bras d'une belle blonde à peine plus crédible en étudiante que moi en mission sur mars. Je pense qu'elle est plus âgée que lui. Ça lui fait quoi cette année ? Si moi je viens d'avoir 16 ans, lui en a 18 .... Oui forcément, c'est plus pareil. Il a eu son bac et part en fac de science l'année prochaine. On est plus sur la même longueur d'onde et je pense que c'est le dernier été qu'on se croise. Alors te dire que ça serait mentir de dire que ça ne me fait rien. Nico en un an a gagné en assurance, en taille aussi. Ses yeux sont toujours aussi bleus, son sourire toujours aussi charmeur, voir encore plus je ne sais pas pourquoi, ça doit venir de la petite fossette sur le côté droit de sa lèvre qui s'est approfondie. Il a changé niveau corps également et ses heures de judo ne doivent pas y être pour rien. Il a dit, quand on a mangé ensemble avec son père et sa sœur le vendredi juste avant la fête, avoir fait beaucoup de compétition. Je ne savais même pas. En fait je sais peu de choses sur lui. Et il en sait peu sur moi. Il a été surpris quand j'ai dit que je faisais du tennis. Pierre nous a interrogé sur notre année et c'est devenu un petit rituel ce repas d'avant fête pour que chacun fasse un point sur son année passée. C'est génial j'ai vraiment l'impression de faire partie de la famille. Et c'est un peu le problème aussi. Nico est super gentil cette année, il s'est un peu assagit on dirait. Il m'appelle toujours Tilt mais il ne me chambre plus et emmerde moins Élo. Il me parle gentiment et m'a posé beaucoup de questions. Quand est arrivé le petit copain dans l'histoire, il a semblé légèrement réagir mais je pense que je me faisais mes films car après il a ajouté :

« J'espère que cette fois c'est quelqu'un de bien ».

En me faisant un clin d'œil. Pierre n'a pas posé de questions heureusement et Élo n'a pas relevé ou n'a pas voulu.

Bien, Luc même si tu n'es pas mon grand amour, tu auras servi à ça : me donner une couverture. Tout le monde dans la bande croit que je pense à toi quand je rêve et que tu me manques, c'est avec beaucoup de culpabilité que j'avoue, là, sur mon journal que pas vraiment.

On a refait la même bande que l'année dernière, à quelques exceptions près et je passe vraiment une semaine magique.

Hier soir le taureau piscine et le bal étaient vraiment top. Aujourd'hui on est crevé donc on se repose un peu. J'en peux plus. Pierre cette année nous laisse beaucoup plus de liberté. Il m'a dit qu'il s'arrangerait avec ma mère, que je n'avais pas à m'en faire.

Tu sais qu'elle m'a demandé si je continuais de t'écrire ? Elle y tient en fait. En même temps elle me gonfle mais je devrais un jour penser à la remercier. C'est sympa cette correspondance annuelle que l'on a toi et moi depuis 4 ans.

Ça me permet de tenir sans avoir de confident humain qui risquerait de tout répéter. C'est moins risqué.

L'ambiance à la maison a été tendu cette année. « Il » a repris contact avec elle et « il » veut me revoir. Oui mon père bien sûr. Ça a mis ma mère dans une rage folle. Elle a été tendue comme un string pendant trois ou quatre mois. On a décidé toutes les deux que non, qu'on n'avait pas besoin de lui. Même si moi, j'aurais beaucoup de choses à lui demander... mais je sais que ça la fait souffrir alors je ne préfère pas. En même temps les réponses, qu'est-ce que ça changerait ?

C'est ce que j'ai dit à Nico hier. Oui, oui Nico. Je suis rentrée me changer car c'est sympa ce tee-shirt de bande mais on garde le même pendant toute la semaine, short, tee-shirt et chaussettes comprises... donc les chaussettes moi je les change pour des blanches tous les jours et le maillot et bien on le lave tous les deux ou trois jours. Aujourd'hui Pierre n'avait pas prévu de faire une lessive alors je ne voulais pas l'embêter, j'ai tout lavé à la main. Élo était au taureau piscine de l'après-midi et moi je voulais me reposer un peu donc je suis rentrée. Ce que je ne savais pas c'est que Nico était là aussi... avec l'Endive. Bon elle ne s'appelle pas comme ça mais c'est comme ça que moi je l'appelle. Elle est blonde et blanche comme une endive. Quand je suis arrivée dans la chambre d'Élo, elle sortait de celle de Nico.

« T'es qui toi ? » qu'elle m'a dit en me voyant passer.

Elle avait le dessus de la bouche relevé comme si je l'écœurais.

« Le plombier ».

Nico est sorti de sa chambre, a souri et a dit « Laisse Elsa, c'est Morgane la meilleure amie de ma sœur. Je te rejoins toute à l'heure ». Elle m'a tiré la langue cette conne et est partie en remuant ses fesses comme un chat qui ronronne.

J'ai ri et Nico qui était toujours appuyé contre sa porte à sourit quand il a compris que je me foutais d'elle.

— T'es pas cool Tilt, déjà qu'elle est jalouse comme pas possible.

— En même temps c'est toujours pareil avec toi. Pourquoi tu prends que des jalouses et des chiantes ? C'est pour plus te donner de la valeur que tu les aimes possessives ?

— C'est pas con ça Tilt, je réfléchirai à la question.

Il a ri et est rentré dans sa chambre. Quelques minutes après j'ai entendu la porte d'entrée claquer donc je me suis dit qu'il était parti. Le temps que je fasse ma lessive à la main, je me suis allongée pour me reposer en slip et soutif et quand je suis sortie récupérer un tee-shirt dans la buanderie le temps que le maillot de la fête sèche, devine sur qui je tombée nez à nez ? Tomber est le bon mot, comme je pensais être seule je suis entrée dans la pièce à fond, tête baissée et je me suis cognée contre sa poitrine.

J'ai dû devenir rouge comme un coquelicot ! Mais la bonne nouvelle c'est que Nico aussi. En fait, même s'il me voit comme une sœur ou même si je ne lui fais rien, a priori, mon corps presque nu, lui, lui fait quelque chose quand j'ai vu sa réaction.

Il a baissé les yeux sur ma poitrine, qui n'oublie pas cher journal, est très petite selon moi, et j'ai l'impression qu'il a retenu son souffle pendant une éternité !

Alors comme je ne savais pas quoi dire et que je ne voulais pas montrer mon trouble, j'ai pris un air blasé et je lui ai dis :

— Respire ! Tu as dû en voir de plus gros pourtant avec ton endive.

Bon, le mot « endive » devait être légèrement appuyé car il a ri et m'a dit :

— C'est comme ça que tu l'appelles ? Ça lui va bien en fait. La taille ne fait pas tout Tilt, elle peut être plus petite mais plutôt jolie.

Il me regardait dans les yeux en disant ça comme s'il attendait quelque chose. Mais il veut quoi à la fin ?

— Arrête de me provoquer Nico ! Ça ne marche pas tes dragues idiotes avec moi. Je ne suis pas ton fan club désolée.

J'étais contente de ma réponse. Fière même d'avoir tenu tête à ce crétin. Rappelle-toi journal : il m'a fait pleurer ! Ça ne doit plus se reproduire. JAMAIS.

Et là il me dit :

— Oui malheureusement. Tant pis, mon égo en prend un coup mais un jour j'y arriverai Tilt !

Puis il a ri de plus belle et j'ai vite attrapé mon tee-shirt pour le mettre. Je le haïssais, là tout de suite. Pourquoi il a ce chic pour me faire sortir de mes gons et faire battre mon cœur si vite ? Je crois toujours gérer et en fait, boum, d'un coup je ne gère plus rien.

En sortant je l'ai croisé de nouveau en bas et il m'a proposé qu'on aille ensemble aux lavoirs, là où on se réunit souvent avec nos deux bandes pour faire l'apéro. Apéro est un grand mot car moi, je me limite à une bière ou deux, pas plus. Côté alcool je suis raisonnable. Comme tout dans ma vie en fait. Le truc c'est que je ne supporte pas de perdre le contrôle. Bref, sur le chemin avec Nico c'était cool on a parlé comme des potes. Il est revenu sur ses copines et m'a confié qu'il ne savait pas pourquoi il n'attirait que des filles comme ça. Mignonnes, voire « carrément bandantes » comme il dit, mais pas très intelligentes. Il s'en fou, il a juste envie d'en profiter. Ensuite je ne sais pas comment on est venus à parler de mon père. Je crois qu'il m'a dit un truc genre que lui s'il avait une fille il deviendrait fou quand il sait ce que pensent les garçons. Et il m'a demandé pour le mien. Je lui ai dit que ça ne risquait pas de l'intéresser. C'était trop bizarre mais en parler avec Nico m'a semblé naturel. Alors que je n'en parle JAMAIS, là ça n'a pas été trop difficile. Il ne me jugeait pas, il ne disait rien. Il m'écoutait alors j'ai dit qu'il avait appelé mais que l'on n'était pas prêtes ma mère et moi. C'est là qu'il m'a dit que ma mère c'est une chose, mais que moi je devais faire ce que je veux. Ça ne regarde personne d'autre selon lui. Je n'ai rien répondu. Je n'ai pas envie d'y réfléchir maintenant. Pas ici, pas pendant cette semaine bénie qu'est la fête à Mauguio. On a marché pendant environ 10 minutes pour rejoindre la bande et on a parlé pendant tout ce temps. C'était super bien. Mais stop. Rien de plus. Je ne veux pas. Je ne peux pas me le permettre. J'ai Luc, il me convient, c'est parfait. Nico alors, si ce n'est ni mon copain, ni mon frère, ce sera juste un pote. C'est un but que je me suis fixé. J'aime sa compagnie, alors autant en profiter mais sans se prendre la tête non ?

Dimanche 18 août.

Ça y est. Ça finit ce soir. On ne rentre que demain par contre. Cette année ma maman a décidé d'être plus cool et de venir manger avec nous pour le dernier soir. Elle invite Pierre, Élo et moi au restaurant. Nico aussi mais il n'était pas dispo bien sûr. Il a dit qu'il viendrait juste à l'apéro et nous quittera après. On a encore beaucoup parlé tous les deux. Souvent on se retrouvait au taureau piscine ou à la maison et pendant qu'Élo se maquillait je trainais dehors avec lui sur la terrasse. On se chambre encore beaucoup mais on rigole aussi. Il est toujours passionné de cinéma. Cette année son film fétiche c'est « Le seigneur des anneaux ». Il se fait quand même toujours appeler « Joe ». Moi je lui ai dit que j'étais fan de ce tout nouveau film de magie qui vient de sortir : Harry Potter ! Je suis passionnée ! C'est chiant de devoir attendre un an pour voir le prochain alors ma mère m'a acheté les livres, forcément. Il ne l'a même pas vu mais il m'a promis d'y remédier et j'ai promis de regarder « Le Seigner des anneaux » en échange.

On a plein de points communs sinon, on a adoré Moulin Rouge, lui pour la musique et le côté cabaret, moi pour le romantisme...

Et bien sûr il reste fan de dessins animés et a adoré Shrek. C'est cool, tant qu'il ne m'appelle pas comme ça, je préfère autant Tilt.

Côté chanson par contre c'est plus dur. Il est fan de Micaël Youn avec ses Bratisla Boys. Moi dès que j'entends Stach Stach au bal je me bouche les oreilles et on crie à tue-tête avec Élo pour ne pas entendre ! Je serai plus Jenifer avec « Au soleil » mais lui déteste et me dit qu'elle ne durera pas longtemps cette chanteuse !

C'est étrange, quand il parle j'enregistre tout alors que chez les autres ça me gonfle vite. Il faut que je fasse attention où Élo va finir par se rendre compte de quelque chose. J'essaye au maximum de ne pas parler de lui car la dernière fois où je l'ai cité elle m'a dit :

« Bon tu vas arrêter avec Nico ! »

J'ai fait l'air de rien et je l'ai critiqué juste après, ce qui a eu l'air de la rassurer.

Hier soir c'était la fameuse soirée du samedi. Notre soirée de célibataire. Marie a failli ne pas l'être mais finalement son mec l'a trompé juste avant donc on a séché ses larmes. Soirée habituelle d'un samedi à chanter à en perdre la voix, à rire, à danser, à consoler les filles qui pleurent et à rêver sur les hommes que l'on n'aura jamais... je ne te dis pas de qui j'ai rêvé mon journal non ? Ça serait me moquer de toi.

La partie importante de cette fête : hier soir avec Élo et Marie on s'est fait un serment d'amitié. On doit toujours être présentes les unes pour les autres et se dire la vérité dans tous les cas. Si un homme avec qui on est (et surtout avec qui s'est sérieux) ne plait pas aux deux autres, on doit le lui dire. S'il est gentil on prend sur nous, si c'est un connard les autres doivent le dire ab-so-lu-ment ! Et surtout, la fille qui sort avec ne doit pas rejeter ses copines. Elle doit accepter le verdict des deux autres. Ça a été compliqué de tout mettre en forme. Il a fallu bien écrire les termes du contrat (oui on a tout écrit) et être clair : pas d'avis d'une seule. Seules les deux autres de manière unanime peuvent rejeter un garçon et elles devront pour ça avoir beaucoup réfléchit. Mais vu qu'on est différentes toutes les 3, on part du principe que si deux sont d'accord c'est que forcément elles ont raison !

On verra bien... moi de toute façon je ne suis pas prête d'être avec quelqu'un de sérieux alors ça va, on ne me dira jamais rien. J'ai juste à attendre et à observer les autres. J'aime bien ça : observer. Mais je déteste qu'on m'observe moi. La règle : être discrète et ne pas se faire remarquer. On progresse mieux dans l'ombre je trouve. La bonne copine c'est sympa après tout...

PS : le serment on l'a enterré dans le jardin du père d'Élo. C'était trop drôle, on a fait tout un rituel en chemise de nuit à 2 heures du matin. Si quelqu'un nous avait vu, il aurait cru à une secte tenue par trois folles !

***

— Un pacte ?
— Et oui. Un serment plutôt.
— Et tu ne lui as pas rappelé à Élodie quand tu lui as parlé de Greg ?
— Je te rappelle qu'il fallait être trois !
— Ah oui justement, c'était mon autre question.
— Où est Marie ?
— C'est ça !

Je me lève en attendant sonner et vais chercher la pizza que le livreur vient de nous amener. On est lundi soir, le frigo est vide, ça présage une bonne semaine... Je le remercie après avoir payé et retourne sur le canapé avec notre pizza chaude.

— Faudrait songer à faire les courses cette semaine. Premier jour et le frigo est vide. Dis-je en me brulant les doigts sur la pâte.
— Je m'en charge. Demain matin j'ai pas beaucoup de monde, je ferai les courses sur Internet et ils nous livreront le soir.
— Waouh. Quelle mouche t'a piqué ?
— Aucune. Je me régale à t'écouter. Et je veux que tu continues, alors je contribue aux tâches ménagères.

J'éclate de rire.

— Les tâches ménagères ? Range ta chambre et ce sera un grand pas déjà !
— Oui maman. Mais Marie alors ?

— Marie je suis toujours en contact avec elle mais elle vit à Los Angeles…
— Ah, c'est elle ta copine Marie dont tu m'as déjà parlé ?
— Oui c'est elle.
— Pas pratique.
— Non.
— Elle n'était pas là quand tu t'es brouillée avec Élodie ?
— Elle venait de partir. Elle a suivi à distance mais m'a juste dit que ça finirait par passer, qu'elle n'avait jamais vu d'autres filles aussi proches que nous deux, blablabla. Elle s'en foutait quoi.
— Peut-être pas. Peut-être que ça la perturbait mais qu'à distance elle ne pouvait trop rien faire. Elle est toujours en contact avec Élo elle ?
— Oui, par téléphone comme moi. J'ai eu Marie le mois dernier et elle ne m'en a pas parlé.
— Tu lui as posé la question ?
— Non.
— Ok.
— Nate, que veut dire ce « OK » ?
— Rien. Peut-être qu'elle ne voulait pas te faire du mal non ? Elle sait que c'est dur pour toi et comme tu es quelqu'un de légèrement borné, elle n'ose plus t'en parler.
— Légèrement bornée ? Moi ?
— Ok sujet taboo. Tu as appelé Élo alors pour le mariage ?

Oh le con. Il m'a eu par surprise. La seule chose que je trouve à lui dire c'est :

— Il est tard.
— Il est 20 heures…
— C'est tard.
— Je ne connais pas ta copine, d'accord, mais je ne crois pas que ce soit tard pour elle ou alors elle a bien changé depuis votre adolescence. Tu devais déjà appeler hier mais tu m'as dit que ça ne se faisait pas un dimanche. Tu vas arrêter de tourner autour du pot ? Je te croyais plus courageuse !
— Je suis courageuse !

Je me lève, m'essuie les doigts et prends mon téléphone.

— Tu me fais rire quand tu réagis au quart de tour.
— Je déteste que tu me dises ça.
— C'est pourtant vrai.

Je souffle et essaye de me donner un peu de courage. Impossible. J'en manque grandement.

— C'était quoi ta théorie déjà ? Que j'avais saboté mon amitié pour ne pas avoir à croiser Nico de nouveau ?
— Exactement.
— Ok. C'est impossible pour moi de laisser une amitié pour un homme. Tu as trouvé le bon argument.

Je prends résolument le téléphone et appelle sur la fiche sélectionnée. Je suis déterminée, stressée mais sans aucun doute. Je dois le faire. J'entends de loin Nate qui murmure un truc genre « T'es vraiment bizarre toi et tes motivations à la noix » mais rien ne me déconcentre. Jusqu'à ce que ça décroche et qu'une voix familière me réponde.

***

CHAPITRE V

Juillet 2003. L'été de tous les possibles...

Je ne sais pas pourquoi je dis ça le journal. J'avais juste envie d'essayer cette phrase ! Si, je sais, l'année prochaine, c'est l'année du BAC !!!! Je ne suis pas prête psychologiquement. J'ai déjà stressée comme une malade pour le bac de français cette année alors le vrai bac !!! Bon je m'en suis super bien sortie, d'accord, ça énerve Élo qui me voit stresser et y arriver alors qu'elle ne stresse pas et donc, n'y arrive pas. En même temps elle a qu'à plus stresser et ça la ferra travailler je pense ! Bon, quoi te raconter ? Tu es mon journal d'été, de la fête plus particulièrement, mais cette année je suis un chouilli moins enthousiaste. Non, entends bien le journal, j'ai envie d'y aller c'est clair. Mais il s'est passé tellement de trucs cette année dans ma vie que finalement, j'attends moins que les autres années cette semaine à Mauguio. Et puis je n'ai pas revu Nico de l'année, ça c'est trop cool, je n'y ai pas pensé donc je n'ai pas envie d'y retourner et de le revoir. Je suis avec Luc, ne l'oublie pas ! Oui je ne te l'ai pas dit ? Je suis encore avec lui. J'ai vraiment appris à l'apprécier. Et il y a du nouveau... comment l'écrire ? Tu es sûr, personne ne te lira ? Et bien je suis une nouvelle personne ! Comment ça déjà ? Je viens d'avoir 17 ans en juin rappelle-toi ! Je suis une presque adulte majeure ! Et c'était le bon. Non, ce n'est pas l'homme de ma vie. Mais il est gentil, attentionné, il m'aime et c'est avec lui que je voulais découvrir ça. On a fait ça un après-midi, début été, dans sa chambre. Ses parents n'étaient pas là. Ça faisait un petit bout de temps qu'on se « découvrait » et c'était cool. Je voulais en connaître plus. Je ne veux pas rentrer dans les détails, mais c'est magique. J'ai l'impression que ça se lit sur mon visage que je ne suis plus vierge. C'est comme mon premier baiser où je pensais que tout le monde le voyait. Là, le soir, j'avais l'impression que ma mère me regardait différemment, comme si elle savait. Mais pas du tout envie de parler de ça avec elle. Elle est encore plus tendue depuis que j'ai revu mon père.

Oui, je l'ai revu. J'ai suivi le conseil de Nico. Je voulais juste savoir. Bon, ça n'a servi à rien. Il n'a aucune réponse lui-même. C'est dur de rentrer dans le monde adulte quand tu comprends que les adultes, eux non plus, ils ne savent pas.

Tout ce qu'il dit c'est qu'il a merdé, qu'il est désolé, qu'il n'était pas prêt, qu'il aimerait me connaître... mais en même temps il en fait pas beaucoup d'effort.

Enfin revenons à l'important ...

***

— L'important ?

M'interrompt Nate en sautant sur ses pieds.

— Quoi ?
— Ça va ?

Pourquoi me demande t'il ça ? Ça se voit que je tremble de là où il est ?

— Ou…oui
— Attends attends poupée. Pause ce carnet. Je vais nous servir un verre.
— Nate c'est lundi.
— Raison de plus, c'est la pire journée de la semaine et il faut digérer cette pizza indigeste.
— C'est vrai qu'elle était pas top. On devrait changer de pizzeria.
— Morgane, c'est hallucinant cette façon que tu as de parler dans ton journal. Si jeune et si…adulte.
— J'avais pas trop le choix.
— Je vois ça. Comment ça s'est réellement passé avec ton père. Maintenant avec tes yeux d'adultes ?
— Oh tu sais, l'enfant qui est en moi ressort toujours quand il est question de lui, alors mes yeux d'adultes…Mais c'est le psy qui prend des notes là ?
— Non l'ami. Je suis désolé Morgane, je pensais te faire lire un petit truc sympa de ton adolescence et apprendre à te connaitre mais en lisant ce journal, j'ai l'impression de fouiller ton âme et je me dis que c'est mal.

— Waouh ! Nate qui a des états d'âmes, j'ai un air si lamentable pour que ça te fasse cet effet ?
— Non mais là on touche à tous les piliers de ta vie en même temps. Ton père, tes meilleures amis et tes premiers amours. Si tu penses que tu dois garder le reste pour toi, je comprendrais. Lis-le par contre, je pense que maintenant tu as été trop loin pour arrêter. Mais même si je meurs absolument d'envie de savoir la suite, tu me feras un compte rendu épuré.

Je reste quelques instants sans voix. C'est gentil ce que me propose Nathan. Pour une fois il a l'air sincère. Mais en fait, je ne suis pas sûre d'arriver à continuer sans lui. Même s'il ne dit rien, en général, il est là et sa présence me rassure. C'est comme si ça empêchait le journal magique de m'aspirer et de me ramener réellement dans le passé. Car autant j'ai aimé chaque instant de la fête à Mauguio et de mes étés avec Élo, autant le reste de l'année n'était jamais une sinécure. La cohabitation avec ma mère, jamais très heureuse, et ce huit clos aliénant était lourd parfois. D'où le fait que je bossais comme une malade pour compenser et m'occuper. Je lève les yeux et vois Nate qui attend ma réponse.

— Non Nate. C'est gentil, mais ça va aller. J'aime bien te faire la lecture en fait. Pour mon père tu sais, il n'y avait rien à dire. Il est juste passé. Il avait des scrupules mais pas assez pour essayer de rattraper le temps perdu. Et en même temps : est-ce que ça se rattrape ?

— Il aurait pu essayer. Comment tu l'as pris ?
— Comme tout ce que je prenais à l'époque, c'est-à-dire que je n'étais pas assez intéressante pour que l'on s'attarde sur moi.
— Forcément. Un enfant, quel que soit l'âge, pense que le problème vient de lui.
— Exactement.
— Mais comment tu as fait pour t'en sortir ?
— Ah merci, il y a du mieux, tu pars du principe que mon cas n'est pas désespéré alors ?
— Que ce soit clair, je suis persuadé que tu es encore complètement tarée et déséquilibrée mais dans ta folie tu as un équilibre impressionnant.

Il sourit et en trinque avec mon verre de blanc posé sur la table.

— Ok. Je prends ça comme un compliment. J'ai vu un psy figure toi quand j'avais 20 ans environ. J'en ai eu besoin et elle m'a fait beaucoup de bien.
— Il faudra que tu me donnes son adresse, je m'entretiendrais bien avec elle.
— Ne pousse pas le bouchon trop loin Maurice !

Dis-je en riant en référence à cette pub du petit garçon qui accuse son poisson rouge d'avoir fini la mousse au chocolat.

— Revenons à nos moutons. Ou plutôt à notre Nico. Hé mais je vais le rencontrer alors ?

— Merci, tu as le chic pour me redonner du courage pour ma lecture !
— C'est bien fait pour toi ! C'est toi qui vient de m'imposer un mariage dans trois semaines non ?
— Parce que tu m'as forcé à y aller. Quand Élodie m'a demandé si j'étais seule je trouvais ça pathétique de dire « oui ».
— Mais c'est ta meilleure amie, elle aurait pu comprendre !
— Nate : tu as caché cette invitation, tu m'as fait revivre mon passé en fouillant dans mes affaires et en exhibant ce journal, tu me donnes comme thérapie d'aller au mariage d'une de mes plus proches amies avec qui je suis brouillée depuis environ 2 ans. Mariage au passage où je verrai mon amour de jeunesse avec qui la situation n'a jamais été claire ni facile mais à qui je ne montrerai rien parce que personne n'est au courant, surtout s'il vient avec sa nouvelle femme, et tu t'attends à ce que j'y aille seule ?

J'ai énuméré chaque détail sur mes doigts et je dois être toute rouge à la fin de mon élocution. Nate ouvre de grands yeux, expire un grand coup et me répond, mi-figue, mi-raisin :

— Oui, dis comme ça. Mais ça c'est bien passé au téléphone non ?
— Elle était étonnée. Normal. Puis elle m'a semblé vraiment contente. Je t'avoue que ça m'a fait

beaucoup de bien en fait de l'entendre. C'est comme si c'était hier.
— Mais ça l'était chérie, quand on vieillit le temps rétrécit.
— Cool. Dans 10 ans comme ça je serai toujours en chagrin d'amour…
— Tu l'avoues !

Dit-il en sautant sur ses jambes et en me pointant du doigt :

— Tu l'aimes encore !
— Nate, c'est trop tôt là pour me sonder alors que tu ne sais rien.
— Ok. Mais … Ok, Ok, je m'emballe. Mais continue ta lecture et je déciderai si je viens à ce mariage ou pas.
— Trop tard. Ne m'emmerde pas. C'est à une heure de Paris, on se prendra un super hôtel, tu auras un bon repas et du bon vin. Élo a toujours eu bon goût, et tout ça gratuitement.
— Ok, je viens !
— A la bonne heure.
— Allez, reprend maintenant. Tu as couché à 17 ans ? Tu étais assez vieille non ? Remarque pour une fille c'est peut-être normal, je ne sais pas. Moi c'était tellement …
— Je ne veux pas savoir !

Je me bouche les oreilles comme une enfant.

— Je sens que je vais être traumatisée. D'ailleurs on devrait se pencher sur toi après. Pourquoi tu es … toi ?
— Trop long pour y répondre. Mais disons que je me sens de plus en plus proche de ton Nico mais en version homo. Son besoin d'être entouré de poupées sans cervelle, je connais très bien et tu l'avais bien analysé déjà à l'époque. Rappelle-moi, il n'avait pas été élevé par sa mère mais par son père c'est ça ?
— Oui.
— Ça expliquerait tout. Ça se passait bien avec son père ?
— Oui plutôt. Même si un jour il m'a confié que son père n'était pas toujours aussi charmant et enchanteur que quand on était là avec Élo. A priori il était très exigeant envers lui et ce n'était pas toujours facile.
— Je me doute. Son père était champion de judo avant ?
— Comment tu sais ça ? Tu le connais ? Je ne l'ai pas dit je crois dans mon cahier.
— Non mon cher Watson. C'était une déduction hasardeuse et le hasard fait bien les choses. Je me disais juste que Nico n'a pas eu la présence féminine et câline de sa mère, ou très peu, il lui fallait donc plaire coûte que coûte à son père et en général on ne choisit pas son sport par hasard.
— C'est quoi le rapport avec les bimbos ?
— Aucune idée. Je suppose tu sais, ce n'est pas une science exacte la psychologie. Je suggère. Dans son cas c'est une façon de ne pas aller plus loin avec une

femme que d'en choisir des qui ne t'inspirent rien à part du désir. Et je ne connais pas la suite de votre relation mais je pense que c'est bien le problème avec toi.
— Il ne me désirait pas…
— Des fois tu es super perspicace et d'autre fois vraiment conne tu sais ! Dans tout ce que tu viens de me lire il est clair qu'il te désirait aussi ! Même si ça n'était pas toujours conscient.
— Attention, tu lis à travers mes yeux, c'est déformé.
— Si tu as bien reproduit les paroles à chaque fois non, ce n'est pas déformé pour le coup. Ce que tu penses toi oui. Mais ce qu'il te dit et cette provocation incessante non. C'est lui qui t'a embrassé le premier. C'est lui qui est jaloux de son pote, qui veut te protéger, qui se confie à toi, qui te fait une référence à la scène culte de Dirty Dancing en te comparant au prénom de l'héroïne et encore lui qui t'appelle toujours par un petit sobriquet de son invention. Toujours lui qui te dit que tu es belle, même si ce n'est pas dit comme ça. Bref, lis moi la suite, tu rougis et ça me perturbe.

Dit-il en se blottissant dans le canapé en face de moi.

— Tu me traumatises tu le sais ?
— Pourquoi ?
— Parce que je ne me suis jamais confiée à personne sur Nico et imagine si tu apportes un éclairage différent à mon histoire ? Si je me suis trompée et que je n'ai jamais fait ce qu'il fallait avec lui ?

— Ah ça, c'est fort probable. Mais dans une histoire on est deux ma chérie. Si vous n'êtes pas ensemble aujourd'hui c'est qu'il y a une raison. Alors lis moi vite la suite que je vois si j'arrive à trouver laquelle et si c'est « sauvable ».

Il baille et s'allonge sur le canapé, les pieds sur la table basse.

— Non.

Dis-je en refermant bruyamment le journal.

— Comment ça « non » ? Je croyais que je te rassurais ?
— Oui, mais là, j'ai peur. Et je refuse d'avoir peur. Je dois…
— Maitriser ?
— Oui, c'est ça.
— Et bien non Mademoiselle Dange. Tu ne dois pas maitriser. On est entre nous là, toi, moi et cette adolescente. Alors laisse la parler et écoute là. On verra après ce que l'on peut faire.

Pas rassurée pour autant, mais curieuse de laisser cette « ado » parler, je bois une longue gorgée de vin et reprends ma lecture.

***

L'important c'est ce qui s'est passé avec Luc. Comment je peux avoir été aussi bien avec lui et prête à le quitter aujourd'hui ? Je tiens à lui, j'ai bien aimé faire l'amour avec lui, mais à part les premières fois où c'était tout nouveau et le grand kiff, maintenant, je ne sais plus. Je l'aime bien mais je sais au fond de moi qu'il n'est pas fait pour moi. Il est trop gentil. Oui, c'est ça, c'est un gentil. Et moi suis-je une gentille ? Je ne le mérite pas. J'ai demandé à Élodie ce qu'elle en pensait. Elle l'adore et ne comprend pas mes doutes. Mais en même temps, la dernière fois ou on a un peu picolé, (oui il m'arrive par ci par là de boire un peu de rhum coca en soirée), elle m'a avoué qu'il avait l'air chiant et que j'allais me lasser. Je ne crois pas que le problème soit là, mais je vais me baser là-dessus dans ma vie : « partir avant d'être quittée » c'est ma devise. Et puis me lasser, ce serait encore pire. Je deviendrais invivable et je déteste l'idée d'être devenue chiante. Il va falloir que je prenne une décision. On part chez le père d'Élo dans deux semaines, il faudrait que je tranche d'ici là. Je dois voir Luc la semaine prochaine, je verrai bien ce que ça me fait quand je le vois. « Demain il fera jour », comme dit la mère d'Élo tout le temps.

Lundi 11 août.

Ok journal. Oublie tout ce que j'ai pu écrire jusque-là. Je ne sais rien. Je suis perdue. J'ai quitté Luc vendredi. Il est venu vendredi soir à Mauguio pour me voir. On avait fait notre traditionnel repas chez Pierre avec Élodie et Nicolas. Je gérais. Tout allait bien. Même si la fossette de Nico s'est agrandie, même si Élodie était déchainée et plein de conneries cette année. Même si je sentais cette magie opérer de nouveau, prête que j'étais à oublier l'année scolaire, et à peut-être essayer d'oublier mon père...

A table on a fait le point et Nico nous a expliqué que sa première année en fac de science se passait bien mais que ce n'était pas sa passion. Son père l'a engueulé une ou deux fois, disant qu'il ne savait pas ce qu'il voulait, que c'était une girouette, mais malgré les reproches j'ai senti l'amour qu'il lui portait. Quand Élodie a raconté avoir passé une année catastrophique et dit qu'elle risquait sûrement de louper son bac l'année prochaine même topo, Pierre l'a soutenu. Moi, en rigolant il m'a demandé :

— Et toi, comme d'hab ? Je ne m'inquiète pas ? Toujours première de la classe ?

« Je ne m'inquiètes pas ». Je n'ai retenu que ça. Comme si je faisais partie de ses enfants et qu'il aurait pu « s'inquiéter ». J'ai souri et dit que cette année avait été très difficile, que j'avais vu mes résultats chuté drastiquement et que je devais me contenter de la seconde place. Ce qui nous a tous fait rire. On a parlé vie perso ensuite et Élo a précisé qu'elle était seule, Nico aussi et j'ai surpris l'assemblée en disant que j'étais toujours en couple avec Luc, enfin normalement... Pierre a rebondi sur le « normalement » et contre toute attente, Élodie a précisé pour moi :

— Ça m'étonnerait qu'elle le garde. Il est gentil, mignon mais ennuyeux ! Et notre Morgane, toute douce qu'elle est...
— N'aime pas ce qui est ennuyeux.

A précisé Nico. Élodie l'a regardé bizarrement puis a souri et a dit :

— En tout cas, le jour où tu quittes Luc, fais le moi savoir. Je veux bien récupérer les restes, il est vraiment trop mignon !

Son père l'a réprimandé doucement en rigolant et on a pu changer de sujet. A la fin du repas, on est sorti Élo et moi sur la terrasse boire un verre pendant que Pierre se calait à la télé avant la semaine éprouvante de la fête. Élo a allumé une cigarette et j'ai tiré une latte pour tester. On s'était dit qu'on essayerait cet été, c'est con je sais le journal, mais c'était notre défi. Juste essayer...

Nico est sorti à ce moment-là et il a halluciné ! Il a de suite pris notre cigarette et menacé Élodie de la faire chanter. Pour le coup, il l'a fumé lui. Je ne savais pas qu'il fumait. Selon lui c'est de la merde et on ne devrait même pas essayer car on ne s'en débarrassera jamais ensuite. Ça m'énerve comme tout le monde dit ça : c'est pas parce que les gens ont pas de volonté que nous non plus ! En plus j'ai trouvé ça dégueulasse. Je ne comprends pas ce qu'ils y trouvent comme plaisir. Quand Nico l'a menacé de tout dire à leur mère si on le refaisait, elle lui a dit que si jamais il le disait aux parents elle leur dirait qu'il ne va presque jamais à la fac. J'ai été surprise d'apprendre ça. Je l'ai interrogé du regard et il m'a expliqué que ça ne lui plaisait vraiment pas et qu'il ne sait pas quoi faire d'autre. Je lui ai demandé pourquoi il n'en parlait pas et il m'a dit que ce n'était pas facile. Je lui ai rétorqué que j'avais vu mon père, et que vraiment, ça n'avait pas été facile mais qu'un certain garçon l'été dernier m'avait suggéré de le faire. Il a souri et m'a dit qu'il n'avait peut-être pas ma force. On est resté quelques minutes dehors, le temps pour lui de fumer sa cigarette et d'en fumer une autre, alors qu'Élo en moi en rallumions une pour voir. On a persisté et on l'a fumé en entier, en alternant et en toussant par ci par là ce qui nous valait des moqueries de Nico. Il a fini par dire qu'après tout, c'était à nous de faire nos propres conneries mais que c'était crétin. On a tous pris ensuite un bonbon menthe pour effacer l'haleine.

Nico et Élo se sont beaucoup rapprochés on dirait. Elle est revenue plus souvent chez son père pendant l'année et lui semble avoir été plus souvent chez leur mère. Je suis contente, ça fait plaisir de les voir se chamailler mais gentiment. Nico a appris pour Buzz et a été très sympa avec Élodie. Elle m'a raconté qu'ils en ont parlé et qu'il lui a dit que c'était un petit con et qu'elle avait bien fait de le quitter. Elle a un peu arrangé la fin mais je trouve ça bien qu'elle lui ai dit. Au moment où on allait rentrer, j'ai entendu une voix m'appeler. J'ai eu le choc de ma vie : Luc m'avait fait une surprise ! Il était venu me voir à Mauguio en scooter. On en avait parlé mais je ne pensais pas qu'il le ferait. C'est horrible ce que je vais te confier journal, mais ça ne collait pas. De le voir là, dehors alors que j'avais l'impression de retrouver ma famille perdue de vue, ça m'a fait prendre conscience que ce n'était pas le bon. Pas pour l'instant en tout cas. Il a été bon pour moi cette année, il a été génial même. Mais là, à Mauguio, il faisait comme

« anachronique ». C'est con non ? Je suis inquiète en t'écrivant, je me dis que j'ai vraiment un problème. Mais c'est ce que je ressens et je ne veux pas me forcer.

Alors on a été se promener tous les deux et on a discuté… et je lui ai dit ce qu'à priori il ne faut jamais dire à un garçon : « je préfère qu'on reste amis ». « Ça marche pas cette formule de merde » m'a dit Nico ensuite. Luc est reparti en faisant la gueule mais je croyais qu'il avait compris jusqu'à ce qu'il m'envoie un texto en me disant qu'on ne sera jamais amis. Nico allait sortir rejoindre ses copains quand il m'a croisé dans les escaliers. Je râlais en disant que les mecs ont tous mauvais caractère. Il m'a demandé pourquoi, je lui ai montré le texto et il a souris. C'est là qu'il m'a dit que c'était la pire des phrases pour un mec. Puis il m'a précisé :

— C'est bon il s'en remettra. Choisis les mieux aussi !

J'ai ri.

— A parce que toi tu es passé maitre en relation conjugale maintenant ? Où est passé l'endive au fait ?

— Plus d'endive. J'ai décidé d'être sage cette fois-ci.

— Je n'en crois pas un mot.

— Et tu as raison. Je préfère juste arriver célibataire pour la fête comme ça je choisis sur place.

Je lui ai tapé l'épaule en gloussant et en le traitant de macho dépravé. Il a souri. J'ai vu sa fossette. J'ai rougi et un ange est passé comme on dit. Il s'est approché de moi, doucement, on était coincé dans les escaliers. Lui sur la marche du dessous donc pour une fois j'étais moins petite que d'habitude. Il m'a pris la main, qui était encore contre son épaule, et je l'ai vu regarder mes lèvres, comme dans les films. Il s'est alors rapproché, je sentais son souffle contre ma bouche... et le père d'Élo a claqué la porte en bas, ce qui nous a fait sursauter. J'ai entendu Élo m'appeler de la chambre donc ... je suis montée. La magie était rompue. Ou alors elle commençait, je n'en sais rien. Quoi qu'il en soit je n'ai pas eu le temps d'y réfléchir. Élodie m'a assailli de questions sur Luc dès le pas de sa porte franchi et je te jure cher journal que j'ai failli lui dire « C'est qui Luc ? ». Il m'a fallu quelques secondes pour reconnecter. Élodie m'a dit qu'elle me comprenait, mais je sens que ce n'est pas vrai. Elle n'a pas encore franchi le pas avec un garçon et je pense qu'elle m'envie un peu. De nous deux ça a toujours été elle la plus délurée, c'est comme si elle avait manqué à son rôle j'ai l'impression. Moi je m'en fiche, mais elle, elle en parle sans arrêt comme quoi elle n'est vraiment pas douée car elle est encore vierge. J'avais peur qu'elle ne couche avec le premier venu juste pour rattraper le tir, mais pour l'instant elle se tient.

Mais qu'est-ce qu'il m'arrive ? Luc a été un amour avec moi, c'est un garçon bien et il m'a aidé à tenir l'année. Mais là, ici, tout est différent. C'est comme si le temps s'arrêtait l'espace d'une semaine et que j'étais projetée dans un autre monde. Et ce monde gravite autour de Nico, ce qui me déprime complètement. Il faut vraiment que je me soigne.

Lundi 18 aout.

« Pour l'instant Élo se tient ». J'ai fini là-dessus ! Et bien pas du tout ! J'avais dit qu'elle était complètement délurée en début de fête, j'aurai dû me douter. Elle m'a entrainé dans les pires conneries cette semaine. Mais qu'est-ce qu'on a rigolé. On a passé une semaine épuisante. Presque tous les matins cette année on allait déjeuner au pré. Ça, je n'en ai jamais parlé. C'est à 1 km environ à la sortie du village, le « Mas des Pauvres » ça s'appelle. C'est magnifique. C'est immense et il n'y a … rien. Juste un immense parking sur de la terre camarguaise, des immenses tables avec des bancs tout le long, et de quoi faire des grillades dans un grill central tout aussi immense. A côté une petite arène mignonette et des champs à perte de vue avec en arrière fond au loin, l'Etang de l'Or. C'est pas joli comme nom ? Et bien c'est aussi beau que son nom l'indique. C'est un étang magnifique qui sépare en gros Mauguio de l'accès à la mer qui serait pourtant juste à côté à vol d'oiseau. Au bord de cet étang, quand tu y vas le matin tu vois le soleil se lever avec le noir jais des taureaux qui pâtissent autour. Tu croises des raseteurs sur leurs chevaux, des cyclistes qui s'entraînent, des joggeurs lève tôt… C'est une autre magie. Un autre cadre. Et le Mas des Pauvres participe à cette magie. Le matin les bandes les plus téméraires y viennent, soit en voiture, (souvent à 7 ou 10 dans la même avec le coffre ouvert), soit à vélo ou encore en tracteur. C'est un immense « petit-déjeuner » collectif. Ce que j'aime tu vois ici, c'est ce manque du culte de la mode. Les filles sont toutes en maillot, même si comme Élodie et moi elles remontent les manches sur leurs épaules ou elles font une boule sur leur ventre pour laisser voir un bout de peau. Elles n'ont pas de robe, pas de froufrous, pas de chichis. Le seul maquillage qui survit c'est un brin de mascara et la poussière soulevée par les sabots des chevaux sur cette terre aride décourage le moindre brushing. Il n'y a pas de défilé, pas de m'as-tu-vu. On est tous en uniforme, mais c'est un uniforme décontracté de fête. C'est ça aussi qui me fait un bien fou. L'année scolaire, je passe mon temps à me demander comment m'habiller, si ça va plaire, si je ne fais pas trop ou pas assez. Ma mère me bride d'un côté quand les diktats du lycée m'imposent l'opposé. Je ne suis jamais « moi ». Je suis soit la fille de ma mère, soit celle qui veut plaire. Ici, au milieu de toutes ces bandes, habillée comme eux, j'ai l'impression de sortir d'un match dont la victoire est chaque matin. On ne ressemble à rien quand on y regarde de près. On est cerné, on s'est couché tard, il est trop tôt, le soleil éclatant d'un mois d'août dans le midi n'épargne rien à nos traits fatigués, mais le rire et la bonne humeur sont le plus beau des atouts. Les garçons draguent, les filles se pavanent, rien ne change mais tout est différent. On est « soi-même » même avec un surnom floqué sur notre maillot.

Au fait je ne t'ai jamais dit le mien ? Depuis l'année dernière que j'ai mon maillot officiel c'est le même... c'est Alex qui a fait faire les maillots l'année dernière à un ami de son père. Et comme on n'était pas là en juin avec Élodie pour tout décider il a demandé à son frère... je te laisse deviner mon surnom !

Peut-être qu'un jour je serai vieille, vers 28-30 ans et que je te lirai journal. J'espère être toujours ici, en train de vivre à 100 % et si ce n'est pas le cas c'est que j'ai une famille bien à moi, heureuse et que je suis épanouie. Mais en me lisant, Morgane plus vieille, j'espère que tu ressentiras le vent léger du mistral, le son de la peña dès le petit déjeuner au mas des pauvres, l'odeur du pain frais et du crottin de cheval qui nous fait tant rire avec Élodie quand on marche dedans (ce qui ne loupe jamais) et que tu verras le noir ébène d'un taureau majestueux, le blanc tacheté d'un cheval camarguais au milieu de la poussière soulevée par les gardians en course.

Moi en tout cas, je le vois, je le vis et je m'en repais pendant toute une semaine. J'espère que ça ne s'arrêtera jamais car c'est là, ici, que j'ai vraiment l'impression de vivre.

Je te disais qu'Élo avait abusé. Elle s'est prise une méchante cuite samedi soir ! Bon Ok j'étais pas mieux, mais moi, j'ai su m'arrêter à temps. Elle a remis ça avec Buzz et ils ont failli couché ensemble. Ça a été un drame. Autant Nico était cool avant, autant là, il n'a pas aimé du tout. Elle s'est éclipsée au bal pour aller coucher avec lui malgré que j'essaie de l'en dissuader. Mais comme j'avais un peu bu aussi, je ne devais pas être convaincante. Au moment où on chantait sur un morceau improbable dont je ne me rappelle pas, elle est revenue de sa virée avec Buzz pile au moment où Nico revenait du taureau piscine.

Il les a vu et a tout de suite compris (je ne sais pas comment), ce qu'ils venaient de faire. Il s'est mis dans une colère folle. Il a croisé Buzz et lui a collé son poing dans la figure en lui disant que c'était irrespectueux de se taper sa petite sœur qui n'est même pas majeure et qui a bu. On aurait dit un truc du moyen âge, j'ai halluciné. Ça a commencé à partir en bagarre générale. Oui ça c'est moins cool, ça arrive parfois. Mais la police municipale intervient vite pour les stopper en général et nous les filles, on a toujours une bande qui passe par là, que ce soit la nôtre ou pas, qui vient pour nous protéger en nous éloignant. Il y a une solidarité impressionnante dans ces cas-là et les filles sont vites mises à l'écart. Quand c'est pas elle qui foutent la merde...

Là je n'ai rien eu le temps de voir, c'est parti trop vite. Je sais juste que Nico a pris un coup lui aussi.

Comme Élo était un peu sur son petit nuage, elle n'a rien compris et a traité son frère de gros con de rétrograde. C'est après qu'elle m'a confié qu'ils n'ont pas couché ensemble, ce qui m'a rassuré et j'ai mieux compris la colère d'Élo envers son frère. Au lieu de se rendre compte que Buzz est un gros con, elle part du principe que son frère a tout gâché et qu'elle n'a plus aucune chance. Alors que selon moi, Nico a très bien fait. C'est vrai quoi, un garçon qui te laisse boire et après veut en profiter, c'est déjà pas le bon dans la vie mais alors encore moins le premier ! Ensuite, le reste de la soirée, tout m'a échappé. On a passé la soirée à danser et boire. Moi surtout danser, Marie et Élo surtout boire. C'était notre samedi de célibataire. A priori Buzz ne préférait pas en ajouter en s'approchant de Élo et Marie s'était encore faite larguer juste avant. Mais cette fois elle gérait mieux. Le retour a été dur. Comme depuis l'année dernière Pierre ne nous chaperonne plus, on rentre seules à pied. Élodie chantait et hurlait, on a dû réveiller tout le monde sur notre passage, c'était la honte mais j'ai bien ri. A un moment donné au bout d'une rue elle s'est arrêtée pour vomir dans le caniveau.

Nico est arrivé avec une fille à ce moment-là. Comme il était clair que la fille avait autre chose à faire que de s'occuper de sa poivrote de sœur, Nico l'a ramené chez elle et nous a rejoint pour m'aider à porter sa sœur jusqu'à la maison. Élodie en bonne bourrée râlait tout le long de la route sur Nico en lui disant que tout était de sa faute, qu'elle tenait à Buzz, qu'elle voulait coucher avec mais que grâce à son con de frère ça avait tout gâché. Ce qui ne calmait pas Nico, au contraire. Et moi j'essayais de tempérer l'un et de raisonner l'autre, en vain.

Arrivés à la maison, j'ai encore tenu les cheveux d'Élodie pendant qu'elle vomissait dans le jardin et quand elle s'est jetée sur son lit en travers, je me suis dit que j'allais enfin être tranquille. Je suis sortie fumer une cigarette et j'ai trouvé Nico dehors, en train de fumer aussi. La lune était belle et claire, on était assis sur le perron côte à côte et j'étais bien.

Il m'a demandé si je pensais qu'il avait vraiment été con. Je lui ai répondu que non. Que si j'avais eu un frère, j'aurai aimé qu'il fasse ça pour moi. Il a souri et m'a dit qu'il pouvait, si je le voulais, être là pour moi.

Dans la lumière de la lune j'ai vu son œil gonflé et un peu de sang séché au-dessus de l'arcade. Je lui ai proposé de le soigner. On est rentré, on s'est arrêté dans la salle de bain et j'ai essayé de lui enlever le sang avec un coton mouillé. C'était idiot car je suis une très mauvaise infirmière, n'oublie pas le journal je suis en L pas en S, c'est pour une bonne raison. Je lui ai marché sur le pied et je lui ai mis le coton dans l'œil. Il a ri, m'a pris le coton des mains et m'a confirmé que j'étais nulle. Je me suis vexée, lui ai dit qu'il n'arrêtait pas de bouger, j'ai repris le coton et au moment de lui appliquer il m'a tenu la main pour ne pas qu'elle tremble. Puis alors, encore une fois, cette magie a opéré. En même temps, il était 3 heures du mat, on avait bu de l'alcool, on était seul dans une salle de bain a peine éclairée pour ne pas réveiller Pierre. C'est pas très difficile d'avoir de la magie. Il m'a juste dit :

— Non, je suis désolé. Je ne pourrais pas être ton frère...

Et il m'a embrassée. Ou alors c'est moi. Je ne sais pas car je me suis approchée aussi. Comme il était assis sur la baignoire et que j'étais penchée pour soi-disant le soigner, on avait le visage à peu près au même niveau. Donc ça doit être 50/50 niveau rapprochement. J'ai ressenti quelque chose que je ne ressens avec aucun autre. Ces fourmis dans le ventre. Ce tourbillon. Cet ouragan même qui m'emporte de l'intérieur. Là, on ne jouait plus. Ça n'avait rien à voir avec avant. Il m'a pris dans ses bras en se relevant pour mieux me plaquer contre lui. Sa langue était beaucoup plus présente et envahissante au fur et à mesure et j'aimais vraiment ça. Je me rappelle ne plus avoir pensé à rien, sauf au fait que j'embrassais Nico. Encore. Et là, va savoir pourquoi, je me suis dit que c'était une erreur. Que si Élodie le savait elle allait me tuer. Elle en voulait déjà à son frère d'avoir cassé la gueule du mec qui a failli la dépuceler, elle allait avoir la gueule de bois demain, alors si elle me retrouvait dans la chambre de son frère, ça ferait peut-être beaucoup non ? Et puis il y avait Pierre aussi qui a toujours eu confiance en moi et m'a accueilli comme sa fille dans sa maison. Et oui, cher journal, ta conne de romancière a eu le temps de penser à tout ça malgré l'alcool et malgré ces milliers de fourmis qui m'escaladaient et me picotaient la peau. Je crois en fait que j'ai paniqué. Alors quand j'ai entendu Élodie dans la chambre juste à côté tousser et geindre, je l'ai repoussé. On s'est regardé. Il avait l'air complètement perdu. Je devais avoir l'air d'une folle. Puis Élodie m'a appelée et je suis sortie en trombe de la salle de bain.

Pendant que je tenais les cheveux d'Élodie pour la énième fois au-dessus des toilettes, j'ai entendu Pierre se lever et parler avec Nico dans le couloir. Je crois qu'il lui a demandé ce qu'il faisait car la voix sombre et rauque de Nico a répondu :

— Je vais dormir chez Claire.

J'en ai eu le ventre déchiré. J'avais envie de vomir moi aussi mais les toilettes étaient déjà prises et on ne pouvait décemment pas vomir à deux. Le père d'Élo m'a rejoint, en colère, puis devant l'état de sa fille, il a râlé, lui a relevé la tête et appliqué un gant humide en nous disant qu'on en parlerait demain. J'étais épuisée et vidée. Je suis partie dans la chambre, je suis tombée sur le lit et je crois que je me suis endormie dans un coma sans rêve.

Le lendemain nous n'avons pas eu l'engueulade que l'on pensait. Juste quelques remontrances et puis Élodie avait tellement mal à la tête et était tellement cadavérique que la punition était là, comme lui a dit son père. J'ai trouvé ça intelligent. Je ne sais pas si je serai capable d'en faire autant et de rester calme comme lui avec mes futurs enfants, mais il faudrait que j'essaie car ça a marché. On avait tellement honte et elle était tellement mal que l'on n'avait pas envie de recommencer de sitôt.

Comme le coup du restau le dimanche soir avec ma mère avait été cool l'année passée, on a réitéré. Sans Nico bien sûr, qui cette fois n'est même pas venu pour l'apéro. Après le restaurant, Élodie est rentrée dormir et moi je suis sortie rejoindre notre bande. Miracle, ma mère n'a pas émis la moindre opposition. Elle m'a souhaité une bonne soirée et m'a dit à demain. Je l'ai raccompagné à sa voiture et elle m'a demandé si ça allait. J'ai dit oui. Elle a souri, m'a caressé le visage puis m'a dit un truc genre :

— Parfois c'est douloureux, mais ensuite ça passe ma chérie.

Je crois que ma mère à tout compris. Sans rien que je dise. Comme quoi, on peut penser que la personne avec qui l'on grandi, est une étrangère, mais ça reste votre mère. Et en fait, il y a un côté surnaturel avec les mamans. Elles ne disent rien, ne savent rien mais comprennent tout. Je lui ai fait un câlin, ce qui n'était pas arrivé depuis très longtemps et j'ai l'impression que ça lui a fait beaucoup de bien à elle aussi. Presqu'autant qu'à moi qui n'en avait jamais eu autant besoin. Puis je l'ai regardé partir et je suis retournée au bal. Quand je suis arrivée, Nico tenait la main de sa Claire. J'ai tourné la tête et rejoins Marie, Alex et d'autres copains à côté. Marie aussi m'a regardé étrangement. Elle a surpris mon échange de regard avec Nico et m'a juste dit :

— On en parle ou pas ?

J'ai répondu non.

Et là, comble de mauvaise synchronisation dans ma vie, le slow de l'été 2003 c'est la reprise du groupe Blue de cette chanson trop belle de Elton John « Sorry seems to be the hardest word ».

Tout le monde s'est plus ou moins éparpillé et je me suis retrouvée seule en me disant que j'aurai dû rentrer avec Élo. Mais j'ai senti une main sur ma hanche et quand je me suis retournée, Nico me prenait dans ses bras. Au début on n'a pas parlé. Juste écouté, ce qui doit être pire pour l'anglophone que je suis.

« What have I got to do make you love me
what have I got to do make you care
What do I do when lightning strikes me
And I wake to find that you're not there ?

What have I got to do to make you want me
What have I got to do to be heard..."

— Pardon.

C'est ce que Nico m'a murmuré dans l'oreille. Mais pardon pourquoi ? Pour m'avoir encore embrassé ? Pour être avec une autre ? Pour n'aimer que les grandes blondes et pas moi ? Pour ne pas me comprendre ? Pourquoi ? Je n'arrivais même pas à lui poser la question. J'avais une boule dans la gorge, je sentais que j'allais exploser. C'était horrible.

Je m'étais promise de ne pas ressentir ça. Je m'étais promise de ne plus pleurer pour un homme. Mais pour le même putain ? Faut-il vraiment que je sois cruche comme ma mère ? C'est dans les gènes la niaiserie amoureuse ? Pourquoi je penche vers le mauvais ?

Je n'ai rien répondu, je me contentais d'être dans ses bras, de sentir son odeur, de me caler dans le creux de son épaule. Il m'a légèrement repoussé pour me forcer à le regarder et m'a demandé :

— Tu ne dis rien ?

— A quoi ?

Il s'est arrêté de danser sans me lâcher pour autant.

— Je ne sais pas. Pour nous ?

— Il n'y a pas de nous. Tu es avec ta nouvelle Barbie. Je suis la meilleure amie de ta sœur. Fin de l'histoire non ?

Il a hésité, m'a lâchée puis m'a juste répondu : oui. Et il est parti dans la foule, me laissant seule au milieu de tout le monde, avec les dernières notes de la musique sur scène et tous les couples qui s'enlacent autour de moi. Quand je me suis retournée j'ai vu Marie qui me regardait avec un air réprobateur. Qu'est-ce qu'elle avait vu ? Qu'est-ce qu'elle voulait me faire comprendre en faisant un léger non de la tête ? J'en sais rien mais je n'avais pas le courage de lui demander alors je suis rentrée me coucher.

Voilà, cher journal. Il n'y a qu'à toi que j'ose avouer mon cas désespéré. Je relis cette partie et je me dis que peut-être je devrais arrêter. C'est comme une drogue chaque année cette fête. Et chaque année je reprends ma dose en me disant encore qu'à la fin le dimanche soir va être un déchirement. Ce qui ne loupe jamais. Puis-je emporter un peu de poussière de terre dans ma valise ? Un peu d'odeur de bonbon menthe ou du Stoptou réglisse que l'on avale pour enlever l'haleine d'alcool ou de cigarette... un peu d'odeur de fête et de rire avec moi...

d'insouciance, de folie et de cet amour qui me tue afin d'essayer de tenir une année de plus à attendre ?

***

— J'ai reçu un texto. Dis-je à Nate en posant mon journal sur la table.
— Oh cette attente va me tuer ! C'est incroyable. Tu as à peine 17 ans et on doit arriver à aujourd'hui, je ne tiendrai jamais.
— Ohla, ne te stresse pas, après c'est plus irrégulier, il n'y a pas toutes les années.
— Mais je veux tout savoir moi !
— Oui ça…

Dis-je en me refermant. Alors que je fais semblant de me concentrer sur mon téléphone pour éviter ses questions, la réalité me rappelle quand je vois qui m'a envoyé le message.

— C'est Élo. Dis-je surprise.
— Qu'est-ce qu'elle veut ?

Je clique sur le message qui, bien sûr, fait exprès, refuse de reconnaître mon emprunte. Après m'être battue avec et avoir tapé mon code 3 fois, j'y accède enfin.
Je lis à voix haute :

« Ça m'a fait du bien de t'avoir au tel. Je suis à Paris samedi, dispo pour un thé à 16H ? »

— Cool. Me dit Nate alors que je suis incapable de réagir. Ça prouve que vous en aviez besoin autant l'une que l'autre.
— Apparemment.
— Tu ne réponds pas ?
— Tu vas gérer toute ma vie comme ça ?
— Oui, tant que tu m'invites de force à un mariage où je ne connais personne.

Je réponds rapidement à Élodie, de peur qu'elle ne change d'avis.

« Oui avec plaisir ! Moi aussi ça m'a fait du bien. RDV 16H notre café habituel ? »

Puis j'appuie sur « envoie » et regrette aussitôt d'avoir employé le mot « habituel » genre il ne s'est rien passé. Mais bon, c'est trop tard c'est fait.
Au moment où je vais pour poser mon portable sur la table basse je reçois un pouce levé qui me fait sourire. C'est ça qui est cool dans l'amitié, pas de chichi comme avec les mecs à réfléchir trois heures à ce qu'il faut dire ou ne pas dire. Non, avec ma meilleure amie je peux être moi-même.
Forte de cette bonne nouvelle je décide de m'attaquer à plus compliqué : mon colocataire.

— Alors. Dis-je en me jetant sur le canapé pendant que lui fait semblant de s'intéresser à un magasine en face de moi sur son fauteuil fétiche. Parlons un peu de toi.
— De moi ?
— Oui, on est sur moi depuis que l'on a découvert ce journal et je suis en pleine psychanalyse. J'ai droit à une pause non ?
— Pour parler de moi ma belle, c'est plus qu'une pause qu'il te faudrait. C'est toute une vie. Et puis j'ai envie de regarder la télé.

Ce faisant il prend la télécommande et allume le poste, clôturant ainsi toute conversation.

— T'es sérieux là ?

Il me regarde la tête baissée et lève les yeux, d'un air exaspéré.

— Nate, tu ne peux pas continuer comme ça.
— Comme quoi ?
— Sans nouvelle de ta famille.
— Wowowo. On se calme. C'est pas parce que tu as l'impression d'avancer et de régler des choses avec ton passé que ça doit être le cas pour tout le monde OK ? Tu n'es qu'au début de ta reconstruction, ne vend pas la peau avant d'avoir tué la bête.
— C'est encourageant, merci. C'est le conseil que tu donnes à tes patients ?

— Je ne donne pas de conseil à mes patients. Je suis juste payé pour les écouter.

Il sourit et monte le son de la télé. Je m'énerve et prend la télécommande pour éteindre d'un geste rageur.

— Nate, c'est donnant/donnant.
— Ça n'a jamais été prévu dans le contrat !
— On n'a pas fait de contrat ! Et si je prends le bail il doit bien avoir une clause disant qu'en colocation chacun doit faire à hauteur de ce qu'apporte l'autre ! Ah ! Je t'ai eu ! Et BIM un point pour moi.
— Plus personne ne fait « BIM » de nos jours. C'est has been.
— « Has been » aussi. On est quitte.
— Bon, on continue comme ça pendant longtemps ou tu boudes ?
— Je sais Nate. Je comprends que ce soit douloureux. Toi ton père t'a rejeté, moi il ne m'a jamais accepté. Est-ce que c'est mieux ? Ou pire ? Je ne sais pas. Mais ça reste notre famille.
— C'est pourri comme phrase.
— Oui, c'est ce que tu dois dire à tes patients mais je voulais essayer. Ça marche avec eux ?
— Jamais.

Nate se lève et rode dans la cuisine derrière nous en rangeant des babioles.

— Tu as bien réussi ta vie Nate ! Il sera fier de toi. Et ta mère doit mourir à petit feu de ne pas avoir de nouvelles depuis…
— Depuis mon coming out ?
— Oui.
— Je sais ! Tu ne crois pas que j'y pense ? Ça fait deux ans et demie maintenant, c'était le noël juste avant que je ne te rencontre et qu'on se mette en colocation.
— Non : que tu me forces à te prendre sous mon toit ! Nuance.

Il me lance l'éponge au visage. Je ris et riposte avec un coussin. On fait quelques conneries comme ça pendant quelques minutes, je comprends alors que la conversation est close pour ce soir. Il finit par venir se poser à côté de moi et on regarde la fin d'un film. Ça ne doit pas être évident pour lui. Je me plains, je ne pense qu'à moi mais je me dis que moi, quoi que je fasse, ma mère a toujours finit par me soutenir. Avec ses faiblesses à elle et son manque d'enthousiasme constant, certes, mais de manière infaillible. Alors que Nathan, quand il a voulu annoncer à ses parents son homo sexualité, persuadé que ceux-ci le savaient déjà, il s'est rendu compte qu'ils se voilaient la face dans une vérité qui les arrangeait. Le choc a été brutal. Son père ne lui a pas pardonné de lui dire ce qu'il n'avait pas envie d'entendre et il a été très dur envers lui. Nate s'est senti rejeté par les personnes qu'il aimait le plus au monde et pour ne pas le montrer il n'en parle jamais.

On m'a toujours dit que les psy étaient ceux qui avaient le plus de problèmes personnels à résoudre et je crois que mon ami en est la preuve vivante la plus irréfutable.
Je vais me coucher, ravie de me dire qu'on est qu'au début de la semaine et que j'ai jusqu'à ce week-end pour réfléchir à ce qu'on va bien pouvoir se dire avec Élodie.

CHAPITRE VI

ÉTÉ 2004. Août exactement. J-2 de la fête.

Salut le journal. Ça va ? Tu dois te faire chier tout seul dans ton placard pendant un an ? Es-tu sûr que personne ne t'a lu ? Tu me le dirais sinon ? Hé oui car j'ai mis un système de scotch à double face sur ta bordure et quelqu'un qui ne le sait pas laisserait forcément ses empreintes ! J'ai regardé avec précautions : à priori rien. Donc ça va. Je devrais faire agent secret plus tard. Là je suis perdue. J'ai eu mon bac bien sûr. Tu en doutais ? Avec mention Bien en plus. Je vais en fac de lettres à Paul Valéry l'année prochaine et Élodie aussi mais pas du tout dans la même spécialité. On verra bien ce que ça donne. J'ai des nouvelles de son frère. Il a planté la fac. Déjà qu'il se faisait chier dès la première année... ça ne m'étonne pas. Donc il a conclu un contrat avec ses parents : il bosse tout l'été dans une grande surface, il a commencé début juin et ils acceptent de lui payer une école privée d'audiovisuel sur Lyon en septembre. Pour le coup il est chez sa mère en août c'est plus pratique. Génial. Heureusement comme j'ai bossé aussi je ne l'ai pas croisé. Pour le coup à Mauguio je devrais passer une fête plus calme pour la simple et bonne raison que je ne le verrai pas.

Pas de fête à Mauguio pour lui cette année, ordre de ses parents. Ecoute ça tombe bien le journal. Cette année peut-être que j'arriverai à profiter pleinement des joies de la fête sans le chercher partout du regard, sans me prendre la tête pour savoir quelle endive sera de nouveau à son bras ou collée à ses lèvres. Et peut-être même, comble de l'espoir, que je ne chialerai pas comme une madeleine ! En tout cas, c'est bien ce que j'ai prévu. Je me suis remise avec Luc en septembre en début d'année. Son petit air triste et orphelin a eu raison de moi. Mais ça n'a pas duré. On a cassé en juin. En prévision de l'été me dis-tu ? Non je ne suis pas si peste que ça quand même... ou peut-être que si. Ma mère était désespérée car elle l'adorait ! C'est peut-être ça le problème. C'est comme ce jean que j'ai failli prendre la dernière fois en courses, quand elle m'a dit qu'elle avait le même à mon âge. J'ai paniqué et je l'ai reposé aussitôt. Un mec qui plait à ma mère, ça ne doit pas être un mec fait pour moi ! La preuve : elle n'aime pas Nico.

Luc a eu le cœur brisé, encore, et moi je me suis sentie coupable, encore. Mais je ne dois pas être une fille très sympa le journal, comme d'hab à toi je dis tout. Je pense que je ne suis pas quelqu'un de bien. Je n'ai pas culpabilisé tant que ça... J'ai dû faire semblant devant les copines pour ne pas passer pour une garce. Seule Élo me comprend. Pour me « déculpabiliser de ne pas être coupable », elle m'a même dit

qu'avec Marie elles sortiraient le serment de l'année dernière et que toutes les deux s'opposeraient à ce que j'ai une vie fade et triste avec un Luc gentil mais ennuyeux ! On a bien ri.
La mère d'Elo travaille, donc là elle vit chez moi, comme toujours en juillet depuis quelques années et on part demain chez Pierre. J'ai hâte de le retrouver, c'est comme si demain : je rentrais chez moi.

Mardi 17 août.
C'est génial ! C'est une des meilleures années ! Peut-être le fait qu'IL ne soit pas là. Ou le fait que j'aie grandi et qu'on fait plus de conneries qu'avant. Bon OK, il me manque. Mais au moins je vis pleinement. Un peu trop peut-être. Alex me dit qu'il ne me reconnaît pas. J'en ai marre d'être la fille modèle, la gentille. J'ai besoin de vivre, de faire des conneries ! D'abuser. J'ai eu mon bac, j'ai eu une mention : j'ai besoin de vivre maintenant ! Je sens que c'est un été de transition avant de vraiment rentrer dans le monde des adultes à la fac. En plus du fait que je sois devenue majeure, tout a changé, j'en ai conscience. La vie lycéenne est derrière moi. J'ai bossé en juillet j'ai ramassé des fraises avec Élodie chez un ami de son père et ça nous a permis de mettre un peu d'argent de côté pour notre permis de conduire. J'ai commencé à m'entrainer pour le code. Mais alors en premier job, ramasser des

fraises : putain que c'est dur de faire ça. C'est l'horreur. Si c'est ça être adulte ça promet ! En attendant, depuis que ce boulot est fini, je me lâche. Cette semaine j'ai fait plus de conneries que depuis les six ans que l'on fait la fête.

J'ai changé le sucre en sel dans le café de la bande, j'ai passé un nombre incalculable de fois à défaire les tentes des copains, à cacher leurs affaires... Tout le monde me déteste mais tout le monde m'adore en fait. Cette année on rentre très peu chez Pierre, on dort tous les soirs dans les tentes qu'on plante, beaucoup d'ailleurs chez le père de Loïc, Frédéric qui nous fait beaucoup rire. Oui c'est un principe, les jeunes d'une même bande normalement ne se quittent pas du samedi matin au dimanche soir prochain. On mange ensemble et on dort tous ensemble. Soit les uns chez les autres mais souvent dans des tentes qu'on plante dans le jardin d'un parent de la bande. Et j'adore quand on rentre vers 3 heures du matin et que tout le monde a la tête en vrac et découvre qu'il a sa tente à refaire car avec Élo on a tout défait dans la journée. Bon, ils se sont vengés plein de fois et on a morflé. On a eu nos affaires planquées un soir dans un jardin et on a cherché pendant une heure. Ensuite on est les premières jetées à l'eau dans un taureau piscine, mais on le prend bien. C'est un juste retour de choses.

Carlos veut absolument sortir avec moi. Je n'arrête pas de le repousser mais j'hésite en fait. Je ne sais pas ce qui me fait hésiter ? Il n'est pas mal. Peut-être le manque de challenge. C'est horrible, quand c'est trop simple ça me déplait. Je dois être maso, comme ma mère.
En parlant de sortir, je vais te confier un nouveau secret. Alex et Élo sont amoureux je pense. Le problème c'est qu'aucun d'entre eux ne le reconnaît. Ils sont sortis ensemble de nouveau en début de fête mais d'habitude ils font ça quand ils n'ont personne, comme des amis, mais là, je les trouve différents. Elle ne le reconnaîtra jamais, mais je la connais. Je la taquine avec ça, elle m'envoie chier, ce qui prouve que j'ai raison. Ce serait dommage qu'ils gâchent tout en se disant que c'est juste un amour de vacance. Et puis les mecs avec qui elle a été cette année : non mais n'importe quoi ! Si seulement elle pouvait se mettre avec Alex, ils iraient trop bien ensemble !

Vendredi 19 août.
Voilà hier soir j'allais passer une super soirée et me décider à dire oui à Carlos quand est arrivée la phrase de trop.
Arthur qui passait pas là est venu dire à ses potes, qui étaient à côté de moi, que c'était trop cool, que Joe avait pu se libérer ce week-end. Il sera là soit ce soir soit demain. Je n'ai pas tout compris. Je n'avais pas,

mais alors pas du tout prévu ça. C'est l'enfer. Je dois boire pour oublier. Je ne dois pas y penser. Je dois rester la fille cool du début de la semaine sinon ils vont se douter de quelque chose. Et devant lui je ne dois surtout pas montrer que je l'attendais. Tout sauf ça ! Je gère, je gère. Peut-être que je vais sortir avec Carlos du coup.

Lundi 23 août.

Ok rien ne s'est passé comme prévu. Mais quand je te dis rien le journal, c'est vraiment rien. La honte suprême.

Vendredi soir j'ai voulu passer une bonne soirée sans penser à lui. Mdr trop conne la fille. Le truc impossible. J'ai donc picolé plus que de raison sans m'en apercevoir. Alex avait amené du rhum, on se faisait des rhums coca. J'ai pas géré. Le truc que je fais toujours d'habitude. Là au fond de moi j'étais tellement excitée et anxieuse en même temps que j'ai bu sans m'en rendre compte. On n'a pas été au taureau piscine, je n'avais pas envie d'attendre assise dans les gradins, il me fallait de l'action. On a été au bal direct. Dès que la foule s'épaississait et que je voyais la couleur bleue des maillots de sa bande je bloquais. Quand Carlos est arrivé je me suis dit que c'était un signe. Je dansais avec Élo sur « Hey Ya » des Outkast. C'était trop cool. Tout allait bien. J'ai cru le voir de loin alors j'ai foncé sur Carlos et comme il me regardait sans savoir quoi faire, je l'ai embrassé. Je suis une chaudasse tu crois ? J'ai un problème non ? Mais c'est pas le pire. Oh la honte absolue. Nico est arrivé peu de temps après et m'a vu avec lui. Tant mieux. Même si ça n'a pas eu l'air de le faire chier autant que dans mes rêves les plus fous. On s'est fait la bise comme si de rien n'était. On a parlé 5 minutes de son année passée à la fac et de ses projets en école d'audiovisuel. Il m'a demandé si je savais ce que j'allais faire puis ses copains l'ont accaparé. Je me suis donc resservie du rhum, une bonne dose. C'était vendredi donc Élo n'était pas tenue d'être en soirée fille exclusive et Marie non plus. Elles m'ont lâchement abandonné au profit de leur mec, Elo sortait avec Franck. Je papillonnais entre Carlos et Jane une nouvelle fille dans la bande cette année. Carlos était occupé avec ses potes lui aussi, même si j'ai vite compris que si je lui demandais de rentrer il serait le premier à m'accompagner... mais je n'avais pas envie de lui donner plus pour l'instant. J'avais juste envie de danser. J'ai donc continué de boire. Élo et Marie sont revenues et on a chanté à tue-tête « Graver dans la roche » de Sniper, enfin le refrain car le reste ça va trop vite et je me rends compte que je m'y connais plus en chanson anglaise que française. J'aime pas trop le rap français d'habitude, mais celle-là, elle nous représentait bien sur le moment :

« Eh approche, écoute hoche la tête si t'accroches
pour nos familles et nos proches c'est gravé dans la roche
sorti de nulle part c'était écrit c'est pas un hasard
un jour notre blaze sera gravé dans la roche
on lâche pas on s'accroche
du but on s'rapproche sous le risque ou sous le porche
c'est gravé dans la roche »

Cher journal, un jour tu me serviras peut-être. Qui sais ? Tu vaudras dans quelques années de l'or car tu seras un jukebox ambulant !

Bref, tout allait bien. Puis j'ai continué de boire. La tête me tournait grave. Nico est passé il me semble pour me dire de faire attention, que j'allais être malade juste avant que le bal ne s'arrête, blablabla. Ce qui a eu pour effet de me faire continuer à boire plus. Franck est passé on a fait un cul sec pour finir notre verre. A la fin du bal je crois que j'étais ingérable. Je ne me suis pas sentie bien du tout. J'ai voulu faire la grande en disant que ça allait mais manque de pot on dormait tous chez nous ce soir-là. La veille on avait cramé la pelouse du père de Loïc en dormant dessus depuis 3 nuits. C'est le problème quand tu plantes ta tante, avec la chaleur du sud, la pelouse qui est en dessous n'apprécie pas trop. Et puis vu qu'on avait débranché l'arrosage automatique... Alors comme son père a fait une crise (tu m'étonnes vu l'état il allait avoir besoin de beaucoup de patience pour la refaire pousser) on a déguerpi et on a dit qu'on dormirait les deux dernières nuits tranquilles. Enfin au moins vendredi car on avait prévu samedi de faire une nuit blanche pour la dernière. Mais on était déjà tellement crevé de la semaine que ça allait pas être gagné. Donc vendredi soir c'était séparé, chacun chez soi donc nous chez Pierre. Forcément c'était bien ma veine.

Je me rappelle plus très bien être rentrée, j'entends juste Élo qui râle en m'envoyant chier et Franck avec elle qui rigole. Elle abuse celle-là, l'année dernière c'est elle qui était dans le même état. Je crois qu'elle avait pas mal bu elle aussi, d'où le fait qu'elle ne soit pas nickel. Les derniers 100 mètres étaient horribles. Un haut le cœur m'a pris et je ne voulais pas que Franck et Élo me voient comme ça. Je me rappelle juste les voir s'embrasser et rire, j'ai dit à Élo d'avancer que je la rejoignais. Puis là, l'horreur, dès qu'elle est partie et que je n'ai plus eu besoin de parler la nausée m'a gagnée. Je me suis appuyée contre un mur et penchée au dessus du caniveau, et vlam : j'ai tout vomi. Ça a duré une éternité. J'ai cru que j'allais mourir. Et puis bien sûr, comme je suis la fille la plus chanceuse de la terre, j'ai entendu du bruit derrière moi. Deux voix. Deux personnes dans cette putain de rue qui parlent et rient bêtement. La honte suprême. Mais non, je croyais avoir atteint le sommet et en fait il reste toujours une part de possibilité d'avoir encore plus la loose totale. J'ai relevé la tête avec difficulté quand j'ai entendu qu'ils étaient juste à côté de moi. Et là j'ai vu la plus grande endive qu'il m'ait été donné de voir. Des jambes blanches interminables, une grande ceinture qui fait jupe, un gant de toilette pour cacher la poitrine et de long cheveux blonds qui dégoulinent sur tout ça.

Je me rappelle juste avoir dit un tuc genre « Oh une nouvelle endive, mais attention gros calibre celle là !» et éclaté de rire. Bien sûr journal tu l'as compris, l'endive était le nouveau plat de résistance de Nico. Tout est un peu flou dans ma tête, je me rappelle juste de l'endive qui gueule, de Nico qui lui dit de rentrer ou un truc du genre. J'ai ensuite senti à son ton que j'allais me faire bien engueuler. On a alors essayé de rentrer sans faire trop de bruit pour ne pas réveiller Pierre. Enfin en théorie, car allez dire ça à une alcoolique qui a vu sa honte suprême se réaliser et qui n'a plus rien à perdre ! J'avais l'impression que plus je riais, plus je faisais de bruit, plus j'avais de chance de me réveiller dans un mauvais film et que ça n'allait pas être vrai...

En bon chevalier servant, et surtout devant mon incapacité à monter les escaliers, Nico m'a portée. Ça aurait pu être super romantique si je n'avais pas du vomi au coin de la bouche et dans les cheveux. Il a voulu me déposer dans la chambre d'Élo mais a hurlé quand il a vu qu'elle n'était pas seule. Heureusement pour elle, elle me l'a dit le lendemain, rien de bien méchant, elle était juste au lit avec Franck mais les deux étaient habillés et s'endormaient paisiblement. Comme le bruit à finit par réveiller Pierre, Nico n'a pas eu le choix et m'a jeté dans sa chambre sur son lit (ça aussi ça aurait pu être romantique, « aurait » cher journal). J'ai entendu la porte se refermer derrière moi et Nico parler avec son père pendant que je me posais la question si son lit était un matelas à eau. Ça bougeait, une horreur. J'entendais Nico qui le rassurait, lui disait qu'il était rentré avec une fille mais qu'elle allait repartir. Alors que je croyais aller mieux, la gerbe me reprenait.

Nico est rentré juste à ce moment-là, après avoir réussi à envoyer son père au lit. En voyant ma tête, il a juste dit :

— Ah non Tilt, on ne vomi pas dans mon lit !!!

Il s'est précipité sur moi et m'a amené aux toilettes. Et là, oui, j'ose l'écrire mais si quelqu'un te lit je me jette du haut d'un pont, il m'a tenu les cheveux pendant que je vomissais.

Voilà, c'est la fin de l'histoire d'amour la plus glauque et la plus ridicule du cinéma français. Il fallait le faire, je l'ai fait.

Le reste aurait pu être flou, mais non, c'est encore mieux quand on s'en rappelle ! Vomir a eu le bénéfice de m'éclaircir les idées, mais pas très longtemps. Juste pour commencer à réfléchir entre aller vivre sur un autre continent, me faire de la chirurgie esthétique ou tuer l'homme de ma vie pour être sûre qu'il ne s'en rappellera jamais. Je n'ai rien fait de tout ça mais j'hésite toujours à prendre mon billet simple pour Tombouctou, j'ai regardé les prix tout à l'heure sur internet.

Bref, j'ai voulu prendre une douche, j'étais avec Nico dans la salle de bain car il m'avait aidé à me déplacer jusque-là pour que je me rince la bouche ou un truc du genre. Et là, sans prévenir, je me suis déshabillée. Oui oui. Je m'en rappelle très bien car sur le coup je trouvais que c'était une bonne idée. J'entends la voix paniquée de Nico qui me demande ce que je fais. Et ma réponse super intelligente de fille qui se dit que le plus gros de sa cuite est derrière elle mais qui pense que désormais, elle gère :

— Je me douche ! Ça va je me suis assez tapé la honte et j'ai vomi, rien ne vaut une bonne douche ça ira mieux. Et ne prends pas ton air coincé, je suis comme ta sœur, tu me l'as déjà dit, alors c'est bon. J'irai m'excuser auprès de ton endive demain pour avoir cassé ton coup mais je suis désolée je ne suis pas en état de la remplacer ce soir.

Puis j'ai ri et j'ai ajouté :

— Ah ben non de toute façon quelle cruche, tu n'en as rien à foutre ! Alors même si j'avais été en état... ça n'aurait servi à rien.

Nico a répondu quelque chose mais j'entendais mal car il me tournait le dos. Je suis rentrée dans la cabine de douche et il a dit qu'il allait m'attendre à côté. Bien sûr, ça m'a rendue encore plus malade et au moment de sortir, et bien allons-y dans les merdes jusqu'au bout : zip le tapis. J'ai glissé. Connement. Un tapis devant une douche, une femme bourrée et mouillée, il n'en fallait pas plus. Devant le bruit pas possible que ça a dû faire, Nico est rentré dans la salle de bain et m'a récupéré au pied de la douche, mouillée et morte de rire. Oui il ne me restait plus que ça de toute façon dans ma dignité : le rire. Il m'a pris dans ses bras, m'a demandé si ça allait, mais tout était flou et je ne sais même pas ce que je faisais là. Il me parlait, certainement pour me dire que j'étais le pire boulet qu'il lui ait été donné de rencontrer, et de la façon d'un prince qui vient au secours, encore, de la princesse alcoolique, il m'a porté jusque dans sa chambre, celle d'Élo étant prise par Franck et elle.

Que me reste t'il comme option à part Tombouctou ?

Je me suis réveillée samedi matin avec un mal de crane défiant toute concurrence, collée contre un corps chaud que je ne connaissais pas et dans un tee-shirt que je ne connaissais pas. Mon cerveau s'est doucement remis en « mode marche » et tout m'est revenu. Nico s'est réveillé au même moment et a semblé se sentir mal tout d'un coup. Tu m'étonnes. Il devait être écœuré d'être avec moi.

Il s'est levé d'un bond, il était en caleçon et tee-shirt lui aussi. Sans me regarder il a dit :

— Tilt, j'espère que tu vas mieux. Je suis désolé j'ai essayé de dormir par terre mais tu m'as retenu contre toi. Je t'ai mis un tee-shirt mais promis je suis resté autant à distance que j'ai pu.

Tu m'étonnes, le pauvre. Evidemment, dans mon inconscient alcoolisé je me suis cramponnée à lui.
Voilà, en écrivant c'est décidé : je le tue, je me fais de la chirurgie esthétique et je pars à Tombouctou après.

Je me suis levée d'un bond et je me suis retrouvée en caleçon. La honte suprême.
Nico semblait complètement perdu :

— Il a bien fallu que je t'habille.

C'est la seule chose qu'il a dit en se triturant les cheveux.

— J'étais nue ?

Est la seule chose intelligente qui m'est venue. Nico m'a répondu que oui, que mes habits sentaient le vomi et qu'il a fait une machine. Je me suis excusée, je mourais de honte. Je lui ai dit ne pas savoir comment me faire pardonner. Il a souri et m'a dit que non, après tout, le spectacle valait le détour. Je n'ai rien répondu. Il m'a dit d'attendre quelques minutes et il est revenu avec un verre d'eau, un cachet pour la tête et mes vêtements propres et séchés ! Un amour. Ce qui me culpabilisait encore plus de ma conduite. Nico en a profité quand même pour me faire la leçon en me disant que j'avais vraiment trop bu, que c'était crétin de ma part, que j'aurai pu faire un coma éthylique. Il a exagéré exprès, ça aurait pu m'agacer mais je trouvais ça mignon. Comme je souriais, il m'a demandé pourquoi. Je lui ai dit que je le trouvais mignon et qu'effectivement, si j'avais eu un frère, j'aurais aimé que ce soit lui. Ma réponse n'a pas eu l'air de lui plaire. Je me suis encore plus faite engueuler. J'ai fini par lui dire qu'il me gonflait, la mauvaise foi de l'alcoolique en pleine gueule de bois, et je suis sortie dans le couloir pour aller dans la chambre d'Élodie. Elle dormait et Franck était parti, certainement dans la nuit quand il a dû retrouver un brin de lucidité. Je me suis changée, j'ai remis mes habits propres, bu mon verre avec le comprimé et déposé les habits de Nico dans la salle de bain avant de venir me mettre au lit avec Élo.

On s'est levé vers midi, j'avais encore très mal à la tête mais ça allait beaucoup mieux. Élo avait une belle gueule de bois aussi et pour cacher notre haleine à son père on a gobé des bonbons à la réglisse StopTou. Ça n'a rien changé, on s'est pris un soufflon par Pierre qui a capté qu'on avait chargé la veille.

Élo a croisé son frère ensuite et il l'a encore plus engueulé. Il a juste dit qu'il m'avait ramené et que j'étais dans un sale état et qu'elle était irresponsable de m'avoir laissé seule dans la rue. Aucune allusion à la nuit passée et au fait qu'il m'ait vu nue et qu'il ait dû m'habiller. Je l'ai regardé de travers et il a chuchoté « silence » pendant qu'Élo regardait ailleurs. Élo a écouté quelques temps puis a fini par l'envoyer bouler quand elle en a eu marre. Nico est parti en claquant la porte et on en a pas reparlé. On a ri toutes les deux en recomposant la soirée et en se rappelant toutes nos conneries. Élo s'est excusée plusieurs fois de m'avoir laissé dans la rue, je l'ai rassuré, pas grave ça arrive.

On a rejoint les copains de la bande et comme Élo avait moins bu que moi elle a recommencé à picoler. Moi ça risquait pas, j'avais encore ma grosse gueule de bois, je suis restée sage. La soirée a été cool mais pas au top pour moi qui n'étais pas au meilleur de ma forme. La musique qui est passée toute la semaine au bal et encore samedi soir reflète bien ma vie actuelle : «Obsession » de Aventura. J'ai passé la soirée de samedi à le chercher du regard. J'avais l'impression de le voir partout. Chaque homme qui passait dans mon dos, chaque parfum que je humais, chaque rire un peu grave. Au bout d'un moment vers minuit, je voulais arrêter de me faire mal et rentrer, j'ai demandé à un mec de sa bande s'il l'avait vu, il m'a répondu qu'il était avec... je sais plus quel prénom à la con encore, mais qu'il n'allait pas tarder. Je me suis dit que j'allais rentrer dormir car j'étais fatiguée et mon idée de le remercier me semblait idiote désormais. A priori il avait réussi à se réconcilier avec son endive. Après avoir dit à Élo que je rentrais et malgré sa bouderie, je suis partie en prenant la première rue à côté du bal. La chanson tant attendue est passée bien sûr.

« Son las cinqo en la manana y yo no he dormido nada... »

Ma chanson. Un obsession, c'est ce que j'ai pour ce mec. Comme dit le refrain. Au moment où je lève les yeux en fredonnant, bien sûr, je tombe sur lui. On s'est retrouvé seuls, face à face, dans la rue comme dans un western. Formidable. Je crois cher journal qu'on s'est regardés, sans rien dire, pendant presque la moitié de la chanson. Un truc de fou.

« ... No, no es amor, lo que tu sientes se llama obsession
Una ilusion en tu pensiamento ».

Puis j'ai enfin eu du courage, ou un reste de ma cuite de la veille, et là où je pensais lui dire que je m'excusais et que je voulais le remercier, rien de tout ça n'est sorti, j'ai juste dit :

— Ça doit être ça, une obsession.

Il a souri, m'a remis une mèche derrière le visage, je m'en rappellerai toute ma vie c'est obligé.

— C'est sûr que depuis la vue de ton corps nu contre le mien cette nuit, c'est vraiment une obsession.

Je te jure le journal ! J'aurai jamais cru qu'il me dise ça ! Je lui ai dit qu'il arrête de me chambrer, que des corps il en voyait beaucoup avec ses endives, et que je ne pourrai jamais être aussi sexy. Il a souri et m'a juste demandé où j'allais comme ça. Je lui ai dit que je rentrais me coucher. Il m'a taquinée en disant que j'étais une petite nature, puis sans que je m'en rende compte on avait repris le chemin pour aller chez son père et il me raccompagnait. Puis tout d'un coup il m'a dit :

— Je crois que tu ne t'es jamais vraiment regardée dans une glace Tilt. Je me doutais que tu avais un beau corps, mais ce que j'ai vu hier soir est encore plus sexy que tout ce que j'imaginais.

Comme je ne le croyais pas, j'ai ri et demandé :

— Même avec du vomi ?

Il s'est alors arrêté, m'a pris la main pour que je me mette face à lui. Comme il y avait du monde qui passait derrière nous dans la ruelle, il m'a doucement poussé contre un mur et m'a murmuré, le visage très proche de moi :

— Tu déconnes sérieux ? Tu ne te rends compte de rien ?
— De ... de quoi ?

En plus je bégayais, super. La cruche de gamine parfaite.

— De l'effet que tu me fais Tilt. Non je ne te vois pas comme ma sœur, j'aimerais, mais je n'y arrive pas. Et tu n'as rien à envier à mes endives fades avec tes abdos si bien dessinés, ta poitrine si ferme et sensuelle, tes jambes interminables, ton cou si gracieux...

J'étais hypnotisée. Pendant qu'il parlait, ses mains me caressaient doucement le corps. Je sentais ses doigts suivre la ligne de mon ventre, descendre sur mes fesses, remonter sur mon cou...

— ... tes lèvres pulpeuses...

Je n'ai jamais vécu de ma vie quelque chose d'aussi sensuel. Je crois qu'il aurait pu se passer n'importe quoi autour de nous, je n'aurai rien vu, rien entendu. Je ne sentais que ses doigts sur le tissu de mon maillot de fête et j'avais l'impression que ce simple contact me brulait.

J'ai réussi à entrouvrir mes lèvres pour murmurer son prénom. Il m'a alors dit :

— Oh oui c'est une obsession Tilt. Et depuis un petit bout de temps maintenant.

Et là, j'ai eu un élan de lucidité, je me suis rappelée de mes cours de français et des citations que l'on avait appris avec M. Barate le prof que j'adorais en terminale. Oui, je sais cher journal, le truc improbable de penser à son prof de français à ce moment-là, mais ça m'a bien servi ! Je lui ai alors dit :

— Selon Oscar Wilde : le plus sûr moyen de résister à la tentation, c'est d'y succomber.

Et c'était la phrase magique. Nico a souri doucement puis s'est approché de moi et m'a embrassée. Un baiser long, tendre profond. Puis au fur et à mesure plus pressant. C'est la peine que j'écrive que c'était magique ? Il y avait plusieurs choses dans ce baiser pour moi. Un goût de fantasme (oui c'est Nico quoi) un goût d'interdit, (c'est Nico le grand frère de ma meilleure amie !!!) un goût de rébellion (je m'étais jurée de me tenir à distance mais j'adore briser mes règles) et surtout un goût magie, de surprise et d'instant présent. Et un putain de goût de malade, un goût de Nico, de sa bouche, de son haleine, de son odeur sur ma peau ! Je ne sais pas comment le dire. Je peux t'écrire beaucoup de choses cher journal, mais là c'est indescriptible. J'avais les jambes qui flageolaient, je me sentais complètement perdue, mais tellement bien. J'avais trop peur qu'on nous surprenne et c'était encore meilleur. Jusqu'à ce que j'entende derrière nous : « C'est pas la meuf de Carlos elle ? » Là mon sang s'est figé. Non je n'étais pas la meuf de Carlos concrètement, on ne s'était pas revu depuis la veille avant ma cuite et il me semblait qu'il avait compris que c'était juste comme ça. Mais ça voulait dire que potentiellement, quelqu'un pouvait nous identifier et tout répéter. Nico a souri, m'a pris la main et m'a dit : « Viens on rentre ». On a pris une rue juste derrière et en accélérant le pas on était arrivé chez son père sans autre incident et sans croiser personne. Maintenant par contre, je ne savais plus quoi dire ni quoi faire. J'étais super mal à l'aise. Pierre n'était pas chez lui, il mangeait avec ses copains et il nous avait laissé la clé sous le pot de fleur dans l'entrée. Nico m'a juste lâché la main pour se baisser et récupérer la clé pour pouvoir ouvrir la porte. J'avais l'impression qu'il pouvait entendre mon cœur battre, tellement il cognait fort.

Quand on est entré, il a refermé la porte mais sans la fermer à clé. On s'est retrouvé dans le hall d'entrée, seulement éclairés par le clair de lune qui filtrait à travers la fenêtre du couloir. Il m'a regardée et m'a souri. Comme il sait le faire, de manière si sexy, avec sa fossette que j'adore. Il avait l'air gêné lui aussi, peut-être qu'il regrettait de m'avoir embrassée. Pour détendre l'atmosphère, je lui ai dit :

— Tu ne me portes pas aujourd'hui ?

En montrant les escaliers. Il a ri et a répondu :

— Oh non pitié tu es trop lourde !

J'ai fait une mine outragée et j'ai voulu le frapper, il a alors retenu ma main et sans que je m'en rendre compte il se penchait et m'embrassait. Je me suis complètement laissée faire et me je suis agrippée à lui quand il m'a pris dans ses bras pour me porter dans les escaliers. Oui, à la « Autant en emporte le vent », mais en version avec des escaliers vachement plus étroits et plus difficiles à gravir et puis j'étais en short et tee-shirt et pas en grande robe de bal. Enfin, seules différences, sinon je me sentais très Scarlett à ce moment-là.
Il m'a amené dans sa chambre et m'a déposé sur le lit tout en continuant de m'embrasser. Je me suis alors transformée. La soif de lui, de son corps, le besoin d'en avoir plus, je ne sais pas. Je lui ai ôté son tee-shirt, il m'a ôté le mien. Alors que je me frottais contre lui je

sentais son érection à peine séparée de moi par nos deux shorts légers. Il s'est alors arrêté, m'a regardé et pour la première fois je crois, il m'a appelé par mon prénom :

— Morgane, tu es sûre ?

La question la plus con de la planète. Comment lui dire que c'est ce que je voulais depuis presque la première fois que je l'avais vu ? Enfin, pas la première fois j'étais trop jeune pour penser à ça. Mais disons que depuis que je pensais à ça, c'était le visage de tous mes fantasmes. Pour toute réponse je l'ai embrassé et j'ai glissé mes mains contre ses abdos si durs et si bien dessinés. Je l'ai senti gémir en se lovant contre moi et c'était le comble de l'extase.

Mais le charme a été rompu très vite. En bas la lumière s'est allumée et on a entendu des voix. On s'est arrêté et on s'est figé pour écouter qui rentrait. Son père ! Pas de chance. Pierre appelait pour savoir qui était là. Nico a répondu « C'est moi » et Pierre a demandé « Tu es seul ? ». Nico m'a regardée, j'ai été prise d'une crise de fou rire incontrôlable devant son air paniqué. Il a eu envie de rire lui aussi et pour me faire taire il a pris son oreiller et m'a étouffé avec. Son père a répété la question et Nico a été obligé de répondre « non ».

Pierre a alors dit « Ok, ne fais pas de bruit s'il te plait, j'ai vu ta sœur qui rentrait aussi avec des amis à elle. Ils viennent finir leur soirée à la maison ». Et là, panique à bord. J'ai repoussé Nico d'un bond, enfilé mon tee-shirt et alors que je m'apprêtais à sortir de sa chambre, Nico m'a retenue par le bras et m'a demandé :

— Où tu vas comme ça ?

— Il est hors de question qu'Élodie me voit dans ta chambre.

— Et pourquoi ? Tu es majeure, tu fais ce que tu veux non ?

J'ai hésité avant de répondre mais j'ai finalement répondu « non ». Il a compris je le sais, mais pour me faire culpabiliser il a baissé les yeux sur son érection qui était bien voyante maintenant qu'il était debout avec son short fin et il m'a dit :

— Ok, après avoir passé la nuit à te regarder dormir presque nue contre moi, ce soir tu me plantes comme ça ?

Oh putain le journal, j'avais vraiment envie de fermer la porte à clé et de m'enfermer avec lui pour la nuit ou pour la vie. Mais la raison a pris le dessus. Élodie est mon amie, elle rentrait pour moi et je ne voulais pas qu'elle me trouve en train de coucher avec son frère, ou encore moins que Pierre me retrouve dans la chambre de son fils.

— On dira que j'ai une dette.

C'est tout ce que j'ai trouvé à lui dire et je suis sortie. Ça fait classe non ? Enfin j'espère. Élo rappliquait deux minutes plus tard avec Jane, Marie, Anne et Juliette pour notre « samedi filles ». On a passé une super soirée pyjama, on a discuté, ri, on s'est raconté des trucs de filles et moi j'avais l'impression d'avoir le plus lourd des secrets. J'étais avec elles et en même temps j'étais dans la chambre d'à côté, sous le corps de Nico, en train de sentir sa bouche sur la mienne. D'un côté j'avais envie d'en parler et de l'autre j'aimais garder ce secret pour moi. Je savais que j'avais tout gâché. C'était ma seule chance et je me dis que je n'en aurais peut-être jamais plus d'autres. Déjà pas avant l'année prochaine minimum ! Mais bon, qu'est-ce qu'il voulait ? Était-il vraiment excité par moi ? Quand j'écoutais les filles parler, j'étais loin d'être la plus sexy de la bande. Cette place revenait à Jane ou à Élo, moi j'étais toujours la gentille, la bonne en classe, l'intello, mais jamais la sexy. J'aurai bien aimé pouvoir leur dire : « Et bien si ! Vous voyez, Nico me trouve sexy !». Mais en même temps, c'était vrai ou c'était juste parce qu'il avait perdu son endive hier soir à cause de moi ? Je crois que je ne saurai jamais avec lui. Le dimanche quand on s'est réveillé, Nico était reparti à Montpellier chez sa mère pour aller bosser le lendemain. Trop bizarre, il est venu deux soirs à la fête et n'a même pas vraiment fait la fête. Vendredi il est rentré bredouille à cause de moi et samedi il est rentré pour moi et n'a rien eu. Remarque il est parti peu de temps après que les filles arrivent, je croyais que c'était pour rejoindre ses potes mais peut-être plutôt pour rejoindre une blonde... J'étais juste une option qu'il a fini par repousser pour passer à la suivante.

Je suis contente dans l'ensemble journal, je ne sais pas pourquoi. J'ai eu la honte de ma vie, j'ai eu la cuite de ma vie et le fantasme de ma vie qui a failli se réaliser sur le même week-end. C'est pas à tout le monde que ça arrive ça non ? Et même si elle a fini bizarrement, cette fête était vraiment géniale et on a eu des moments formidables. Je me sens bien dans ma peau car quoi que Nico pense de moi, il m'a dit qu'il me trouvait sexy et j'ai pu m'apercevoir que, même si j'étais juste une option, je lui avais fait de l'effet. Alors ça restera mon petit secret à moi et puis c'est tout.

***

— En fait depuis toujours tu te rabaisses !

Me dit Nate depuis la salle à manger après ma lecture.

— Quoi ?
— Ce mec était raide dingue de toi ! Ça transpire à travers les lignes. Enfin pas « dingue » dans le sens amoureux, peut-être j'en sais encore rien, mais dingue dans le sens où il avait vraiment envie de coucher avec toi ! « Un obsession », il le dit lui-même. Et toi tu pensais que ce n'était qu'une passade pour compenser sa meuf de la veille ?
— Oh, je ne sais pas, en relisant c'est vrai, ça donne envie d'y croire mais…
— Il n'y a pas de « mais ». Quand il t'a chopé dans la ruelle, écoute-moi j'en avais une érection !
— Nate !

Comme il est à moitié debout sur le canapé pour me parler, je crie et lui jette un torchon au visage. Il esquive facilement et reprend :

— Ben quoi ? Sérieux, ça devient érotique ton truc. Tu n'as pas eu de nouvelles de lui après ?
— Pendant l'année ? Ben non jamais.
— Mais c'est une histoire de malade, il faut en faire un film !

— Oh tu me saoule avec ça. Il avait 20 ans, moi 18. Il avait bu et on devait coucher ensemble, rien de plus.
— Alors moi perso la copine de ma sœur qui rentre bourrée, je la laisse dans le caniveau. Et si par malheur je me retrouve à côté d'elle quand elle vomi, je ne lui tiens pas les cheveux !
— Nate tu n'as pas de sœur.
— Ouais mais c'est pas une raison ! Je ne le ferai pas quand même. Non mais sérieux, quel mec ferait ça de nos jours ?
— Nico.
— Et voilà, elle remet ça. Il n'est pas « hors norme » ton Nico. C'est pas le plus romantique de la planète.
— Ah non ça je sais bien merci. Il se tapait tout ce qui bouge.
— Exactement ! Et a priori il avait tout ce qui bouge. Donc s'il faisait ça avec toi, c'est que toi, c'était différent.
— Il me l'a dit une fois…
— Ah ! On y vient.
— Ça doit être écrit plus loin.
— Stop, ne me spoile pas la saison 2 chérie, je veux entendre la suite.
— Pas de risque. Tu attendras sa sortie la semaine prochaine, là on est samedi et j'ai rendez-vous avec Élo à notre café.

Sur ce, je prends mes affaires, envoie un baiser à Nate et sors de l'appartement avant de trop y réfléchir et risquer de changer d'avis. Je m'engouffre

dans la rame de métro et ce n'est qu'en m'asseyant que je repense à ce que Nate m'a dit.
Y a t'il un espoir que j'ai pu compter un peu pour lui avant ? Certainement pas maintenant en tout cas. Pas après ce que je lui ai dit. Le problème est là. Si Nico a eu une petite faiblesse pour moi jeune, s'il y a failli avoir plus, ce qu'il s'est passé la dernière fois à dû tout gâcher. J'ai tout gâché, comme d'habitude.
Bon n'y pense pas Morgane, concentre-toi sur Élo.
Je vais la revoir. Que va t'elle me dire ? Que vais-je lui dire ? Dois-je la féliciter pour son mariage ? Oui, c'est la moindre des choses.
Mon Élo. En pensant à elle je me rends compte à quel point elle me manque. J'ai l'impression que je retrouve quelqu'un de ma famille. En même temps c'est presque tout comme. Dans le jeu des sept familles, de mon côté il n'y pas beaucoup de cartes : je n'ai eu que ma mère, Élo, sa mère Carole et son père. Et puis Nico aussi en fait, et c'est bien là le problème. Ils sont devenus ma famille.

Je me rappelle de cet été 2004, le dimanche soir ma mère est arrivée et on a mangé au Cheval Blanc, notre restaurant habituel, dans la « Grand rue » de Mauguio. Ma mère a pris sa sempiternelle gardiane de taureau et on a ri toute la soirée. Juste Élo, Pierre, ma mère et moi. D'extérieur on a aurait pu penser qu'on était une famille. Pierre n'a rien dit sur notre cuite et on l'a remercié en partant le soir. Il nous a dit qu'on était majeures désormais et qu'on devait apprendre par nous-même. Il m'a alors regardé bizarrement, mais je ne pourrai pas le jurer. M'a t'il plus regardé en disant ça ? Son regard voulait-il dire autre chose ? J'ai toujours eu l'impression que Pierre en savait plus qu'il ne voulait bien le montrer mais peut-être que je l'ai toujours idéalisé et qu'il ne savait rien au bout du compte. C'est étrange, dans mon journal je ne reparle pas de mon vrai père, mon « géniteur ». Pourtant je l'ai revu une fois pendant l'année de terminale. Mais bon effectivement, rien à en dire de plus. Il travaillait dans une usine, il n'avait pas grand-chose à me raconter et moi peu d'envie d'écouter. C'était maladroit. J'avais envie mais je crois qu'il ressemblait tellement peu à ce que j'imaginais, que j'étais un peu déçue. Il s'est remarié l'année d'après il me semble, je dois en parler plus tard.

Dans toutes mes galères en tout cas, Élodie, à chaque fois, était là. Elle m'appelait avant, après, savait trouver les mots ou carrément changer de sujet quand c'était trop dur pour moi. Elle me faisait rire quand j'allais pleurer, me faisait réfléchir quand je préférais oublier. Elle a été la sœur que j'aurai tant aimé avoir petite. Elle a été là dans les meilleurs et les pires moments de ma vie. Ma première cigarette, ma première cuite, mon premier amour, même si elle ne s'est jamais rendue compte de ce dernier. J'ai envie de lui dire tout ça. Je ne sais pas pourquoi je suis si nostalgique aujourd'hui dans ce métro. Certainement parce que je sais où il m'amène. La lecture quotidienne de ce journal ne doit pas y être pour rien. Je devrais peut-être prendre rendez-vous avec ce psy

que j'avais vu à 20 ans. Remarque, j'ai Nate à la maison. Mais bon, puis-je compter sur lui pour être neutre ? Ça m'étonnerait. Au moins cette pensée me déstresse et me fait sourire.
Merde, j'ai loupé ma sortie. Evidemment à force de rêver toute seule ! Je descends à la prochaine, tant pis je marcherai un peu plus.

Ça y est, j'arrive devant le « Coquelicot » notre lieu fétiche pour bruncher quand on habitait Paris toute les deux. J'ai le palpitant qui s'affole. C'est un truc de fou, j'allais bien ces dernières années, enfin je croyais, mais la lecture de ce journal vient tout bouleverser. Et si Nate avait raison et que j'étais dans le déni ? Et si je devais tout revoir différemment ? Élo me manque, son père me manque, c'est indéniable.
Malgré que je ne voie plus Élo, Pierre continue toujours de m'envoyer un message pour mon anniversaire et je l'ai encore eu au téléphone à noël dernier. Comment j'ai fait pour être aussi conne et laisser un mec gâcher notre amitié ? Oui mais si elle n'avait pas envie d'entendre ça ? Si elle ne savait pas quoi me dire ? Si elle n'était pas seule ? Si elle n'était même pas venue car elle avait changé d'avis ? Je vais mourir de vieillesse sur le trottoir à force de réfléchir à tout ça. Je rentre et je l'aperçois tout de suite de dos. Ses cheveux châtains sont beaucoup plus blonds que d'habitude mais je reconnais sa posture, sa nonchalance. Alors qu'un serveur s'approche de moi, je le remercie et m'avance vers Élo.

Elle se retourne et je vois tout de suite au fond de ses yeux qu'elle a les mêmes questions que moi, les mêmes angoisses. On est connecté, on l'a toujours été. On se comprend sans rien dire, sans parler, et la Élo que je vois là, même si elle a un peu changé physiquement, est la même. Les larmes me montent aux yeux et tout se fait naturellement. Je ne réfléchis pas, elle non plus, on se jette dans les bras l'une de l'autre. On reste comme ça, bloquées pendant quelques minutes. Les gens doivent nous prendre pour des folles mais on s'en fou. C'est Élo et moi contre le reste du monde. Au bout d'un moment je me recule légèrement et devant son air si triste et si fragile, je n'aurais jamais cru voir Élodie fragile un jour, je lui demande juste pardon. Elle me regarde, ahurie et me dit « non, c'est moi, je suis désolée ». Et tout part de là, ou plutôt, tout revient.

On passe une heure à discuter de nos vies pendant ces quelques années. Elle me dit avoir suivi la mienne grâce à son père qui lui raconte tout et qu'elle voit ma mère aussi quand elle descend chez la sienne. Je lui raconte avoir tiré mes sources du même endroit. On tourne autour du pot mais on n'aborde pas son mariage imminent. Le serveur nous dérange pour nous demander ce que l'on veut prendre et nous re-dérange dans notre bulle invisible pour nous servir.
Alors que je m'apprête à lui poser la question fatidique, une voix reconnaissable entre mille m'interpelle derrière :

— Chérie, je passais à côté, je suis venu te faire un coucou je savais que tu étais là.
— Nate ?
— Salut beauté. Dites donc c'est pour ça qu'elle te cachait ! Elle ne voulait pas que tu lui fasses de l'ombre.

Élo, immédiatement sous le charme, souri et se lève pour dire bonjour à mon colocataire pernicieux. Je le tuerais sur place si je le pouvais. Il se penche et m'embrasse sur le front.

— Élo je te présente mon pansement à moi. Indispensable en cas de blessure mais tellement douloureux quand tu essayes de t'en séparer… Nathan.

Nate éclate de rire et Élo qui a compris car on utilisait souvent ce terme dans notre jeunesse, rit aussi et lui fais la bise chaleureusement.

— Ça ne doit pas être un super compliment ça. Merci ! Après tout ce que j'ai fait pour toi. Oui je suis curieux, je voulais voir la future mariée en chair et en os. Bien dommage que tu te maries, beaucoup d'hommes doivent êtres en deuil dans ce monde.

Et il n'a pas tort. Élo n'a jamais été aussi belle et rayonnante avec ses cheveux longs et soyeux, même si je trouve une pointe de nostalgie dans ses yeux. Et peut-être même, de doute. Oui, je crois, quand on évoque le mot « mariage ». Mais je ne vais pas refoutre la merde, surtout pas maintenant et je vais faire comme si je n'avais rien vu et la soutenir à fond. Je serai la copine hystérique et ivre de bonheur de la mariée. Nate et Élo discutent quelques minutes du mariage à venir. Élo lui dit être ravie qu'il vienne avec moi et ils discutent intendance et choix de l'hôtel alors que Nate sait très bien que j'ai déjà réservé le nôtre la semaine dernière. Il m'énerve comme il peut être lèche cul des fois ! Mais bon je dois reconnaitre que ça marche. Élo est sous le charme et on a l'impression que se sont deux vieux copains qui se retrouvent. Alors que le serveur propose quelque chose à boire à Nathan, celui-ci fait l'overbooké qui ne peut pas, qui ne faisait que passer avant de lâcher sa bombe :

— Désolé les chéries je vous laisse entre vous. Promis, je ne vous dérangerai plus. Élodie il fallait absolument que je te rencontre en chair et en os. J'avais l'impression de tellement bien te connaître après la lecture du journal intime de Morgane ! Mais tu es encore plus belle dans la réalité. A vous deux vous deviez faire retourner tout Paris ! La blonde et la brune. Allez, on se voit à ton mariage Élodie et Morgane, ma belle, à ce soir à l'appart.

Après un clin d'œil aguicheur à mon intention, le cyclone s'en va aussi vite qu'il est apparu.

— Putain que ton mec est beau ! Me dit Élodie après le départ de Nate.
— Et oui.

Dis-je d'un air blasé. Puis je souffle et souri en précisant :

— Mais je ne vais pas faire durer le suspense, Nate est mon colocataire et ne sera jamais mon mec !
— Mais enfin pourquoi ? Un mec comme lui je lui aurais sauté dessus depuis longtemps ! Et vu comme il te regarde il n'aurait pas dit non. Tu n'as jamais su voir quand un mec était fou de toi, je vois que ça n'a pas changé !
— Ah mais là, tu peux faire ce que tu veux, toi comme moi, il nous manque quelque chose entre les jambes pour que Nate s'intéresse à nous… un jouet en particulier.

Quand Élo comprend, ses yeux s'agrandissent d'un coup.

— Non ? Tu ne vas pas me dire que … ?
— Si ! Nate est homosexuel et n'aime que ces messieurs. Enfin quasiment tout le temps…
— Merde. C'est pas drôle d'avoir un si beau jouet sous les yeux toute la journée mais à qui tu ne peux pas retirer l'emballage !

On éclate de rire toutes les deux. Puis Élodie reprend :

— C’est quoi cette histoire de journal intime Morgane ? Je suis jalouse ! Je n’ai jamais eu le droit de m’en approcher à moins de 100 mètres sans que tu lâches les chiens, et lui, il le lit ?
— Ouille, je savais bien que tu allais revenir là-dessus. Il ne le lit pas, il l’a volé ! C’est une plaie ce type. Le plus beau gosse de la planète homosexuel et fouineur comme la pire des commères de ton village ! Il m’a harcelée et j’ai cédé.
— Mais maintenant alors il y a prescription. J’ai le droit de le lire ce journal, ça ne concernait que notre passé non ?
— Moui mais…
— On en reparlera c’est ça ? Dit-elle en riant. Tu m’as dit ça tellement de fois ! Allez, je te laisse tranquille, mais ça me ferait trop plaisir de revoir nos conneries à travers tes yeux.

Le problème est bien là « à travers mes yeux». Je pense qu’Élodie est à mille années lumières d’imaginer qui est le sujet principal de mon journal intime. Comment va t’elle le prendre quand elle verra que je ne parle quasiment que de son frère ? Bon, je parle d’elle et de nous aussi, mais je ne suis pas sûre que se rendre compte que ton frère est le fantasme depuis ses 13 ans de ta meilleure amie soit une bonne chose… Élo me prend la main devant mon air songeur, sourit et me rassure en me disant qu’elle plaisante, que c’est mon journal et qu’elle n’a pas à le lire. C’est pour ça qu’elle ne l’a jamais fait : parce qu'elle respecte. Elle aurait pu le faire plein de fois quand on était jeune et qu'on habitait plus ou moins ensemble pendant l'été. Mais elle a toujours compris que c'était mon équilibre et elle n'a jamais voulu me trahir. Elle est formidable et plus elle parle, plus j'ai le sentiment que c'est moi qui l'ai trahie. Toutes ces années sans lui dire. Après tout c'était ma meilleure amie, pourquoi n'ai-je jamais réussi à lui confier cette partie si prenante en moi ? Peut-être qu'en fonction de comment évoluent nos retrouvailles, ça serait peut-être ça la solution pour qu'elle comprenne mieux la Morgane que je suis, dans son intégralité. Cette idée fait son chemin dans ma tête, un petit germe d'idée mais qui, je sais, va grandir.

En attendant j'ai besoin de changer de sujet et je reviens donc sur son mariage :

— Félicitations ma chérie ! Alors raconte-moi tout. J'ai merdé à une époque. On était jeune, j'étais certainement jalouse j'en ai conscience. Mais s'il t'a demandé en mariage et que tu as accepté c'est que c'est un homme bien. Et j'espère sincèrement qu'il voudra bien m'excuser …

Élo essaye de me couper la parole mais je l'en empêche.

— Attends, laisse-moi finir. Je pense que tu avais raison, une part de moi était jalouse. Je n'aurai pas dû le juger si sévèrement, l'erreur est humaine et il

n'en a pas fait d'autre depuis alors qui je suis pour lui reprocher quelque chose ? J'ai laissé notre amitié disparaître alors que c'était la chose la plus importante pour moi. Je n'ai jamais su exprimer mes sentiments, tu le sais. J'ai toujours été handicapée de ce côté-là mais je te promets que je fais des efforts.
— Morgane arrête !
— Non c'est vrai. Tu as été ma famille, ma sœur pendant si longtemps et je ne t'ai pas soutenue…
— Non Morgane. C'est moi. Avec le recul, je sais que tu ne voulais que mon bien. J'ai compris, Marie me l'a souvent dit. Elle essayait de ne pas trop nous juger ni l'une ni l'autre car elle était trop loin au moment des faits mais elle avait raison, tu ne voulais que mon bien.
— Marie a essayé aussi de me faire changer d'avis. Mais j'étais top conne et trop attristée par ta réaction pour réfléchir.
— Je ne sais pas pourquoi j'ai réagi si violemment. Je pensais que tu étais jalouse de ma relation avec Gregory. J'ai toujours cru que c'était de la jalousie, enfin… pardonne moi Morgane de te dire ça mais…

Je la sens hésiter.

— Non vas-y continue Élo. On doit être honnêtes l'une envers l'autre.
— J'ai cru que comme tu avais eu tous ces problèmes avec ton père, tu avais un problème avec tous les hommes. Que tu ne savais pas aimer…
— C'est pas faux.

— Non c'était des conneries. Je le savais pourtant ! Tu sais aimer. Mais tu es maladroite et tu n'as pas encore trouvé chaussure à ton pied c'est tout ! Quand on voit tous les garçons que tu as eu dans ton entourage, toutes les filles de la bande ou de la fac auraient donné n'importe quoi pour être avec l'un d'eux et toi, aucun ne t'intéressait ! Jamais. Que ce soit mon Mathieu, Luc, Stan… ou tous ceux avant ou après, tu ne savais pas où aller. Tu n'étais jamais prête.

Je reste sans voix quelques instants. J'ai la bouche ouverte et sèche. Élodie interprète mal mon silence et me demande :

— Morgane ça va ? Pardon, je n'aurai pas dû dire ça. Ce n'était pas une critique c'est que…
— Non, non, ce n'est rien. Tu ne m'as pas vexée. C'est juste que… je ne pensais pas que tu me voyais comme ça. Tu ne sais vraiment pas pourquoi je ne gardais jamais un homme ?
— Parce qu'aucun ne te convenait ! Une fille recherche son père ou l'opposé de son père et toi tu n'avais aucun modèle de comparaison. J'ai toujours pensé que ton problème venait de là. J'ai cru que mon père pourrait un peu t'aider mais tu le voyais si peu. Pourtant vous aviez l'air tellement proches. J'ai toujours pensé qu'il te comprenait mieux que sa propre fille. J'étais même un peu jalouse parfois. C'est pour ça aussi que j'ai si mal réagit je pense. Morgane la parfaite, celle qui réussit tout alors que

moi j'échoue et qui en plus me juge et rejette l'homme que j'aime.
— La parfaite ! Tu déconnes ? Tu as toujours été la plus belle de nous deux, la plus vivante, la plus libérée. Moins douée en cours, certes, mais tu bossais à côté tout le temps. Je t'enviais cette facilité avec laquelle tu as toujours fait ce que tu voulais et surtout tu as toujours su ce que tu voulais. Contrairement à moi.
— En apparence je savais ! Je te rassure. J'ai toujours été paniquée par l'avenir et je me demande tout le temps si je ne commets pas les pires conneries. Mais comme je ne sais faire que foncer, j'y vais et je pleure après…
— Élo, je suis désolée, je crois que notre amitié d'enfant avait tout simplement besoin de murir. Peut-être que cette séparation a été douloureuse mais bénéfique pour nous deux ? On va apprendre à se connaître maintenant sans nous voir avec nos erreurs et nos yeux d'adolescents.
— C'est très beau ce que tu dis. Tu as toujours su exprimer les choses. Oui, redécouvrons-nous ! Et je suis sûre que je vais adorer la Morgane adulte que je vois devant moi ! Parle-moi de toi !
— Ah non madame ! Ce n'est pas le moment. Là, c'est la future mariée la priorité ! Mais je crois qu'il est temps que tu rencontres quelqu'un. Une autre Morgane, plus jeune qui a des secrets d'enfants, comme tout le monde, mais un peu trop lourds à porter. Laissons passer ton mariage et si ça te dit

toujours je t'amènerai de la lecture… mais pas maintenant.
Alors cette robe ?

Demandé-je d'un ton que je voulais enjoué. Élo comprend, sourit et accepte de changer de sujet. Mais je sens que j'ai passé un cap au fond de moi, il est peut-être temps qu'elle sache la vérité. Surtout que je pensais qu'elle était dans le déni car elle ne voulait pas entendre parler du fait que j'aimais son frère alors qu'en fait j'ai donné l'image contraire depuis le début. Elle pense que je n'aimais personne et que je jouais avec son frère comme avec les autres ? Comment c'est possible ? Comment tout ça a pu m'échapper ? Comment j'ai pu être si conne ? Il faudra qu'on reparle de ça toutes les deux, j'en ai conscience. Là, la priorité c'est elle et son futur mariage. Quand elle parle de sa robe, de ses invités, du lieu du mariage, ses yeux s'éclairent. Mais quand elle parle de lui, je vois une légère ombre dans ses yeux et ça me vrille le ventre. Est-il possible que je ne me trompe pas ? Que ce mec soit bien le connard que je pensais ? Ou tout simplement c'est l'angoisse pré-mariage de la future mariée ? Je l'écoute attentivement. Je fais des « waouh » d'exclamation quand elle me montre la robe en photo, j'essaye, en accéléré, de rattraper le retard. J'ai au fond de moi une douleur sourde et une voix qui me répète que je n'ai pas été là durant tout ce temps. Que je n'ai l'ai pas accompagné aux premiers essayages, au goûter du gâteau, à toutes ces choses qu'on devait faire ensemble. Élo ressent la même chose, je le vois. Sa cousine sera son témoin et le frère du marié le second témoin. Pas de vraie nouvelle amie pour me remplacer à priori. Marie et Jane seront présentes. Juliette est en Italie pour le boulot. Marie est en couple depuis un an, Juliette est avec Franck et Jane est célibataire m'explique Élodie. Alex vient aussi. Je ne rebondis pas sur ce prénom, je me dis que c'est mal placé de rappeler son amour de jeunesse à une future mariée. Nico viendra seul, c'est la seule info que j'obtiens car elle en parle très vite et je ne veux pas poser de questions.

On se quitte en fin de journée, je n'ai jamais autant parlé je pense, à part quand on était ado et qu'on passait des nuits blanches à discuter. Je me sens bien, vidée, épuisée mais complète. J'ai retrouvé ma moitié. Avant d'arriver à l'appartement je reçois un texto du père d'Élo.
« Il était temps ! Je suis ravi et j'ai hâte de te revoir au mariage d'Élodie ».

Je souris. Élo n'aura pas tardé à prévenir tout le monde car je reçois un appel de ma mère peu de temps après pour me dire qu'elle est ravie que l'on se soit revue. C'est Carole, la mère d'Élo qui lui a dit quand elles se sont croisées en bas de l'immeuble. On a prévu de se revoir la semaine prochaine avec Élo, elle a encore des choses à faire sur Paris, comme récupérer ses dragées, et j'ai promis de l'aider. Je souhaite vraiment être présente autant que je peux à partir de maintenant. J'espère que l'on ne va pas trop vite, mais en même temps on a toujours été comme ça toutes les deux. Le soir j'appelle Marie et pour une fois, chose rare, j'appelle au bon moment et malgré les 6 heures de décalage horaire et son boulot au restaurant qui lui prend toute sa vie, elle répond à la troisième sonnerie. Je lui raconte pour Élo et elle crie de joie de savoir qu'on sera réunies pour le mariage. Elle n'en peut plus de son boulot et ne pense qu'à son départ en vacances la semaine prochaine. Mais alors l'idée de m'y retrouver semble encore plus la séduire. Elle vient avec son copain et à trop hâte de nous le présenter. C'est un américain, un « amouuuuuuur » selon elle. J'ai hâte moi aussi de la retrouver avec ses exubérances et sa joie de vivre habituelle. Un peu moins de retrouver Jane qui n'a jamais été une grande amie, mais bon, on a muri et grandi non ? Ça me fait bizarre. C'est comme si à la fin de l'été j'allais me mettre à écrire la suite de mes aventures. C'est comme si après une longue pause, ma vie, la vraie, allait reprendre. Comme je ne souhaite pas finir folle avec mes chats, je me dis que j'ai besoin de retrouver un semblant d'équilibre et je décide d'appeler deux copines de Paris, que je connais depuis deux ans. Je les ai rencontrés au boulot à peu près en même temps que ma « séparation » d'avec Élo. Comme si j'avais besoin de combler un vide. Mais même si j'adore Maëlle et Lina, ça n'est pas pareil et ça ne sera jamais Élodie.

Je les rejoins donc dans un bar pour prendre un verre et discuter, prête à leur raconter mes aventures de ces derniers jours et à me libérer d'un poids en le partageant avec quelqu'un.
Le début de soirée ne se passe pas comme prévu, c'est agréable mais à aucun moment je n'ai envie de partager ma vie avec elles. Lina se plaint de son nouveau job qu'elle déteste et Maëlle nous raconte ses déboires avec son nouveau mec. Là où j'avais envie de fun, de boire un bon coup pour me sentir vivante, de rire de tout, de les faire halluciner avec ma vie décousue et mes retrouvailles improbables, je ne raconte finalement rien ou presque. Au bout de deux verres, je fini par parler de mes retrouvailles avec Élodie, qu'elles qualifient de « cool » et quand elles m'en demandent plus je n'y arrive pas. Comment raconter en quelques minutes l'histoire de toute une vie ? Puis finalement l'alcool nous débride, elles me posent des tonnes de questions et me voilà en train de tout déballer et de parler à n'en plus finir de Nicolas. Et plus je parle, plus je me dis que je suis un cas désespéré mais plus ça me fait du bien de tout déballer. Elles oublient vite leurs soucis respectifs et semblent ravies que « pour une fois » selon elles, je me livre. Elles me bombardent de questions plus personnelles les unes que les autres et je me retrouve à devoir donner tous les détails, de gentils à classés « X » sur ma relation avec Nico. Jusqu'à la fin. Elles ont la version abrégée mais finale, elles. Ce qui rendrait fou Nate ! Quand elles comprennent que je

vais le revoir dans quinze jours elles sont carrément hystériques. Là, c'est la partie conseils.
- Je dois le rejoindre dans sa chambre en pleine nuit à poil selon Maëlle.
- Je dois lui faire une déclaration d'amour, sans me demander au préalable si je l'aime, selon Lina.
On rit, on échafaude plein de plans à la con, qui m'ont l'air géniaux d'ailleurs, au bout de deux bouteilles de vin, puis je rentre à la maison en Uber, trop fatiguée pour prendre un métro et trop bourrée aussi. Quand j'arrive à l'appartement, Nate n'est pas encore rentré et je savoure ce moment de répit sans avoir à lui lire la suite. Je n'aurai pas été en état ce soir, trop d'émotions.
Je m'endors avec tellement de choses en tête que ça tourne quand je m'allonge mais la fatigue me gagne très vite et c'est avec de grands yeux bleus et de magnifiques fossettes que mes rêves commencent.

CHAPITRE VII

ÉTÉ 2005. Dimanche 14 août.

La fête a commencé depuis vendredi dernier. On est arrivé chez Pierre vendredi soir avec Élo. Soirée de malade hier soir avec la bande. On a remis les maillots de l'an dernier le vendredi soir et on a inauguré les nouveaux hier matin. Alex s'est occupé de tout cette année et la magie des Salseros a pu reprendre. Alex et Élo se sont pris la tête, elle a critiqué la nouvelle couleur des maillots et Alex lui a rétorqué qu'elle avait qu'à être plus présente dans l'année, plutôt que d'arriver au dernier moment et de juste en profiter. Élo l'a très mal pris, plus le fait qu'il l'engueule que vraiment la réflexion, car effectivement, il n'avait pas tort. L'organisation d'une bande c'est toute une histoire et Élo et moi ne faisons qu'en profiter sans voir les mauvais côtés. Le vrai problème selon moi c'est qu'Alex sort avec Jane et Élo est folle de jalousie, c'est pour ça qu'elle l'a critiqué en arrivant. Mais elle ne le reconnaitra jamais.

La soirée de vendredi était sympa, Nicolas est arrivé trop tard pour manger avec nous, on a mangé tous les trois avec Pierre. Quand Nico est arrivé, j'étais déjà partie faire l'ouverture de la fête avec Élo et la bande.

Hier, samedi, on s'est croisé mais rien de plus. Il me semble plus froid que d'habitude. Il n'est pas venu seul cette année, c'est une nouveauté. Une certaine Hélène l'accompagne. Elle a l'air plutôt gentille. Pierre n'est pas fan d'elle à ce que j'ai compris mais Nico a l'air d'y tenir. Il fallait bien que ça arrive. Donc je me suis promise de m'amuser, m'amuser et encore m'amuser. Moi, je suis célibataire, rien de bien marquant cette année dans ma vie à part le passage d'un Benjamin qui n'est pas resté. Trop de travail, pas assez de temps pour lui.

La première année de fac c'est cool mais c'est pas évident. J'ai bossé comme une malade. Je sais vers quoi je vais m'orienter c'est déjà bien. Élo c'est plus dur, je crois qu'elle va arrêter. Elle redouble sa première année, en même temps elle était plus avec son nouveau copain qu'en cours, alors pas évident. Ma mère m'a un peu pris la tête, elle a fait une dépression quand elle a su que je revoyais mon père. En même temps je vois pas pourquoi, cet homme est tout sauf passionnant. On a mangé au restaurant ensemble mais il n'a toujours rien à me dire. Je le trouve fade et je ne comprends pas ce que ma mère a bien pu lui trouver. Le pire n'est même pas là, c'est surtout que je le fais chier. Ça se voit quand je parle, je l'emmerde. Je crois qu'en fait je ne suis pas la fille qu'il voulait avoir. Il voulait un garçon je pense. Alors déjà, ça partait mal. Quand je lui ai dit ce que je faisais et mes études, il n'était même pas fier. Mes victoires au tennis ne l'intéressent pas non plus. Pour lui c'est un sport de filles. Il ne comprend pas le choix de la fac de lettre, ça ne mène à rien. Bref rien à en tirer.

Là on est dimanche, j'attends Élo qui est partie préparer les grillades pour ce soir avec Alex, et j'ai décidé de les laisser seuls un peu pour qu'ils s'expliquent. On verra bien.

J'entends Hélène et Nico qui se prennent la tête dans sa chambre, j'ai envie de savoir pourquoi mais je me suis promise d'être détachée et intelligente. Cette année je me gère, pas d'hormones dans l'histoire, je ne craquerai pas pour lui. C'est fini.

Lundi 22 août.

C'est fini ? ahahah. Tu m'entends rire le journal ? Waouh je m'impressionne comme je suis douée pour ne « absolument pas savoir gérer ma vie » ! Bon résumons. Je suis de retour à la maison avec Élodie. C'est lundi soir, tout le monde dort sauf moi, qui ai besoin de ma séance thérapie en t'écrivant.

La semaine a été géniale. Alex et Élo ont remis le couvert, j'ai bien fait de les laisser seuls dimanche dernier. Ils se sont engueulés la journée puis se sont réconciliés au bal le soir. Jane à fait la gueule et nous a fait des coups de vache pour se venger toute la semaine.

Hélène, quant à elle, n'a pas tenu cinq jours. A priori elle ne supportait pas le comportement de Nico avec ses potes et de le voir faire la fête en faisant l'idiot. Il a essayé d'être un autre, plus sage pendant quelques temps, puis un soir ça l'a gonflé, ils se sont pris la tête et le lendemain il l'a déposait à la gare de Montpellier pour qu'elle rentre à Lyon. Quand il est rentré, j'étais seule à la maison en train de boire un café pendant qu'Élo était chez Alex. On a discuté. Il m'a raconté son année à Lyon. Je le sentais se détendre au fur et à mesure. A priori il se régale, c'est une vraie passion. Le cinéma a toujours été fait pour lui, je le lui ai dit. Il s'est découvert très doué en montage. Il va orienter ses études dans ce sens. Il m'a interrogé sur mon année à la fac, sur mon père, je crois que c'est le seul avec qui j'en parle. Je lui ai raconté et il m'a dit que c'était un gros con et que lui adorerait avoir une fille. On a parlé comme ça pendant un peu plus d'une heure quand même. Puis je lui ai dit que c'était cool de le retrouver, il n'a pas semblé comprendre. Je lui ai expliqué que je le trouvais froid en arrivant, que je ne comprenais pas.

— Tilt, je ne sais jamais sur quel pied danser avec toi.

— Ça veut dire quoi ça ?

Il n'a rien répondu. Je lui ai demandé de me parler d'Hélène. Il m'a dit avoir passé quelques mois super avec elle mais que là, il découvrait une nouvelle facette et qu'il ne la pensait pas aussi chiante.

— Pourtant, elle n'avait rien d'une endive celle là ! Je pensais que ça durerait plus longtemps.

Il a explosé de rire et m'a dit que trois mois c'était un record déjà ! Puis Pierre est rentré de sa journée de boulot, Élo m'a appelée pour me dire de les rejoindre, fin de notre discussion.

Aux arènes il y avait un taureau piscine vendredi soir. On y a été. Nico était déchainé avec ses potes, comme s'il était libéré depuis le départ d'Hélène et qu'il redevenait lui-même. J'allais bien. Je ne pensais pas trop à lui. Pour une fois je me sentais bien et je n'essayais même pas de savoir où il était, ce qu'il faisait, rien. C'est donc lui qui est venu me chercher. Forcément. Je n'arriverai jamais à être tranquille. Il n'arrêtait pas de roder autour de moi. J'étais dans la contre piste aux arènes pour encourager Loïc, Chris, Franck, Stan et Alex qui jouaient. Nico passait derrière et me pinçait, me chahutait, me disait qu'il allait me remettre sur un tonneau. Je riais comme une gamine. Je lui ai demandé ce qu'il avait ce soir :

— Rien, je suis en forme Tilt.

Ça a été sa seule réponse. Vers vingt trois heures on a été au bal sur la place. On a fait les fous avec notre bande, on est monté sur scène pour chanter le refrain de « La camisa negra » comme presque tous les soirs de la semaine, et cette fois on a eu droit à un strip tease des garçons. J'ai sifflé et je les ai encouragés à en perdre ma voix. Dommage, Nico n'était pas dans les parages mais j'ai fait comme si je m'en foutais. Puis après on est resté en bas au pied de notre arbre à droite et on mangeait des cacahuètes en descendant du whisky coca et en dansant. Marie sortait avec un nouveau garçon. Jane avec Buzz qui était de retour. On le voit moins depuis que ses parents ont déménagé mais cette année il est là. Je suis sûre que Jane est sortie avec lui pour emmerder Élo mais celle-ci s'en fou complètement vu qu'elle est avec Alex.

A un moment donné je cherchais Élo partout, personne ne l'avait vue. Comme elle ne répondait pas au tel, j'ai voulu repartir à la maison pour voir si tout allait bien, car Juliette m'a dit qu'elle s'était prise la tête avec Alex. Et puis, comme d'habitude, je m'étais renversée du coca dessus et je voulais me changer. C'est incroyable cette manie que j'ai de toujours ouvrir une canette après l'avoir secouée. En arrivant dans la première rue je me suis trouvée pile à l'endroit où Nico m'avait embrassé l'année dernière. Forcément ça m'a fait quelque chose mais je te jure le journal que je préférais ne pas y penser. Manque de pot, j'ai entendu une voix derrière moi :

— Tu as perdu ton prince Tilt ?

Nico bien sûr. Je me suis retournée d'un coup :

— Exactement. Figure-toi qu'il est parti sur son blanc destrier et que c'est impossible d'en retrouver un potable de nos jours.

— De destrier ou de prince ?

— De destrier voyons ! Les hommes, j'ai arrêté de chercher.

Il a ri et m'a suivi alors que je remontais la rue en lui disant que je cherchais sa sœur. Il m'a dit qu'il venait de la voir partir avec Alex et qu'a priori ils avaient l'air bien. Rassurée j'ai consulté mon téléphone et vu un texto d'Élo qui me donnait rendez-vous dans une heure. J'ai dit à Nico que j'allais quand même rentrer me changer, il s'est foutu de moi en voyant ma tâche de coca sur le tee-shirt et m'a accompagnée car il devait justement en récupérer une bouteille à la maison pour sa bande qui n'en avait plus.

Arrivés à la maison, celle-ci était dans le noir car Pierre était parti au restau avec ses amis, comme d'habitude le week-end. En arrivant dans le hall éteint, un certain malaise m'a gagné en repensant à l'année dernière. Nico semblait différent aussi.

— Tu vas vraiment te changer alors qu'il est déjà presque minuit ?

— Ben oui je ne peux pas rester comme ça.

Dis-je en lui montrant mon tee-shirt poisseux.

— Mais en même temps je ne sais pas quoi mettre d'autre.

— Moi, j'aurais bien une idée...

A grommelé Nico entre ses dents.

— Quoi ?

— Non non rien.

— Nicolas Barina, quand on commence une phrase on la finit.

Je le suivais dans la cuisine en le menaçant du doigt quand il s'est retourné brusquement. Moi qui pensais que tout était en tout bien tout honneur, là tout a changé. En quelques secondes rien qu'en le regardant, j'ai manqué d'oxygène. Il m'a alors dit qu'il ne trouvait pas de coca dans la cuisine. Je lui ai dit que c'était dommage, que j'en avais bien sur moi mais que ça ne lui serait pas utile.
Il a baissé les yeux sur mon maillot empégué et a dit d'une voix rauque qu'il en aurait assez pour lui mais qu'il ne partagerait pas avec ses potes.

J'étais appuyée contre la porte de la cuisine, il m'a poussé contre le mur, a placé sa main à côté de mon visage contre le chambranle et doucement, au ralenti, comme pour me demander la permission, il s'est penché pour m'embrasser dans le cou.

— Il y en avait un peu, là.

M'a t'il dit.

— Ah oui ?

Je crois que je tremblais. Puis il a descendu ses mains et m'a pris par la taille. Je me suis laissée faire sans réagir. J'étais hypnotisée par tout ce qu'il faisait.

— Je dois en avoir partout alors. Ça a dû traverser le tee-shirt...

Nico m'a regardé avec les yeux encore plus bleus que d'habitude, comme s'il avait de la fièvre. Ses mains sont remontées sur mon corps en soulevant mon tee-shirt qu'il a fait passer par-dessus ma tête pour le retirer. Il m'a tenu les bras en l'air et m'a gardé emprisonnée avec une de ses mains pendant que l'autre descendait pour me caresser doucement le ventre, ce qui m'a fait gémir.
Puis il a murmuré :

— Effectivement, tu en as encore plein là.

Puis en disant ça, il m'a embrassé sur la base du cou comme il l'avait fait la dernière fois.

— Puis là...

Et il m'a embrassé sur le sein gauche.

— Et là...

Idem pour le dessus du sein droit. J'ai cru que j'allais défaillir. Je me demande comment fait cet homme pour être aussi sensuel ? Il me maitrisait parfaitement et il le savait. J'avais l'impression à sa voix qu'il s'amusait.
Je gémissais en prononçant son prénom et il a fini par remonter la tête pour venir contre ma bouche. Mais toujours sans m'embrasser. Il a posé ses lèvres contre les miennes, sur le côté et m'a doucement embrassé comme on embrasse un enfant.

— Nico...

— Chuuuut

Puis il m'a embrassé de l'autre côté.

— Nico...

Je suppliais.

— Quoi ? Qu'est-ce qu'il t'arrive Tilt ? Demande-moi.

— Embrasse-moi.

— Comment ?

— Embrasse-moi mieux.

— Tu es sûre ?

— Je n'ai jamais été aussi sûre.

Il avait toujours mes mains dans la sienne au-dessus de ma tête.

— La dernière fois tu m'as planté dans ma chambre. Tu me devais quelque chose il me semble. Juste une fois ...

— Je suis prête à rembourser mes dettes.

Il n'en fallait pas plus. Il a pris ma bouche avec force et passion. Enfin, c'est ce que j'aime penser. J'ai cru que j'allais jouir rien qu'avec son baiser. Il a commencé à me caresser, m'a libéré les mains et celles-ci sont descendues sur son maillot puis sous son short pour que je puisse le toucher à mon tour. Je ne me reconnaissais pas. Je suis passée de timide à dépravée en quelques secondes.

On est monté dans sa chambre et ça a été la nuit la plus belle, enfin l'heure plutôt, de toute mon existence.

Oui le journal, j'ai couché avec Nico !

C'était tendre et passionné à la fois. Dès qu'on est arrivé dans sa chambre on s'est déshabillé très vite puis d'un bras il m'a posé sur son lit et il a mis un préservatif en un temps record. Il est entré en moi et j'ai ressenti tellement d'émotions que j'en aurais pleuré. C'était doux, tendre et fort à la fois. C'était tellement bon et j'en avais tellement besoin que j'aurais tué toute personne qui nous aurait interrompu cette fois-ci.

Le meilleur moment a été quand il a joui. Il m'a prévenu que ça arrivait ce qui a eu pour effet de me faire jouir moi aussi et en râlant il a crié mon prénom. Je n'ai jamais rien entendu de plus sensuel que Nico qui me crie « Morgane » en jouissant. J'ai dû dire, ou plutôt crier son prénom une trentaine de fois moi aussi. J'aurai aimé que ça dure toujours. Je n'ai jamais fait l'amour et joui de cette façon. Est-ce parce que c'est lui ? Est-ce parce qu'il est vraiment doué ? En tout cas quand on a eu fini je suis restée quelques secondes contre lui, appuyée sur son torse, puis mon portable a sonné. Bien sûr, mauvais timing. Élo me demandait où j'étais. Je lui ai répondu que j'arrivais, que j'étais venue me changer. Comme elle revenait juste d'avec Alex, elle n'avait pas capté que j'étais partie depuis une heure moi aussi. Nico a consulté son propre téléphone et il avait reçu plein de messages de ses potes qui lui demandait s'il fabriquait le coca.

Voilà, fin de l'histoire. J'étais attendue au bal pour faire la fermeture, lui du côté des lavoirs avec sa bande. On s'est habillé sans se regarder. Nico a voulu me parler en sortant de la chambre, je lui ai mis la main sur la bouche pour le faire taire :

— Chuut. C'était le meilleur moment de cette semaine pour moi. Mais chaque chose à une fin. Je le sais. Alors on rejoint chacun notre bande et on continue normalement.

J'avais une envie folle de l'embrasser mais ça aurait trop fait la fille qui s'accroche. Il ne m'a jamais montré avoir particulièrement envie de plus. Il avait même bien précisé « Juste une fois ». Donc il fallait que je montre que je n'étais pas une gamine et que je respectais les règles. Je me suis changée dans la chambre d'Élo en deux secondes, j'ai enfilé un jean puis j'ai descendu en courant les escaliers et je suis tombée nez à nez avec Pierre qui rentrait alors que je boutonnais à peine mon jean. J'ai dû avoir les yeux qui se sont agrandis comme le nez de Pinocchio qui s'allonge quand il ment. Je me suis reprise, lui ai dit en bredouillant que j'étais venue me changer et que je partais rejoindre Élo. Il n'a rien dit. Je lui ai souhaité une bonne soirée avant de refermer la porte et la dernière chose que j'ai vu c'est Nico en haut des escaliers qui me regarde partir et son père qui nous interroge en silence tour à tour.

Voilà, c'est la fin de mon histoire. J'aurai quand même réussi une fois à atteindre l'extase en couchant avec lui. Qui l'aurait cru ? Un mec comme lui. Toujours avec des filles plus belles les unes que les autres et qui au final couche avec moi ! Même si ce n'était qu'un one shot, je l'aurai eu. Et je n'en espérais pas tant. J'ai passé le reste de la soirée avec mes amis physiquement mais avec lui dans ma tête. J'avais l'impression que chaque geste me trahissait tant je sentais son odeur sur ma peau, dans mes cheveux, partout. Maintenant, je me demande une seule chose, c'est comment je vais bien pouvoir reprendre une vie normale ? Déjà que quand on échangeait juste un baiser je trouvais ceux des autres tellement fades... mais là ! Comment avoir envie de me remettre dans un lit avec un autre homme un jour ?

Le lendemain samedi je ne l'ai presque pas vu. On a fait notre soirée filles le soir au bal, c'était cool.

La chanson triste du moment c'est Amel Bent, je la connais par cœur aussi : « Le droit à l'erreur ».

« Je ne marche plus droit.
Je fais n'importe quoi.
J'ai devant moi un mur qui m'empêche d'avancer.
Le réveil est brutal.
Les nuits baignées de larmes.
Et je suis là coupable à condamner.

J'ai perdu la direction et le sens.
Je ne sais pas tenir la distance.

Je croyais tout savoir de nous.
Être arrivée jusqu'au bout.

Et tenir si bien le coup.

Je croyais tout savoir de moi.

Mais y a tellement de choses qu'on ne sait pas.

Comme ça ! »

Et oui, cher journal, je croyais tenir le coup. Mais le croiser samedi soir, même de loin, a été une torture et pour la première fois de ma vie, j'avais envie que cette fête finisse. J'ai envie de reprendre une vie normale, complètement décalée, de bosser comme une malade pour obtenir mon année et oublier. L'oublier.

***

— Ok. C'est classé « X » ton histoire. Et pourtant je suis frustré tu ne détailles rien de plus de ta folle nuit avec lui.
— C'est mon journal intime Nate. Pas le scénar d'un film porno.
— Ouais ben c'est frustrant. C'était si bien que ça ?

Je souris en le regardant.

— Mieux encore !
— Ça c'est parce qu'on a pas couché ensemble !
— Mais comme je ne suis pas un mec, tu ne ferais même pas d'effort.
— Je n'ai pas à faire d'efforts ! Je suis bon est puis c'est tout. Mais de toute façon, même si on te trouvait le meilleur coup du monde, vu que ce n'est pas ton « Nicolas », tu ne le trouverais pas bon.
— C'est faux.
— Ah bon ? Et tu as trouvé un autre mec avec qui tu as pris du plaisir depuis ?
— Oui bien sûr !
— Meilleur que lui ?
— Je n'ai pas dit meilleur mais…
— Ah !
— Oh tu m'énerves.
— On part quand ?
— Où ça ?
— Ben au mariage.
— Vendredi soir. Je loue une voiture, j'ai tout préparé, c'est à une heure de Paris. Dès que j'ai fini, je passe te prendre et on trace.

— Pourquoi dès que TU as fini ? Je finirai peut-être plus tard cette fois-ci.

J'éclate de rire.

— Nate, tu ne finis jamais après 18 heures le vendredi, c'est ta règle.
— Oui, et bien il se pourrait que pour une fois, j'ai un rendez-vous.
— On non, un rencard ? Nate, tu n'as pas intérêt de me faire le coup et de me planter au dernier moment parce que tu as trouvé l'homme de ta vie !

Je suis en colère et le menace avec la cuillère en bois avec laquelle je prépare ma sauce.

— Non, chianlie. J'ai rendez-vous avec une femme.
— Une femme ?
— Agée.
— Agée ?
— Assez coincée.
— Coincée ?
— Tu vas tout répéter le perroquet ?
— Ça veut dire quoi âgée ?
— L'âge d'être ma mère…

Et alors que je m'apprête à le harceler de questions ou à me foutre de sa gueule, ou les deux à la fois, je vois à son visage que quelque chose cloche. Je m'arrête à temps, réfléchis à ce qu'il vient de dire et comprends :

— Oh merde. Nate, tu as rendez-vous avec ta maman ?

J'abandonne ma sauce et m'approche de lui dans le salon, ma cuillère toujours à la main que j'essuie sur mon tablier.
Il grogne un « oui ». Je ne dis rien, vais chercher deux verres de vin dans la cuisine et nous sert du blanc. Je reviens avec les verres remplis et m'assois à côté de lui sur le canapé.

— Je me suis dit que la voir avant notre weekend serait judicieux. Suivant comment ça se passe tu pourras me passer des mouchoirs dans la voiture, me servir de punching ball ou autre.
— Ok.
— T'es sérieuse là ? C'est ton seul conseil ?
— Qu'est-ce que tu veux que je te dise mon chéri ? C'est toi qui l'a appelée ?
— Je me suis dit que si toi tu étais capable d'affronter tes démons, moi je pouvais bien le faire un petit peu aussi. Juste pour te montrer que je ne suis pas qu'un colocataire fouineur et emmerdeur.
— Mais voyons, tu n'es pas que ça. Tu es mon emmerdeur à moi, c'est déjà pas mal et mon psy personnel. Et je suis très fière de toi Nathan.
— Ohla, si tu m'appelles Nathan alors…
— Et dis-toi que je ne suis pas si courageuse que toi. J'ai imaginé des tonnes de plans pour ne pas y aller ce week-end. Je pensais louer une voiture et la vider

de son huile, ou enlever la roue de secours et rouler sur des morceaux de verres du chantier d'à côté…

Nate rigole, ce qui au moins le détend un peu.

— Tu n'as pas intérêt princesse ! Et puis tu ne saurais même pas faire…
— C'est pour ça que j'ai arrêté de réfléchir.
— On va jusqu'au bout maintenant. On est deux, on fonce, on réfléchira après.

Il me regarde en disant ça car il sait que c'est mon principal défaut : trop réfléchir. Je souris, assise à côté de lui, on incline nos verres pour trinquer et je lui répète :

— On fonce ! On réfléchira après.

On reste quelques instants côte à côte, sans rien dire. Ça fait du bien de me retrouver avec Nate. Malgré toutes ses petites manies difficiles au quotidien, c'est quelqu'un de bien. Il n'a pas eu la vie facile avec ses parents et je ne compte pas l'abandonner. Ça fait trois semaines qu'on est concentré uniquement sur moi. Et puis je suis moins présente à l'appartement qu'avant, je sors souvent avec Maëlle et Lina car j'apprécie de plus en plus leur compagnie. Finalement quand on apprend à se livrer un peu on s'aperçoit que les gens peuvent être là pour nous. Je vois de plus en plus Élo également depuis nos retrouvailles. J'ai été récupérer les dragées avec elle semaine dernière et cette semaine j'ai eu la chance de voir le dernier essayage de sa robe. J'ai l'impression d'avoir un peu abandonné Nate mais celui-ci ne s'en formalise pas. J'ai passé plusieurs jours sans lui lire la suite du journal, et ce soir il a fini par me crier dessus pour que je continue. Je pensais que ça l'ennuyait, mais non, il a l'air de vraiment aimer. On dirait qu'il a pris ça comme son histoire du soir comme quand il était petit.

A la moitié de la bouteille, Nate décide d'aller finir le repas et me demande un chapitre de plus. Je nous ressers alors du vin et reprends le vieux journal entre mes mains.

CHAPITRE VIII

ÉTÉ 2007.

Vendredi 10 août.

Waouh, mon cher journal. J'ai l'impression que ça fait une éternité ! Deux ans en fait, tout simplement. Oui pas de fête à Mauguio pour moi l'été dernier. On est parti avec Élo et Marie en vacances aux Etats-Unis et c'était en août qu'on avait nos billets. Ça m'a fait un bien fou. On a passé un super été. En plus j'avais rencontré Paul l'année d'avant et j'étais restée avec lui toute l'année. Un mec super, de Montpellier. Je voulais vraiment donner une chance à notre histoire donc j'étais ravie de ne pas retomber dans mes travers à la fête de Mauguio. Une année off, sans voir le frère de ma meilleure amie, c'est toujours ça de pris. J'ai eu des nouvelles de Nico par Élo. Il cartonne à son école d'audiovisuel, c'est cool, je suis contente pour lui. Je l'ai croisé une fois pendant ses deux ans, il venait en weekend chez sa mère. On s'est fait la bise, on a discuté 5 minutes dans les escaliers de l'immeuble, c'était sympa de le revoir mais je partais rejoindre Paul donc je n'avais pas beaucoup de temps.

J'ai cassé avec Paul début juin. Rien à voir avec le fait que l'été et la fête à Mauguio arrivent ! Promis ! C'est juste qu'en fait on était amis. Pas plus. C'était cool d'être ensemble, mais si à 21 ans le truc le plus fun c'est d'aller se faire un ciné, c'est mal barré pour l'avenir. On en a discuté et on a conclu qu'il valait mieux arrêter là. Il a rencontré une certaine Sophia depuis et il paraît que c'est une révélation et que ce n'est plus le même homme selon ses amis. On pensait rester amis mais ça fait deux mois et déjà on se perd de vue. L'amitié entre hommes et femmes, franchement je n'y crois pas trop. Cette année grands changements : on s'est mises en colocation avec Élodie et Marie. C'est du bonheur. La liberté. Je n'ai plus à supporter ma mère moitié dépressive. Marie est aidée financièrement par ses parents, moi j'ai une bourse et Élo a arrêté la fac, elle bosse dans un magasin de fringues en centre-ville de Montpellier. Marie continue ses licence langues étrangères appliquées et moi j'attaque ma quatrième année en septembre. Je me régale. Je prépare mon master en littérature française et comparée.

Élo n'est plus avec Alex. Ils ont essayé de rester ensemble après la fête mais il semble que leur couple ne dure jamais plus d'un été. La réalité reprend le dessus en septembre et leurs habitudes de vie ne semblent pas compatibles.

Me voilà donc célibataire ! Encore ! Élo pense que je m'auto-sabote et que je n'ai pas fait d'effort avec Paul. Je pense que j'aurais pu faire tous les efforts du monde, on n'était pas fait pour être ensemble, c'est aussi simple que ça. Mais je commence à me poser la question : suis-je faite pour être avec quelqu'un ? Ou plutôt : quelqu'un est-il fait pour être avec moi ?

Nico est avec une fille. Normal. Ça ne me fait rien. Enfin je crois. Je verrai bien ce soir. J'ai fait ma valise, on part une semaine chez Pierre, comme avant. Je suis impatiente et en même temps je me demande si c'est une bonne idée. Peut-être aurais-je du rester avec mes souvenirs plutôt que d'essayer de revivre quelque chose qui n'existe plus ? J'ai grandi, j'ai changé. Je ne suis plus aussi folle et insouciante. Mon père se marie avec sa nouvelle femme le samedi 18 août prochain, en pleine fête et je suis invitée. J'ai senti que c'était plus une obligation pour lui qu'une réelle volonté de m'avoir à ses côtés. Il va me faire chier jusqu'au bout. Ça me fait rater le dernier week-end de la fête. J'ai prévu d'aller à la mairie en début d'après-midi, de serrer quelques mains et de sourire devant l'objectif, puis de rentrer après le vin d'honneur vers 21 heures max à Mauguio. Je voulais y aller avec Élo mais il n'a pas voulu. « A 21 ans on ne va pas au mariage de son père avec une copine, ça ne se fait pas ! C'est avec son fiancé ou seule ». Formidable. J'aurai dû l'envoyer chier, mais je n'en ai pas eu le courage. Ça va un peu mieux avec ma mère. On s'est rapproché depuis quelques temps et je me confie plus à elle. Elle a très bien compris pour Paul et m'a dit que j'avais bien fait. Elle l'adorait pourtant, mais elle a précisé que ça ne faisait pas tout, que j'allais probablement mourir d'ennui. L'année dernière elle a été à la fête à Mauguio car Pierre l'a invité au bal manger un bout le dimanche soir, comme on faisait depuis quelques temps. Il lui a dit que ce n'est pas parce que les filles n'étaient pas là qu'elle ne devait pas venir. Elle a accepté et Nico est resté à l'apéro avec eux avant de rejoindre ses potes. C'est elle qui me l'a racontée. Elle m'a dit que c'était un garçon bien. C'est nouveau ça. Même si, selon elle, il est encore très immature et qu'il a besoin de se poser. Elle plaint sa copine car il est vraiment « très instable » et ce n'est pas un homme de confiance en amour. Voulait-elle me faire passer un message ? On ne saura jamais avec elle ! Tu vois le journal, je ne t'ai pas abandonné, promis, je te raconterai ma semaine écoulée dès que je rentrerai à l'appart avec les filles.

Dimanche 19 août.

Bon il s'est encore passé un truc de malade. Semaine géniale. Nico est bien en couple avec « je ne sais pas comment j'ai oublié son prénom » et on les voit peu. Une grande blonde par contre, une belle endive toute fraiche. Il ne fait pas la fête en maillot cette année, il travaille la journée pour se faire de l'argent de poche et il sort le soir. Arrivé vendredi il était crevé et avait hâte de passer le weekend avec ses potes. Sa nouvelle copine ne lui reproche rien, c'est une belle potiche en fait, donc ça a l'air le top pour lui. Il peut faire ce qu'il veut. Le peu où on s'est croisé, il m'a dit se régaler. Il lui reste deux ans de spécialisation et il risque de partir à l'étranger pour se perfectionner. Je ne lui ai rien dit pour le mariage de mon père. Je n'avais pas envie d'en parler.

Samedi matin, quand je me suis préparée, j'avais la boule au ventre. Je ne voulais tellement pas y aller. Mon père m'avait bien dit d' « essayer d'être présentable ». Ça voulait tout dire. Élo n'arrêtait pas de me dire que je n'étais pas obligée de le faire. Mais je ne pouvais plus reculer. Je n'aime pas fuir devant l'adversité, je préfère affronter. J'ai mis une robe, j'avais un tailleur un peu plus strict dans ma garde-robe mais je préférais le provoquer un peu. Je suis arrivée à l'heure à 14 heures pile à la mairie. Mon père m'a à peine présenté à sa nouvelle famille, j'ai compris que je n'avais pas vraiment ma place. Je m'en foutais, je comptais juste les heures qui me séparaient de mes amis.

Des gens qui comptent, vraiment. Pierre m'a dit que s'il y avait quoi que ce soit je pouvais l'appeler, qu'il viendrait me chercher. Il devait venir me récupérer pour 21 heures devant la salle. A 18 heures, je n'en pouvais plus. J'avais donné tous les sourires que je pouvais et je me demandais comment m'éclipser. J'ai faille appeler Pierre mais ça ne se faisait pas. Mon père est venu me voir pour la première fois. Je me suis servie un verre en le voyant s'approcher.

— S'il te plait ne boit pas trop.

Voilà, le ton était donné. Il n'est jamais méchant, juste piquant, par ci par là. J'ai failli répondre, mais ça ne servait à rien.

— Tu es venue seule alors finalement ?

J'allais répondre « oui » quand j'ai entendu cette voix grave et sensuelle derrière moi répondre « non ».

— Enchanté monsieur Dange. Et félicitations à vous. Très beau mariage.

Pendant qu'il tendait la main à mon père, il passait son autre bras à ma taille comme pour me soutenir.

Mon père a souri, lui a proposé un verre que Nico a refusé, il préférait un soda. J'étais morte de rire au fond de moi. Nico qui préfère un soda ?

Ils ont discuté de banalités pendant cinq minutes puis mon père s'est éloigné, nous laissant seuls.

— Tu préfères le soda ?

— Oui toujours entre 18 et 21 heures.

J'ai ri.

— Tu es très belle chérie. M'a t'il dit en souriant et en jouant la comédie. Cette robe te va à ravir. Bien que ce décolleté soit un peu osé, si je t'avais vu je ne t'aurais pas laissé partir.

Mon sourire s'est agrandi et je lui ai répondu que c'était la moindre des choses pour provoquer mon père et que le costume lui allait très bien également. J'ai pris l'air détaché mais j'ai failli m'étouffer avec le fond de mon verre. Effectivement, il était à tomber en costume cravate. Je ne l'avais jamais vu habillé comme ça. Ses cheveux châtains étaient presque disciplinés et son bronzage mis en valeur par le col blanc de sa chemise. Au secours, un signal d'alarme s'est déclenché en moi. Le voir habillé de la sorte me donnait l'envie de me faxer entre sa veste et sa chemise et de faire glisser mes mains sur ses fesses mises en valeur par le pantalon à pince... pire, je crois que je voyais en lui le futur père de mes enfants ! Bref, c'était la catastrophe, je devais me reprendre et vite !

Je lui ai demandé ce qu'il faisait là, il m'a expliqué avoir entendu son père parler avec Élo et qu'il ne comprenait pas pourquoi ils m'avaient laissée venir seule. Élo lui a dit qu'elle n'était pas d'accord et que j'étais vraiment têtue et a trouvé que c'était une très bonne idée qu'il vienne me rejoindre. La copine de Nico, elle, beaucoup moins, mais il lui a dit que j'étais comme sa sœur et il ne lui a pas laissé le choix.

Comme on s'emmerdait comme des rats morts, j'ai pas mal picolé, seule, Nico préférant rester dans son image de gendre idéal. J'ai fait ma BA, Nico a compris que c'était important pour moi et il m'a aidé à tenir jusqu'à 21 heures. J'avais peur pour lui car il loupait toute la fête mais il m'a dit qu'il s'en foutait complètement. J'ai pu discuter avec ma « belle-mère » qui n'a pas l'air aussi méchante que dans les dessins animés. Espérons pour elle qu'elle s'en sortira mieux que ma mère avec lui. En même temps, elle a l'air d'avoir plus de caractère. J'ai une demi sœur aussi mais je ne suis pas prête à discuter avec elle pour l'instant. Surtout devant le regard aguicheur qu'elle a lancé à Nicolas pendant les quelques mots qu'on a échangé.

Toutes les 5 minutes je proposais à Nico de partir mais à chaque fois il me répétait que j'avais fait l'effort de venir jusque-là et qu'il fallait que je tienne un peu. Il ne voulait partir qu'après le départ du premier grand père car selon lui, Nicolas Barina n'était jamais parti d'une fête le premier, aussi nulle fusse t'elle ! On a beaucoup rit. On en a profité pour plus discuter de nos années respectives. Il m'a même invité à danser. C'est là que j'ai failli craquer en ce qui concerne ses fesses fermes et musclées. Mais j'ai préféré fermer les yeux et me laisser guider dans ses bras. Le monde pouvait bien s'écrouler, plus rien ne m'importait, comme une petite parenthèse sympa. J'ai entendu un ami de mon père lui dire qu'il avait une fille magnifique et un gendre très agréable. Au moins, j'aurai marqué des points et je pouvais partir la tête haute. A 22 heures quand les grands parents de la cousine lointaines sont partis, Nico a enfin accepté qu'on suive. Je n'en pouvais plus. Je lui ai sauté au cou pour le remercier. On a été saluer les « jeunes mariés », j'ai ignoré le regard encore réprobateur de mon père et j'ai presque couru jusqu'au parking tellement j'étais contente. Arrivée dans la voiture, j'ai retouché mon maquillage dans le miroir et je lui ai demandé comment j'allais bien pouvoir le remercier. Il a viré sa cravate et m'a dit que ça allait me coûter cher. Très cher. Son regard à ce moment-là a suffi à raviver une flamme au fond de moi mais j'ai fait l'air de rien et essayé de chasser les papillons dans le ventre. J'ai détourné les yeux de sa chemise entrouverte qui laissait voir une partie de son cou que là, à ce moment, va savoir pourquoi le journal, je trouvais très sensuel. Comme je m'étais promise de me maitriser, je lui ai souri et je l'ai embrassé sur la joue. Il m'a dit que je ne m'en sortirais pas comme ça et j'avoue que ça m'a excité encore plus, comme si c'était une promesse d'avenir. Mais je devais me reprendre et pour ça je me suis concentrée sur sa petite amie qui l'attendait sûrement au coin de la rue. Arrivés devant chez Pierre, il a coupé le contact et je suis sortie précipitamment de la voiture. On est monté se changer et quand je me suis retrouvée seule dans la chambre d'Élo, je me suis rendue compte que je ne pouvais pas déboutonner ma robe seule dans le dos. Sans arrières pensées (!), j'ai traversé le couloir et j'ai été frapper à sa chambre. Il m'a ouvert torse nu, juste son pantalon entrouvert sur le caleçon. Waouh, c'est l'effet que m'a fait son corps. Toujours ses abdos magnifiques, et putain que j'avais envie de virer ce pantalon ! Il m'avait dit avoir arrêté le judo mais pas le sport et à ce que je vois, il doit s'entrainer plusieurs heures par semaine. Quand je lui ai dit la raison de ma venue, il a été surpris de ma demande et quand je me suis retournée en soulevant mes cheveux, j'ai senti qu'il hésitait.

— Quoi Nico ? Je ne te demande pas de me violer. Juste d'enlever ma robe.

Il a alors soufflé, m'a dit « dommage » et j'ai senti ses doigts sur ma peau pendant qu'il dégrafait bouton après bouton. Comme à chaque fois, le contact de ses doigts me fait un effet de malade. Tout chez lui, malgré les années, me fait un effet de malade. Quand il a eu finit, la robe s'ouvrait largement sur mes épaules et je pense que vu la profondeur des boutons à l'arrière il devait avoir une vue sur le départ de mon string.
J'ai tourné la tête pour lui dire merci mais il m'a répondu « non ». Comme je ne comprenais pas, il m'a prise par la taille et m'a attiré contre lui. J'étais toujours dos à lui et j'ai senti sa main sur mon épaule qui faisait glisser doucement la robe à mes pieds. Je ne bougeais, pas hypnotisée.

— J'ai trouvé comment tu peux me remercier.

Il s'est alors penché et m'a embrassé dans le cou. J'ai penché la tête sur le côté et je l'ai laissé faire. Il a pris ça comme une invitation et a fermé la porte de sa chambre avec sa main en passant par-dessus mon épaule. Puis d'un mouvement sec, il m'a retourné et je me suis retrouvé face à lui, les yeux dans les yeux. Et là, tout m'a échappé, il a pris mon visage dans ses mains et m'a embrassée. Et oui. C'était reparti. Je ne contrôlais plus rien. Je lui ai rendu son baiser et j'ai senti que mon soutien-gorge se dégrafait (tout seul ?), me laissant juste en string devant lui. Son pantalon a suivi le mouvement juste après. Rien n'entravait nos mains pour explorer nos corps respectifs et je le caressais comme j'en rêvais depuis le début de la soirée. On n'arrêtait pas de s'embrasser malgré les caresses de nos mains.

Mais toute magie a toujours une fin, tout spectacle un baisser de rideau. Le retour à la réalité a été très brutal quand on a entendu une voix en bas l'appeler. Sa copine. Oui, je l'avais oublié celle-là ! J'ai vu la panique dans les yeux de Nico et j'ai compris que c'était une erreur pour lui. A priori, n'oublions pas, il tenait à elle. Alors j'ai ramassé ma robe et mon soutien-gorge et rapide comme l'éclair, j'ai traversé le couloir pour foncer dans la chambre d'Élodie juste avant que la fille n'arrive en haut des marches.

Tout s'est arrêté là. Fin de l'histoire, encore. J'ai rejoint Élodie et les copains, on a fait la fête. Ma mère est venue le lendemain, Nico était reparti avec sa copine, personne n'a rien su, rien vu, comme d'habitude. Et moi je repars encore, encore et encore une fois, anéantie. Pourquoi faut-il que j'aie ce mec dans la peau à ce point ? J'ai été malade de le laisser dans sa chambre et de laisser cette pétasse de merde le rejoindre. Je ne serai jamais dans son cœur c'est clair, je dois me contenter de ce qu'il me donne par ci par là. Je me fais l'effet d'une prostituée, ou pire d'une maitresse qui est avec un homme marié. Ce que je m'étais jurée de ne jamais, au grand jamais être. Mais voilà, si je ne suis pas dans son cœur lui est définitivement dans le mien. C'est pire que l'avoir dans la peau. J'aime cet homme. Je l'aime vraiment. Tant pis, je l'avoue pour la première fois mais ça me fait du bien de te l'écrire mon journal : je l'aime.

MAIS NICOLAS POURQUOI FAUT IL QUE TU SOIS NICOLAS ???

***

On est dans la voiture et on roule vers notre hôtel. Il est beaucoup plus tard que prévu car je n'ai récupéré Nate qu'à 21 heures. Je n'ai rien dit, ça fait 4 ans qu'il ne parle plus à ses parents, ils devaient avoir beaucoup de choses à se dire. Ça fait 40 minutes que l'on roule en silence et je n'ose pas le briser. Finalement je lui demande comment ça va et il me répond : bien. Puis après encore quelques kilomètres, le silence se rompt. Il se met à parler et devient intarissable. Je crois qu'il avait besoin de tout analyser avant. Il m'explique en avoir beaucoup voulu à sa mère pour son incapacité de le défendre devant son père. Elle n'a rien fait quand celui-ci l'a rejeté à cause de son orientation sexuelle. Elle lui a expliqué avoir été choquée elle aussi et ne pas avoir su quoi faire. Puis ensuite elle a pris le silence de son fils comme un rejet de sa part envers elle et elle avait trop honte pour faire le premier pas. Elle estimait que comme elle ne l'avait pas soutenu, celui-ci lui en voulait et qu'il la reniait. Alors que lui, de son côté, se pensait rejeté. Comme quoi, par manque de communication dans la vie, on loupe beaucoup. Nate a encore pas mal de choses à digérer et les rancœurs ne vont pas s'effacer comme ça mais j'ai l'impression qu'il est sur le bon chemin. Sa mère lui a proposé de le revoir, elle a besoin de lui, elle veut être là pour lui et il a été touché qu'elle s'intéresse autant à sa carrière professionnelle. Je crois presque avoir vu des larmes au coin de ses yeux quand il m'a dit qu'elle était fière de lui. Tu m'étonnes ! Il a bossé comme un malade pour financer ses études, enchainant job sur job. Il ne dormait quasiment pas et à ce qu'il m'a raconté il avait des fréquentations qui lui offraient de l'or contre des actions très peu recommandables. Il aurait pu très mal tourner par apât du gain et de la facilité, mais il a tenu bon. Il voulait coûte que coûte prouver à ses parents, même s'il ne les voyait pas, qu'il était doué et volontaire. C'est pour ça que quand je lui ai lu la partie du mariage de mon père il m'a dit être très fier de moi. Pour lui, rien n'est plus important que de garder la tête haute. Puis ensuite il n'a pas tari d'éloge sur Nico. Pour lui, c'est plus qu'un mec bien. C'est LE mec par excellence. Le meilleur ami qui devient le mari idéal. J'ai ri et je lui ai dit qu'il n'en savait rien mais il est sûr de lui. Et quand Nate est sûr de quelque chose, rien ne le fait changer d'avis. Il a dit qu'il verrait bien ce week-end, que sa rencontre allait être déterminante. J'ai tout fait pour le faire changer d'avis. Mais en vain. Il m'a promis qu'il ne tenterait rien, qu'il ne ferait aucune allusion, ni fine, ni lourde, ni rien du tout. Mais comme je n'ai aucune confiance en la parole de Nate…

On arrive à l'hôtel à presque 23 heures après s'être perdu malgré le GPS. Trop fort. Quand on arrive je croise Élodie qui ne dort pas là mais qui accueille des invités de la famille de Grégory. Je la sens tendue et assez énervée. « Normal pour une mariée » me dit Nate. Mais quelque chose cloche. Tout d'un coup on entend un cri strident derrière nous et je me retourne pour voir arriver comme une furie ma Marie. C'est l'effervescence dans le hall d'hôtel. On crie toutes les trois et on se serre dans les bras. Jane arrive derrière elle en sortant du restaurant calmement et elle semble moins ravie de me revoir. Tant pis, je fais comme si de rien n'était. Je crois qu'elle a toujours eu le béguin pour Nico, comme toutes les autres d'ailleurs, mais elle, c'était plus prononcé, et je la soupçonne de savoir qu'il y a eu quelque chose entre nous deux. D'où le fait que ce ne soit pas ma meilleure amie …

Nate rit de nous voir comme ça puis il me dit qu'il va s'occuper des valises. Marie me fait les gros yeux, comme pour sous-entendre « c'est qui ce canon ? » et je lui chuchotte « mon coloc homosexuel ». Elle fait un « oh » de la bouche et se met à rire avec ce rire de crécelle qui lui est propre et qui m'avait tant manqué. Arrive alors un grand maigre, assez mignon, dont on ne peut pas ignorer la nationalité.

— Mes chéries je vous présente mon fiancé : Mickael !

On crie alors, Jane y compris quand on entend le préfixe « fiancé ». Marie nous montre la bague et on refait une ronde autour d'elle en dansant. Mickael rit en nous voyant et nous dit joyeusement avec un accent à couper au couteau :

— C'est wous les amies foles de ma chewie ? J'attends de vous voir avec impatience !

On lui saute dans les bras et après la panique, je pense qu'il se sent bien accueilli.

On finit au bar de l'hôtel, tous ensemble, à discuter autour d'une bonne bouteille de rouge. Au bout d'un moment, Mickael dit être fatigué et il monte se coucher. Nate a compris qu'il était de trop et me fait un clin d'œil avant de monter également, nous laissant toutes les quatre, puis trois car Jane fini par partir elle aussi, à mon plus grand soulagement. Avant que j'aie pu essayer d'aborder le sujet avec Élo, Marie me sauve en y allant directement :

— Bon Élo, c'est quoi le problème ?
— Comment ça les filles ? Quel problème ? Je suis nerveuse c'est tout.

On a essayé d'en savoir plus mais impossible. On a compris qu'on en tirerait rien et on a abandonné. Vers une heure du matin et plusieurs verres, on avait refait ensemble toutes les fêtes à Mauguio de notre enfance et calculé le nombre de couples fait et défait à chaque fois. On était épuisé de rire comme des folles. Le barman n'en pouvait plus et nous faisait comprendre qu'il voulait aller se coucher et j'étais étonnée qu'Élodie reste avec nous et ne soit pas pressée de se coucher la veille de son mariage. Elle a fini par nous dire qu'elle allait repartir chez elle car demain une grande journée l'attendait, mais j'ai eu l'impression que la lueur de joie avait quitté ses yeux.

Marie m'a regardée en haussant les épaules, me faisant comprendre qu'on ne pouvait rien y faire.

On s'est embrassé puis je suis montée rejoindre Nate qui dormait déjà dans son lit à côté du mien.
J'ai beaucoup de mal à trouver le sommeil. L'état d'Élodie m'inquiète au plus haut point.

Le matin, on se réveille à midi. Enfin moi car Nate est déjà habillé, ce qui est louche et nouveau chez lui. D'habitude midi c'est le matin pour Nate. On descend pour essayer de manger, Nate me confirmant avoir déjà petit déjeuner, et je croise Élodie qui accueille les grands parents de son futur mari. Elle a l'air encore plus stressée et mal à l'aise qu'hier soir. Je n'en peux plus, tant pis. Sans réfléchir, je vais vers elle, l'attrape par le coude quand elle dit à tout à l'heure à tout le monde et je l'amène dans un recoin du couloir.

— Ok écoute moi. Je ne veux pas que tu le prennes mal. Tu te tais et tu m'écoutes. Je t'aime plus que tout, je t'ai perdu une fois et je refuse de te perdre de nouveau. Je ne sais pas ce qu'il se passe mais je sais que ça ne va pas. Alors tant pis si tu m'en veux, je prends le risque, c'est ton bonheur en premier. Si tu as le moindre doute, je dis bien le moindre doute, je serais là. Tu peux compter sur moi quelque soit le problème. S'il faut enterrer une cadavre je trouverai une pelle.

Cette phrase la fait sourire.

— S'il faut tuer ta belle-mère ou se débarrasser d'une salope, je serai là aussi ! Mais je ne peux rien faire si tu ne me dis rien.
— Je … merci Morgane. Je ne sais pas. Je pense que c'est juste le stress d'avant mariage. J'ai l'impression qu… qu'il n'a pas changé. Merde ! Tu vas m'en vouloir, je suis vraiment trop conne ! Je dois me tromper, je ne sais pas…

Je la vois au bord des larmes, je n'ose rien lui dire. Je la laisse continuer :

— …je vais voir, je vais essayer d'en avoir le cœur net et en fonction je te tiens au courant. Tu me fais confiance ?
— Oui Élo bien sûr. Mais toi, tu me fais confiance ?
— Oui toujours.

On met alors nos deux paumes de main l'une contre l'autre et on se regarde dans les yeux, comme quand on avait 14 ans.

— Ça va aller ? Lui demandé-je.
— Ça va aller. J'y retourne. Si tu n'as pas de nouvelles de ma part après le repas de midi c'est que tout va bien.
— Ok.

Je suis sceptique mais je décide de lui faire confiance. Je rejoins Nate dans la salle à manger qui m'interroge du regard et je lui explique rapidement ce que je n'ai pas compris moi-même. On mange vite fait puis on remonte se préparer. On descend prendre le café et Nate remonte chercher quelque chose dans la chambre. Je poireaute un quart d'heure à l'attendre et j'ai peur d'arriver en retard par sa faute.
Quand il descend enfin j'ai le cœur qui bat à cent à l'heure. On se dirige vers la mairie à pied car elle est juste derrière l'hôtel.
Je suis nerveuse, ça y est, Nico va être là. J'ai les jambes qui flageolent comme une gamine, Nate le sent et me prend le bras quand on arrive devant l'immense bâtiment.

— Prête ?
— Non.
— Tant mieux. Allons-y !

Heureusement qu'il me tient le bras, je vais m'évanouir je pense. J'entends alors une voix chaleureuse derrière moi :

— Morgane, ma chérie !

Je me retourne pour voir Pierre et je lui saute au cou. Je suis enchantée de le revoir. Je lui présente Nate qui semble ravi de rencontrer un des « protagonistes » de son histoire du soir préférée. On fait quelques pas ensemble et on rentre dans la mairie. Pierre insiste pour que je m'assois avec lui sur les bancs de devant, je suis gênée mais il me dit :

— C'est la famille après tout.

C'est fou ce que ça fait du bien.
Carole, la mère d'Élodie arrive alors. Je me lève pour la serrer dans mes bras et elle semble aussi ravie de me voir. La cousine d'Élodie et l'autre témoin sont déjà prêts et le marié également. Celui-ci vient me dire bonjour en serrant la main de Pierre et je ne le sens pas honnête pour un franc. C'est le même, mais en plus vieux. Mon dieu que je ne l'aime pas. C'est pas bien du tout mais c'est la seule chose qui me vient. Quand je me retourne, je vois Nate debout vers les bancs du milieu qui me fait la grimace en montrant le marié et je comprends qu'il pense la même chose que moi.
Puis, tout d'un coup, ma respiration s'arrête. Au fond de la salle vient d'arriver Nicolas. Il est encore plus beau que dans mes souvenirs. Il porte un costume gris qui vu la coupe, a l'air d'être une très bonne marque, et sa chemise blanche fait ressortir encore plus ses yeux bleus. Je me suis repassée vingt fois dans la tête, en boucle, toutes les options possibles de nos retrouvailles et tout ce que je pourrai lui dire. Ça va de :
- « Bonjour toi » la version simple, à :
- « Il faut qu'on parle, tu es l'homme de ma vie, je t'aime et je t'ai toujours aimé mais j'étais trop conne pour te le dire », en passant par :

- « Nico serait-il possible qu'un jour on puisse se poser et discuter toi et moi, et tout recommencer ? », ou alors il y aussi :
- « On boit ou on baise ? »

Ça c'était la version de cette nuit 4 heures du matin quand l'alcool et la fatigue se mélangeaient en moi. J'ai l'impression que le temps s'est arrêté. Il me regarde et semble lui aussi être sur le point de me parler. Mais il est à l'autre bout de la salle et à chaque pas qu'il fait quelqu'un l'arrête pour l'embrasser ou lui parler. Je tuerais tous ces gens de mes mains si on n'était pas à un mariage et que ça serait mal vu. Nico continue de me regarder et semble à la limite de l'impolitesse avec certaines personnes quand je me rends compte que Nate essaye d'arrêter mon attention depuis deux minutes. Je fini par le regarder et le rejoindre quand je vois le visage étonné de Nico à quelques pas de moi, tandis qu'une vieille tante le retient par le bras. Il regarde Nate et j'essaye de lui faire comprendre que Nate n'est pas mon petit copain. Mais juste avec le regard, je crois que c'est impossible et que je ne passe réellement aucun message.

— La mariée a besoin de toi chérie !

Devant le ton insistant de Nate je finis par comprendre.

— Quoi ?

— Ça fait 5 minutes que j'essaye de te parler mais à priori tu sembles…

En disant ça, Nate se retourne et vois enfin Nico. Je n'ai pas besoin de lui dire qui c'est :

— Waouh. Putain ! Ah oui je comprends mieux ton obsession !
— Comment ça « la mariée à besoin de moi » ?
— Marie est venue me dire que tu dois descendre en urgence. Élo a besoin de te voir.

Je me retourne et voit Marie sur le côté de la salle, côté arrière de la mairie, qui vient de revenir et me fait de grands signes. Je ne réfléchis pas et pars dans sa direction, m'éloignant ainsi d'un Nicolas surpris.

Quand j'arrive à la porte, Marie me saute dessus :

— Ah enfin ! Dépêche, c'est la cata.

On dévale les escaliers et on arrive dans une petite pièce en bas, à l'abris des regards et je trouve Élodie en pleurs. Effectivement c'est la cata.

Je me jette à ses pieds.

— Eh, ma chérie. Qu'est-ce qu'il y a ?

Je la prends doucement contre moi et la berce.

— Je suis une merde tu avais raison.
— Mais non, mais non, chuut.

Je lui caresse les cheveux.

— Il m'a trompée ! Encore ! Et avec cette pute qu'il disait être sa cousine. J'ai été la voir, j'avais un doute depuis quelques jours et elle m'a tout avoué. C'est la fois de trop Morgane, mais là, putain, pas aujourd'hui, pas le jour de mon mariage !!!

Je suis folle de rage et j'ai envie d'aller casser la gueule à ce connard mais ce n'est pas le moment. Je dois m'occuper d'Élodie d'abord.

— Ma chérie, bien sûr que si c'est le bon moment : juste avant les vœux.

Élo me regarde et comprends. Marie semble comprendre aussi.

— Ok, dis alors Marie. On déterre les cadavres c'est ça ?
— C'est ça. Dis-je en souriant et en me relevant.

Je tends la main à Élodie pour l'aider à se relever.

— Des cadavres ? Comment ça ? Demande t'elle en reniflant.

Je lui tends un mouchoir.

— Le serment dans le jardin ma vieille. Répond Marie. On est là toutes les deux et on s'oppose formellement au mariage.
— C'est pas « après » normalement quand le curé pose la question ?

Demande Élodie en commençant à sourire.

— Ce sera trop tard ! Dis-je alors. On intervient avant nous.

Je prends mon téléphone et envoie un message à Nate.
« Plan de secours, besoin de la voiture derrière la mairie, la mariée se casse ».

La réponse arrive quelques secondes après :
« Ok laisse moi 5 minutes ».

Marie nous dit qu'elle va monter pour rejoindre son fiancé et faire patienter les invités le temps qu'on parte. Elle fait un câlin à Élodie et lui dit que c'est la bonne décision. Puis avant de sortir, l'air de rien elle se retourne et nous dit :

— Au fait, je suis en France pour presque un mois. Si dans votre périple vous ne savez pas où aller, sachez que je serai à Mauguio aux alentours du 15 août. J'ai du monde à qui je dois présenter Mickael.

Je souris et Marie part en claquant la porte.
Je remonte la jupe voluptueuse d'Élodie et regarde par l'entrebâillement pour voir si personne n'est dans les parages. J'entends dans la salle du haut Marie dire que tout va bien, que la mariée va arriver dans quelques minutes. Je souris, tend la main à Élodie derrière moi et discrètement, comme des voleuses, on descend les deux marches qui mènent à l'arrière du bâtiment. Je reçois un texto de Nate :

« Suis là, porte de gauche, rue Transvenor ».

Pile à temps. Je sens l'adrénaline couler dans mes veines.

Je trouve Nate dehors au volant d'un magnifique cabriolet.

— Mais qu'est-ce que … ?
— Ah oui je ne t'ai pas dit. J'ai changé la voiture à l'agence locale de location ce matin. Je me suis levé à 8 heures je n'avais pas sommeil et tu dormais profondément. Bref tu me remercieras plus tard. La tienne était vraiment trop moche. A l'intérieur de celle-ci tu trouveras ta valise dans le coffre ma biche, je ne sais pas pourquoi mais je me doutais un peu de la suite des évènements. Et puis ça fait tellement plus « Thelma et Louise » !

Sur ce il me jette les clés, nous fait un clin d'œil et ajoute :

— Élodie je n'ai pas de fringues pour toi mais vous faites à peu près la même taille je pense. Et puis, à vous deux vous êtes ingénieuses. Je ne me fais pas de soucis. Maintenant : tracez, je crois que notre couverture est foutue.

On lève les yeux et on voit tout le monde dans la salle de mariage en haut nous regarder par la fenêtre. Gregory ouvre la fenêtre et crie :

— Élodie bordel, qu'est-ce que tu fou ?

Je m'apprête à répondre, mais Élo est plus rapide et hurle :

— Connard, va retrouver ta cousine de merde menteur ! C'est fini. Tu m'entends ? FI-NI !

Puis elle grimpe dans la voiture et je démarre en trombe alors qu'elle lui fait un doigt d'honneur.

On roule comme ça pendant quelques mètres, jusqu'à la sortie du village puis on se regarde et on éclate de rire. Un truc de fou ce que l'on vient de faire !

— Et Nate ? Comment va t'il rentrer ?

Me demande Élodie.

— T’inquiètes pas. Il sait se débrouiller va. Il est pire qu’un chat, il retombe toujours sur ses pattes. Le coup d’avoir mis ma valise dans le coffre, j’en reviens pas ! Des fois je me demande s’il écrit pas le texte de ma vie avant qu’elle ne commence.

On roule pendant quelques kilomètres et par réflexe, je prends l’autoroute. Je reçois un texto de Nate qu’Élo me lit à haute voix :

« Papiers dans boite à gants. Ici tout va bien. C’est bon Nico a compris que l’on n’était pas ensemble ».

— Pourquoi est-ce qu’il te dit ça ?

Oh putain, je vais le tuer ! Je suis sûre qu’il se doutait que c’est Élo qui lirait le texto. Il m’a vu partir au volant.

— On peut en parler plus tard ?
— Non justement. Il est peut-être temps qu’on parle.
— En parlant de temps, on va où exactement ?
— Aucune idée.

Je la regarde et vois qu’après la phase d’euphorie, Élo est en plein désarroi. Tu m’étonnes. Je ne sais pas ce que je ressentirais si je venais de plaquer toute ma famille et mon ex future belle-famille devant l’autel.

— Ça va ?
— Comme ça peut aller.

— Tu as pris ton portable ?
— Oui dans mon sac à main, je n'ose pas regarder.

Dit-elle en me montrant le petit sac à ses pieds.
Elle finit par récupérer son tel et regarde son écran.

— 118 messages ! Et bien c'est rapide !
— Ben ça dépend du nombre d'invités. Ils étaient combien ?
— 320 en comptant les enfants.
— Oh les cons !
— De quoi ?
— Tu te rends compte que seulement la moitié t'as envoyé un texto ?

Je la regarde et de nouveau, on éclate de rire. Je reçois alors un nouveau message, Élo prend mon téléphone et le lit :

« J'ai envoyé un message à Élo mais elle a dû en recevoir plein. Je suis bien content que ce con soit sorti de sa vie. Félicitations à vous, c'était une très belle sortie. Je vous embrasse. Papa Pierre ».

Je souris et regarde Élo qui a les larmes aux yeux.

— C'est le meilleur non ?

Me demande t'elle en me regardant.

— Oh oui !

Élodie lui répond depuis mon tel et me lit le message :

« Merci papa, tu es le meilleur. Désolée du dérangement, explique à maman stp et aux gens de notre famille. Il m'a encore trompée, je viens de l'apprendre. Je ne veux plus le voir. Pardon je t'aime. Élodie »

On passe alors quelques kilomètres et la réponse arrive :

« Pas de soucis. Bonne route les filles. Je ne sais pas où vous allez mais pour info je partais en vacances chez une amie la semaine prochaine, je serai de retour pour la fête. Les clés sont toujours au même endroit… »

On rit toutes les deux et on comprend alors où notre route va nous mener.

— Tu ne bosses pas lundi ?

Me demande Élo.

— Non on est fermée en août. 3 semaines de vacances imposées à partir d'hier soir !
— Et moi je suis censée être en voyage de noce. De toute façon je comptais quitter mon boulot alors !

Je ris et Élo se penche pour programmer le GPS : direction « MAUGUIO 34130 ».

On roule pendant plus d'une heure et Élo a envie de s'arrêter pour aller aux toilettes. L'arrêt sur l'aire d'autoroute n'est pas sans crise de fous rires quand on voit les gens nous regarder avec des airs ahuris. Élo a toujours son énorme robe de mariée meringuée et moi ma robe de cocktail. Je prends ma valise dans le coffre pendant qu'elle va payer l'essence. Je la rejoins et on part aux toilettes se changer. On rit comme des collégiennes en essayant de se changer dans les toilettes dégueulasses d'air d'autoroute. Heureusement que c'est l'été et que j'avais mis pas mal de petites merdes dans ma valise.

On reprend la route en short et baskets et je me remets au volant, Élodie étant encore trop secouée par son mariage avorté. On reçoit un nouveau texto. Toujours de Nate.

« Au fait, j'ai oublié un truc dans la boite à gant. Bonne lecture Élo ».

Je panique tout d'un coup mais Élo est plus rapide que mes protestations et ouvre la boite à gant, sourde à mes cris. Bien évidemment, qu'y trouve t'elle ?

CHAPITRE IX

ÉTÉ 2009

Jeudi 07 août.

Coucou mon vieux pote. Ça va le journal ? Je suis tarée, 23 balais et je t'écris encore. Mais c'est cool, ça me fait du bien. Ça fait deux ans que je ne t'ai pas écrit, pas bien ! L'année dernière pas de fête à Mauguio, j'ai bossé tout l'été. J'ai été voir le père d'Élo une ou deux fois avec elle mais pas sur le mois d'août. Élo est partie vivre à Paris depuis janvier, elle a trouvé un job là-bas au siège de la maison Camaïeu et elle s'éclate. Je crois qu'elle a trouvé son domaine. Moi ça y est, je finis mes études et je pense que je vais rester ici pour l'instant. Marie me quitte pour aller vivre aux États-Unis, elle a trouvé un contrat là-bas de jeune fille au pair. Je suis ravie pour elle mais je me sens complètement abandonnée. Élo veut absolument que je monte à Paris mais je viens de trouver un contrat ici à Montpellier donc je garde l'appartement et je changerai un peu la déco quand j'aurai encaissé mes premiers salaires. C'est pas le job de mes rêves mais bon, ça paye le loyer. Figure-toi que ce soir est un grand soir, Nico qui vit à Lyon depuis la fin de ses études, descend dans le sud passer quelques jours et le père d'Élo nous a invitées pour notre ancien rituel de repas du vendredi soir. Élo est là pour le weekend avant de monter sur Paris dimanche matin et on a donc décidé de tous se rejoindre.

Je suis en couple au fait. Avec Mathieu. Et je l'aime vraiment. Ça fait 6 mois qu'on est ensemble et je me demande s'il ne va pas venir me rejoindre à l'appartement à la rentrée. Donc c'est pour ça que je t'écris cher journal. Je crois que c'est la fin d'une histoire. La fin d'une boucle. Je vais cet été me prouver que je peux le faire. Le voir. Et repartir. Sans cœur brisé. Sans pleurs. Sans boule au ventre. Ça fait deux ans que je ne l'ai pas vu. J'ai passé un an à pleurer et à penser à lui. Un an de deuil de cette relation qui n'a jamais vraiment commencé en plus. Là, c'est fini. Je gère. Je vais te montrer le journal, je commence à me dire que Mathieu est le bon. Il est grand, brun et a de beaux yeux marrons. Il est ingénieur informaticien mais loin du stéréotype de ce genre. Il court régulièrement donc a un beau corps. Je m'amuse avec lui, on rigole bien et il est très jaloux. C'est sympa pour le coup, je me sens comme une princesse. Je sens que cette histoire sera différente et qu'il est le prince qui peut rompre le charme... affaire à suivre le journal.

Dimanche 16 août.

Voilà, je suis rentrée à l'appartement. Tout va bien. Non le journal, ce n'est pas une larme qui mouille ta page quand je te parle, c'est tout mon putain de corps qui rejette la connerie monumentale que je viens de faire !!!!

Je suis arrivée vendredi soir, c'était sympa de revoir Pierre. Il m'a accueillie comme une enfant perdue de vue. Je devrais lui donner des nouvelles plus souvent, à priori il s'inquiète beaucoup pour moi. Je n'en ai pas l'habitude, c'est étrange mais ça a l'air sincère. Élo était là, il avait été la chercher à la gare avant que j'arrive. Saut dans les bras l'une de l'autre, câlins, comme d'habitude. Puis la porte s'est ouverte presque de suite derrière moi sur Nico qui venait d'arriver en voiture. Bon Ok, déjà mauvais délire. Ok Mathieu est bien foutu pour un informaticien, mais j'avais oublié ce que c'était qu'un vrai corps sportif. Quand il m'a serrée dans ses bras comme il l'avait fait deux secondes avant avec sa sœur, j'ai cru me faire des bleus contre ses pectoraux. Je n'ai jamais senti quelque chose de si ferme contre moi. Enfin si, il y a quelques années maintenant, quand j'avais couché avec... mais je crois qu'en vieillissant il a encore gagné en fermeté. Il a 25 ans et je me demande comment il fait pour être de plus en plus beau chaque année. Cette fois-ci il a les cheveux légèrement plus longs sur la nuque et ça lui va plutôt pas mal. On prend l'apéro sur la terrasse tous les 4 et jusque-là j'étais vraiment, vraiment très bien. On fait un tour de table, Élo commence par nous raconter sa vie à Paris depuis janvier. Je connais quasiment déjà toutes les anecdotes car je l'ai souvent au téléphone mais j'en apprends des nouvelles qui nous font bien rire. Puis viens mon tour et j'explique le principe de mon tout nouveau job qui commencera en septembre. Tout le monde est impressionné par les fonctions et le titre ronflant de « chercheuse spécialisée ». C'est un genre de travail d'historienne axé sur une période précise pour la fac. Le salaire est loin d'être mirobolant mais c'est mon premier vrai salaire alors je suis fière. De plus ça me met un pied à l'étrier comme on dit. En attendant j'explique que je travaille en tant que caissière à Auchan pour payer mon loyer et tout le monde me chambre quand je dis que je m'ennuie tellement que j'en suis à apprendre certains codes-barres par cœur !

Félicitations générales quand je parle de Mathieu, sauf Nicolas qui semble faire la gueule. Très bien. Je me rends compte que je suis contente et ça m'énerve car ça veut dire que je ne suis pas encore complètement guérie si le rendre jaloux est une petite victoire...

La surprise vient de Nicolas. Il a trouvé un contrat en or, un job de monteur comme il aime, avec de bonnes machines de la nouvelle technologie, un super salaire etc... mais à Toronto. Il part dans une semaine. Pierre est choqué mais heureux pour lui et Élodie saute de joie en se disant qu'elle aura un pied à terre pour passer les vacances d'hiver. Elle retombe vite sur terre quand elle apprend la distance, le prix des billets et la température là-bas !

Je me dis à ce moment-là que c'est un signe. Mon problème est définitivement réglé puisqu'il part. Au moins si j'avais encore un doute, c'est fini.
On passe une super soirée, Nico me taquine beaucoup et passe souvent derrière moi pour me pousser, fais des allusions au fait que je suis maladroite et que je pourrais vite me renverser du coca dessus... je ris et j'essaye de ne pas répondre mais c'est pas toujours évident. A un moment donné je lui demande comment va sa nouvelle endive ? Pierre éclate de rire car il était le seul à ne pas savoir comment j'appelais ses copines et Nico répond qu'il n'y a aucune salade en vue ces derniers temps. Juste du boulot, encore du boulot et je sens une pointe de satisfaction déplacée à l'intérieur de moi. Après le repas on reste à la maison cette fois-ci et on décide d'aller à la fête le lendemain seulement, après une bonne nuit de sommeil, parce qu'après nos retrouvailles au coin du barbecue, il est déjà minuit et demie.

Le samedi se passe super bien. On retrouve certains de nos potes sauf Marie partie aux Etats-Unis et d'autres de la bande qui ont un métier et vivent ailleurs. Ça fait bizarre, la bande se rétrécit d'années en années. « Los salseros » existe toujours avec Alex à sa tête mais de nouveaux sont apparus pour nous remplacer. C'est ça le principe d'une bande, ça vit de manière autonome et tu prends le train ou pas. Cette année je ne le prenais pas. Nico était avec sa bande une grande partie du temps mais venait quand même très souvent de notre côté. Je sens son regard posé sur moi régulièrement et ça a le don de m'énerver. Je ne le cherche même pas des yeux, mais où que j'aille j'ai l'impression de tomber dessus.

On a fini par rentrer à la fin du bal avec Élo vers 2h, pas mal amochées mais pas de quoi être malades non plus. J'ai éclaté de rire quand elle m'a proposé des Stoptout pour l'haleine, comme on le faisait gamines quand on voulait cacher l'odeur d'alcool à son père.
Cette année pour plus de confort, Pierre m'a installée dans la chambre d'amis au lieu que l'on se serre dans le lit avec Élo. Il a mis un nouveau lit dans la buanderie à l'étage en fait et c'est devenu la chambre d'amis qui n'existait pas avant. On reste toutes les deux quelques minutes, soit un temps interminable, dans la salle de bain, à papoter, refaire le

monde pendant qu'on se démaquille et qu'on se douche et on finit par se séparer, crevées, vers 3 heures du matin.

Je me glisse dans mon lit et attend que le sommeil vienne quand j'entends frapper doucement à ma porte. Je me lève, pensant trouver Élo, ouvre en riant et tombe sur… Nicolas. Et oui journal, tu le savais je pense. Et là, je pensais être forte, je te jure, mais je me suis rendue compte que je n'étais qu'une merde. Une merde sans volonté.

— Je n'arrive pas à dormir.

C'est tout ce qu'il me dit.

— Moi non plus.

C'est ma conne de réponse. Il a poussé la porte doucement et est entré. On ne se quittait pas des yeux puis il a refermé la porte derrière lui.

— Tilt…

— Tais toi.

— Je sais que tu as quelqu'un et que tu y tiens…

Je savais que je ne devais pas écouter ce que je ne voulais pas entendre.

— Mais j'ai besoin de toi...

— Nico...

— Morgane.

Il m'a fait taire en posant un doigt sur mes lèvres. Un doigt qui me brulait.

— Tilt, tu sais ce que tu représentes pour moi. J'ai du mal à partir. J'ai du mal de tout quitter, mais le plus dur c'est toi. Même si ça fait deux ans que l'on ne s'est pas vus, je savais que je te reverrai ici. Là je ne sais pas pour combien de temps je pars. Je ne sais pas si je vais m'y plaire. J'ai juste besoin avant de partir d'emporter un peu de ça avec moi. Un peu de toi.

Je ne savais plus quoi dire.

— Si tu me dis non, je comprendrais et je partirais.

— C'est pas possible, pas cette fois Nico...

— Tu l'aimes ?

— Nico, je ...

— Réponds moi.

Je sentais déjà que je faiblissais et en fait, à cet instant, je n'avais qu'une crainte : qu'il s'éloigne et que je ne sente plus sa peau contre la mienne. Alors quand il a fait mine de reculer, je me suis agrippée à sa chemise, me suis hissée sur la pointe des pieds et je l'ai embrassé.

Et oui le journal, je suis la seule responsable de ma perte. Je suis la plus faible de toute. Je suis ... juste immanquablement et irrémédiablement amoureuse. Il s'est reculé, m'a regardée, mais aucun de nous ne parlait. Puis toujours sans un bruit il m'a déshabillée, lentement, comme on fait quand on déballe un cadeau qu'on attend depuis longtemps. Il m'a embrassée, dans le cou, sur la poitrine, sur la bouche, je sentais ses mains me toucher, ma caresser, me pincer partout. Alors doucement, sans me brusquer, je l'ai déshabillé à mon tour. J'ai répondu à ses baisers, je l'ai palpé, caressé et j'ai couvert chaque parcelle de sa peau, de son corps de mes baisers fiévreux pour être sûre de tout imprimer et de rien oublier ensuite. Doucement il m'a portée et m'a déposée sur le lit. Si doucement, si tendrement. On a continué comme ça, sans rien dire, juste avec le bruit saccadé de nos respirations haletantes pendant si longtemps que j'ai eu l'impression que la nuit allait y passer. Puis tendrement, sans prévenir, je l'ai senti me pénétrer. On a fait l'amour comme un murmure, comme un câlin, comme une promesse et notre jouissance a provoqué une telle déchirure en nous que je savais qu'il me faisait l'amour comme un au revoir. Il est resté dormir contre moi et j'ai profité de cet instant car oui, cette fois, c'était le dernier. Il s'est penché pour m'embrasser sur le front au petit matin. Je crois que je n'ai pas dormi de la nuit de peur de bouger et de briser ce moment merveilleux. J'ai profité de l'instant présent en essayant de me convaincre que ce n'était qu'une parenthèse et que ça n'affecterait en rien ma vie « normale ». Quand il m'a regardée je savais ce qu'il allait me demander de la même façon que lui connaissait ma réponse.

— Le Canada est un pays sympa en cette saison tu sais.

— Je sais. Mais tu m'enverras une carte postale.

— Tu ne veux pas le voir par toi-même ?

— Tu sais bien que non Nico. Arrête, ne complique pas tout. C'était une parenthèse et au lever du soleil elle se referme. C'est comme ça, depuis toujours et puis c'est tout.

Il a posé un baiser délicat sur les lèvres, a remis son caleçon et sans un bruit, avant que la maison ne se réveille, il a regagné sa chambre.

Et moi, qu'ai-je fait le journal d'après toi ? Et bien j'ai pleuré. En silence toujours, comme le thème de cette soirée magique. Pas une fois je ne regretterai ce qui s'est passé et tant pis pour les larmes. Même si c'est Nico, même s'il ne m'aime pas, la façon dont il m'a fait l'amour est la plus belle chose qu'il pouvait me donner. Il y avait du mieux quand même cette fois-ci : il me proposait de le suivre. Non journal, je ne suis pas conne. Je ne pouvais pas répondre oui. Ma vie est ici avec mon job qui commence et Nico est juste inquiet et perdu pour son avenir, ce qui est normal. Sa proposition était belle, mais irréalisable. Une fois là-bas, il se fera vite des amis, rencontrera des endives et moi je lui semblerai bien fade. Je serai un souvenir, une aventure, un parfum de vacances dans le sud de la France et on n'emporte pas un souvenir dans ses bagages. On le garde au chaud dans son cœur. On le garde avec soi et on le sort uniquement quand on en a besoin. Je préfère être poétique le journal, et me dire que c'est ça que je représente pour lui : un doux souvenir. N'oublie pas la promesse que je me suis faite plus jeune : je dois quitter avant de l'être.

C'est la seule règle, mon père me l'a très bien apprise. Je sais où est ma place, et elle n'est pas à Toronto. Il doit découvrir seul, et qui sais, si vraiment il y a un espoir dans ce « nous » imaginaire, peut-être s'en rendra t'il compte ? A ce moment-là, il saura où je suis et il pourra revenir me chercher. Mais je n'y crois pas trop, c'est un indépendant, un vivant, il n'aura pas besoin de moi longtemps.

Aujourd'hui Mathieu doit venir. Je l'ai appelé pour lui parler. Je sais, il n'en saurait jamais rien si je le souhaite. Mais je ne peux pas. Je ne suis pas comme ça. Je suis quelqu'un d'honnête. Si j'ai fait ça c'est qu'il n'était pas le bon, alors autant arrêter tout de suite. Je n'ai même pas de remords...

***

Après ça il m'a envoyé une carte postale par mois et pendant presque un an, on a communiqué comme ça. Il me montrait les différents paysages à Toronto à chaque changement de saison. C'est vrai que c'est beau. Toujours un petit mot gentil mais aucune allusion à notre dernière nuit. Mis à part le fait de m'envoyer des cartes. Il parlait en quelques lignes de sa vie, de son boulot. Il était passionné. Je crois que je les ai toutes gardées quelque part, dans une boite. Étrange que Nate ne les ai pas trouvées d'ailleurs. Moi je lui envoyais des photos de Mauguio, de l'Étang de l'Or, du crépuscule sur les berges, quand le soleil se lève sur les taureaux noirs au fond, ou quand il se couche avec cette couleur orangée rouge magnifique et unique. On aurait dit deux correspondants étrangers, qui s'apprécient mais qui ne se sont jamais rencontrés.
En relisant cette partie de mon journal, j'ai les yeux humides.
Autant le refermer.

On est rentré depuis presque une semaine à Mauguio avec Élodie et pour l'instant je m'occupe de consoler son cœur brisé. On a l'impression d'être en cure toutes les deux. Chacune pour notre amour perdu, mais pas de la même façon. C'est vrai, en relisant je me dis que je n'ai peut-être jamais eu la bonne réaction avec Nicolas. Peut-être aurais-je pu essayer de bâtir quelque chose de plus solide ? Peut-être que j'ai un peu compté pour lui ? Mais dans la vie tout a une raison et une place selon moi. Tout simplement je n'étais pas prête ou lui n'était pas prêt, voilà mauvais timing. Élodie attend de lire mon journal, je lui ai promis mais je ne suis pas encore prête non plus. Pour l'instant elle ne va pas assez bien. Je dois le finir d'abord et demain, si tout va bien, je lui donnerai. J'ai eu Nate au téléphone, s'il l'a posé dans la voiture ce n'était pas sans arrière-pensée bien sûr. Ce vaurien l'a terminé, il en avait marre d'attendre et avant de rencontrer Nicolas en chair et en os il voulait connaître la fin de l'histoire. Quand je suis rentrée dans la chambre d'hôtel il faisait semblant de dormir. Il avait embarqué le journal dans sa valise et le lisait sous les draps avec son téléphone. Quand il a vu qu'Élodie n'allait pas bien, il s'est dit qu'il pouvait peut-être passer pour un héros. Il adore jouer les héros. J'espère qu'un jour quelqu'un le sera pour lui. A priori il a rencontré quelqu'un au non-mariage avec qui il a sympathisé et qui habite sur Paris. Ils sont rentrés ensemble. Comme quoi la légende des mariages où tu rencontres l'homme de ta vie est peut-être vraie. Du moins je lui souhaite. Ça marche même pour les mariages avortés c'est cool. On a eu la suite racontée par Nate et par les parents d'Élodie. Mais c'était beaucoup plus folklorique avec la version de Nate ! Le marié était de très mauvaise humeur évidemment, il a insulté Élodie et Pierre s'est interposé pour le calmer. Nico a voulu savoir ce qu'il se passait et quand il a compris que Gregory, qu'il ne portait pas du tout dans son cœur non plus, avait trompé sa sœur chérie, à la dernière remarque de trop, celui-ci s'est pris son poing dans la gueule. Ce

qui a beaucoup plu, bien évidemment, à mon Nathan. La famille de Grégory était sous le choc mais pas surprise tant que ça de la raison de la fuite de la mariée.
Nicolas est reparti. Je ne sais même pas où il vit maintenant. Je n'ai plus de nouvelles de lui depuis la dernière fois, un an et demie environ après son départ pour Toronto … Il s'en est passé des choses à cette époque. Et pas que des bonnes. Cet été-là, cet hiver là… le moment ou l'envoie des cartes postales a cessé et je pense, mon cœur de battre avec.

Élodie passe du rire aux larmes, elle se traite d'abrutie de ne jamais avoir su choisir ses mecs. J'essaye d'aborder le thème « Alex » mais elle botte en touche. Selon elle, Alex est un mec bien mais trop gentil, pas un mec pour elle. C'est un Melgorien dans l'âme et il le sera toujours. Et elle, elle a besoin d'aventure. Oui mais bon, comme je lui dis, si les aventures c'est d'être avec un mec où tu te demandes toujours où il est et dans quel lit, super on peut s'en passer !
On rigole beaucoup quand même toute les deux, on rattrape le temps perdu. J'ai voulu rendre visite à ma mère mais elle n'était pas là et quand j'ai appelé elle m'a dit être partie en vacances… trop étrange. Elle ne part jamais et je l'ai trouvé encore plus bizarre au téléphone. Elle est en Espagne. Et j'en suis sûre, avec un homme. Avec Élodie on échafaude pas mal de théories, du voisin du dessous à l'épicier du coin en passant par un inconnu sur internet mais rien ne nous

semble crédible. Nos journées sont super bien rythmées : on se promène, on fait de bons petits plats le midi, on regarde la télévision, on fait du vélo et le soir on s'est pris à un jeu de société. N'importe quoi. On dirait deux petites vieilles en villégiature. Mais je me rends compte qu'après ma vie trépidante à Paris ce break me fait beaucoup de bien.

Le mardi on reçoit de la visite. Alex. J'ai halluciné en ouvrant la porte, mais en même temps j'aurais dû m'en douter. Alex était monté au mariage mais on ne l'a pas vu le jour de la cérémonie, il était en retard et est arrivé à la mairie quand on partait de l'autre côté en cabriolet. Depuis il était rentré sur Mauguio mais n'osait pas venir nous voir. Tu m'étonnes. Il a envoyé des textos mais Élodie en reçoit une vingtaine par jour alors elle a pris le parti de ne répondre à aucun. Il faudra bien qu'elle le fasse un jour. C'est ce que j'essaye de lui faire comprendre depuis hier. On a discuté tous les trois et, fait étrange, Élodie accepte de discuter avec lui. Depuis il mange avec nous tous les soirs quasiment. Il continue depuis qu'on est parti de faire la fête en maillot, on le chambre là-dessus. Puis comme on n'a rien à faire on se retrouve pour la première fois de notre vie à l'aider aux préparatifs de la fête de cette année. On va avec lui récupérer les maillots floqués chez l'imprimeur et on se tâte à l'accompagner ce weekend à la Jonquera en Espagne pour acheter l'alcool qui manque.
Comme j'en ai marre d'être la chandelle et qu'ils ne s'en rendent même pas compte, ce soir j'ai décidé de

les laisser, même s'il ne se passe rien entre eux. J'ai prétexté avoir besoin d'aller courir. A 21 heure, normal. Le truc qui ne m'arrive jamais, Élodie le sait mais elle n'a pas relevé.
Je suis donc sortie faire un tour. Mon journal sous le bras et mon téléphone pour me servir de lampe torche car la nuit va tomber d'ici peu.
Je ne sais pas pourquoi, j'hésite. C'était facile quand il y avait Nate avec moi, mais là, toute seule, j'ai les jetons. C'est con quand même. Je vais au grand parc construit en bordure de ville, la plaine des sports, et je m'assieds sur le banc en bois en dessous du figuier. J'aime bien être là, ça m'apaise. La plaine est éclairée, il y a encore quelques sportifs qui terminent leur parcours de santé et de loin j'entends le bruit des boules de pétanque qui s'entrechoquent. Je suis sûre que si j'avais la truffe aiguisée d'un chien je sentirais d'ici l'odeur du Ricard. Ça me fait du bien d'être là. Ça m'apaise. Et en même temps, ça me torture. Qu'ai-je fait de ma vie ? Certes, j'ai un boulot que j'aime à Paris, des amis super. Maëlle et Lina sont adorables, elles s'inquiétaient pour moi et voulaient savoir comment s'étaient passé les retrouvailles. Elles ont été déçues de savoir que je n'ai même pas pu lui parler ! Mais tout va bien en fait. A part le fait que j'ai envie d'aimer. J'ai besoin d'aimer quelqu'un. Peut-être devrais-je vraiment cette fois-ci me dire qu'il n'est pas pour moi ? Que ce n'est pas le bon tout simplement et ainsi me libérer ? Le destin me donne quand même pas mal de signes. Je ne sais même pas s'il a quelqu'un. J'ai croisé Arthur

dimanche, celui avec qui j'étais sortie quand j'avais 15 ans ! Un truc de fou il m'a reconnue. J'ai son numéro et j'ai promis de l'appeler cette semaine. Je devrais peut-être le faire ? Il n'est pas mal en plus, il a même super bien vieilli ! C'est décidé, je lis cette partie de mon journal et suivant ce que j'en pense, je prends une décision radicale.

CHAPITRE X

Dimanche 7 novembre 2010.

Et oui le journal, je romps la tradition. Je ne t'écris pas la veille de la fête. Cet été la fête a été sympa mais différente.

Il y a du changement dans ma vie, déjà c'est important que je te le dise. Je quitte mon job et rend mon appartement. Je pars vivre à Paris en colocation. Devine avec qui ? Comme je vais souvent voir Élodie j'ai fini par déposer des CV et j'ai trouvé un super job là-haut. Élo vient de quitter son mec donc ça tombe bien. Je rends mon appartement fin du mois et j'aménage chez elle début décembre. Le timing va être serré mais on s'en fou. J'aime quand ma vie bouge comme ça. Ça traumatise ma mère que je m'éloigne, mais j'en avais trop besoin.

Donc je parlais de cet été. J'ai été faire un tour à Mauguio car Élo pour une fois est descendue chez son père et pas chez sa mère, qui a trouvé quelqu'un, donc elle préférait les laisser seuls. Il nous semble que le père d'Élo aussi a quelqu'un mais il n'en parle jamais alors on ne pose pas de questions. J'ai rejoint Élo le dernier week-end de la fête cette fois-ci. On ne l'a pas faite en maillot, c'est fini ça, on n'est jamais là une semaine complète et on ne peut pas bloquer une semaine. C'est dommage, j'aurai bien aimé en fait cette année. On a bien ri quand même. On s'est retrouvé le samedi après-midi sur la place de la mairie. Il y avait une ambiance de malade. Le bar du commerce et le café du midi avaient sorti les enceintes et rivalisaient en puissance. C'était apéro/mousse au café du midi. Qu'est-ce que c'est ? Un truc de fou. De la mousse partout, les Black Eyed Peas en musique de fond sur « I got a feeling » et là quelqu'un qui balance par terre, à l'intérieur du bar, sur le chemin pour aller aux toilettes au fond, du liquide vaisselle. Le but, c'est de t'élancer depuis l'extérieur et de glisser à plat ventre pour traverser la salle. Je t'explique pas le bordel ! Bon c'est pas la peine que je te dise qui a fini par terre en train de glisser ? Ça s'appelle un ventre-y-glisse. Je sais pas comment ça s'écrit par contre !

Bon il faut dire que les Monaco enquillés les uns derrière les autres avant de manger, la sangria au repas et le Get 27 à 14 heures nous ont bien détendu ! Cette fois-ci on avait presque réuni la bande au complet. Alors forcément ça se fête !

J'ai même fini debout sur le bar avec Juliette et Élo à chanter à tue-tête. Tout allait bien. Et puis « Il » est arrivé. Il revenait de Toronto pour une semaine... avec sa fiancée. Je me suis figée quand je l'ai vu arriver sur la place en lui tenant la main. J'ai senti tout de suite que quelque chose clochait. C'était différent. Il était différent. Alyzée. Une endive de choix. Celle-là avait un cerveau en plus de son physique. J'ai pas été cool. Quand il nous l'a présentée Élo l'a trouvé tout de suite sympa, moi beaucoup moins. Alors que ça fait chier : elle est sympa ! Mais ne le répète pas surtout. Je me suis retrouvée seule avec lui samedi soir, juste 5 minutes avant de partir à la fête. Élo discutait avec son père dans la cuisine, l'endive se douchait et Nico et moi fumions une clope dehors.

— Alors c'est quel numéro celle là ?

C'est tout ce qui m'est venu.

— Arrête Tilt s'il-te-plait ne soit pas méchante.
— Ne m'appelle pas Tilt. Tu me gonfles.

Je me rappelle m'être mise en colère à l'entente de ce surnom. J'allais rentrer, Nico m'a retenu par le bras :

— C'est toi qui n'as jamais voulu que ce soit sérieux entre nous. Alors ne me reproche rien. J'ai trouvé une fille gentille, intelligente et belle et je suis fou amoureux d'elle. Je l'ai demandé en mariage mais je ne veux pas te perdre Tilt. Tu resteras toujours... toi à mes yeux. Alors s'il te plait, essaye de la connaître.

J'étais folle de rage. Il me demandait quoi là exactement ? D'être sa maitresse ? D'être sa petite sœur ? Ça n'a jamais été très clair de toute façon. Je lui ai dit. J'ai ajouté qu'il abusait. Qu'il n'avait jamais vraiment rien fait lui non plus pour essayer. Que je ne l'avais jamais vu essayer de parler à sa sœur, qu'il ne m'avait jamais proposé de créer quelque chose... Comme il ne répondait rien, j'ai ajouté quelque chose du genre :

— Alors ne me demande pas d'être ton amie. Et encore moins ta sœur. Tu sais très bien que ça ne sera jamais le cas.

Puis je suis rentrée. J'ai passé la soirée avec les copains et lui avec sa future femme et ses amis. On ne l'a pas revu, je suis rentrée à l'appartement le dimanche après-midi, prétextant avoir du boulot à préparer pour le lendemain. Élodie m'a appelé dimanche soir et on s'est pris la tête au téléphone. Elle m'a trouvé froide et distante. Je ne savais pas quoi lui répondre mais j'étais trop mal pour faire semblant alors je lui ai reproché d'être chiante et exigeante en amitié.

Voilà la fin de cet été 2010 et la fin de mon rêve.
Il est et restera le seul et unique mais on ne doit pas être fait pour être ensemble donc qu'il vaut mieux tourner la page.

Depuis cette histoire je me suis réconciliée avec Élo quand je suis montée la voir à Paris fin août. Vu que je vais vivre avec elle il vaut mieux ! Et je sors avec Mathias qui me tourne autour depuis quelque temps mais qui ne montera jamais à Paris.

Ma vie aurait pu rester simple et s'arrêter là. Mais non bien sûr. Encore et encore.
Vendredi dernier j'étais à l'appartement, je m'apprêtais à sortir rejoindre des copines quand ça sonne. Je vais ouvrir en pensant que le voisin vient encore me demander de ne pas me garer devant sa porte de garage, quand je reste bouche bée face à celui qui est dans l'encadrement de ma porte. Nicolas ! Je crois être restée plusieurs minutes avant de pouvoir articuler un mot.

— Je peux entrer ?

— Non. Enfin oui.

Il m'a semblé immense au milieu de mon salon et en l'espace de quelques secondes j'ai réussi à :

- être scotchée,
- balayer avec un radar infrarouge ma salle à manger pour voir si rien d'horrible tels que des chaussettes sales ou une culotte genre gaine de maintien ne trainait pas,
- retoucher mentalement mon maquillage,
- sortir le string de mes fesses pendant qu'il avait le dos tourné pour ne pas qu'on voit la raie dans ma robe moulante.

Oui, j'ai fait tout ça le journal ! D'avoir devant moi l'homme de ma vie (passée car j'avais fait une croix dessus) m'a donné des capacités de concentration et des pouvoirs surhumains. Mais à part ça, je n'avais toujours rien trouvé à dire. Il portait un manteau beige qui lui descendait en dessous des fesses et un costume bleu. Je ne sais pas pourquoi ça m'a marqué.

— Je suis de retour en France. Tu ne m'as pas laissé le temps cet été de t'en parler. Je sors d'un entretien, d'où ma tenue.

— Ah...

Ok mais quoi lui dire ? J'aurai voulu t'y voir le journal. Je m'en sortais mieux à 15 ans je crois, j'avais plus de répartie.

— Morgane il faut qu'on parle.

— Si tu le dis.

— Tu m'as dit quelque chose cet été qui m'a ... dérangé.

— Ma foi, j'en ai dit des conneries tout au long de ma vie. Il ne faut pas tout écouter.

J'ai été dans la cuisine pour nous servir une bière. J'étais de plus en plus mal à l'aise mais au moins j'avais retrouvé l'usage de la parole et de mes jambes. Nico m'a suivie.

— Tu... tu as dit que moi non plus je n'avais jamais rien fait pour essayer. Et tu n'avais pas tort. Mais je n'ai jamais su quoi faire avec toi.

— Toi ?

J'ai fait semblant de rire et j'ai bu une grande gorgée de ma bière au goulot pour me donner une contenance.
Comme il ne répondait pas et qu'il ne buvait pas, j'ai dû essayer de comprendre.

— Nico je ne comprends pas. Qu'est-ce que tu fais là ?

J'ai dû le dire de manière un peu plus agressive que voulu. Il a posé sa bière, m'a dit que c'était une erreur, qu'il n'aurait pas dû venir et il s'est apprêté à partir. Alors là, quelque chose à vrillé encore une fois en moi. Comme à chaque fois qu'il est sur le point de m'échapper. Je ne pouvais pas le laisser sortir de mon appartement, de ma vie, comme ça, sans rien faire alors qu'il était venu jusque-là.
Je l'ai retenu par le bras.

— Attends.

Quand il s'est retourné, je me suis perdue dans ses yeux.

— Co... comment tu as eu mon adresse ?

Oui c'est la chose la plus idiote qu'on ait jamais demandé à un mec qui est dans son salon et qu'on a envie d'embrasser.
Il a semblé surpris, normal, puis il s'est mis à rire. Un magnifique rire doux avec sa voix grave et ses fossettes creusées. Il a les cheveux plus courts, la nuque dégagée et le dessus plus long, ça lui va super bien, c'est ce que je me suis dit.

— Tu es unique !

Je lui ai répondu un truc style « j'espère bien ».

— Tu fais de ma vie un enfer à chaque fois que je te vois.

Ça je ne sais pas comment je dois le prendre. Je lui ai demandé et pour toute réponse il m'a pris le visage entre ses mains et m'a embrassée. Et là, tout a été très vite. Je crois qu'on a mis moins de 5 minutes pour se déshabiller et on a fait l'amour là. Oui là où je suis en train de te parler en écrivant le journal, dans mon salon, sur le canapé, la table basse, le sol même. Je n'ai jamais fait l'amour aussi sauvagement. On a baisé plutôt. Comme si on avait eu une tension sexuelle si forte cumulée entre nous depuis si longtemps que l'on ne pouvait pas faire autrement que de la laisser exploser. J'ai entendu mon portable de loin sonner plusieurs fois, je m'en foutais. Toutes mes copines devaient s'inquiéter en ne me voyant pas arriver, je m'en foutais aussi. Je crois que le sien a sonné. Tant pis. Je ne le reconnaissais pas. Il était puissant, à la limite du violent mais j'aimais ça. Je sens encore sa main sur mon cou quand il est derrière moi, je sens encore son sexe en moi quand je t'écris et je crois que j'ai de légers bleus sur les cuisses. C'était toujours pareil avec lui : magique et inoubliable et encore différent.

On a fini sur le balcon, enroulé dans un plaid, à fumer une cigarette à deux. On aurait dit un vrai couple. Il a voulu parler, je l'en ai empêché. J'ai dit « demain ». Il a compris. Il m'a embrassée et on est reparti dans ma chambre. On a refait l'amour plus calmement mais toujours aussi passionnément. Le matin au petit jour je me suis levée, heureuse, le cœur léger comme on dit dans ces films à la con. Mais c'était vrai putain. J'ai été nous faire du café et j'en ai profité pour répondre à mes textos et rassurer les copines. Nico était dans mon lit !!! J'avais une joie enfouie au fond de moi qui n'avait qu'une envie : exploser ! En prenant mon téléphone je me suis dit que j'allais appeler Élodie, qu'il était temps que je lui raconte tout. J'appréhendais sa réaction, ça faisait trop longtemps que je lui cachais tout ça mais c'était nécessaire. Je m'étais embourbée dans des mensonges par omission et ce n'était pas correct.

J'ai alors entendu un « chding » son portable. Il était posé sur le canapé, jeté par terre avec ses habits. Je l'ai ramassé pour lui amener dans la chambre avant d'appeler sa sœur et j'ai vu l'écran. Ce qui était affiché.

« Chéri, ne vient pas me chercher tard, on a RDV à 11 h pour les alliances. Je t'aime. Ton Alyzée »

Voilà le journal. La fin de l'histoire. Le coup de poignard que j'ai ressenti n'est rien, la déchirure lente des jours qui ont suivi a été pire. Ok, Ok je l'écris depuis longtemps et je retombe à chaque fois. Mais à chaque fois je muris malgré tout. « Heureusement que je n'ai pas encore appelé Élodie » est la première chose que j'ai pensé. Et « merde je ne peux même pas me faire consoler par ma meilleure amie » est la deuxième chose. D'ailleurs, pourquoi je n'en ai jamais parlé à Élodie ? C'est pas un acte manqué ça ? Je pense que mon inconscient m'a toujours protégée en me disant qu'il ne fallait pas que je lui en parle car il n'y avait rien de sérieux et que ça ne menait à rien. Il avait bien raison, tous les signes étaient là.

J'ai été le voir dans la chambre, il se réveillait, je retenais mes larmes et transformait ma douleur en haine. Je lui ai jeté son portable sur le ventre. Il a compris tout de suite en me voyant je pense, il a jeté un coup d'œil à l'écran et s'est levé d'un bond.

— Morgane, c'est pour ça que je voulais te parler. Tu m'as reproché qu'on n'ait pas essayé tous les deux, je voulais juste...
— Tu voulais quoi ?
Je crois que je criais.

— Tu voulais essayer une dernière nuit avec moi pour être sûr ? Sûr de quoi ? Je suis quoi pour toi putain ? C'était la dernière de ta vie de jeune garçon avant de devenir un homme et te marier avec elle ? Je suis un rite d'initiation ?

J'étais hystérique, je ne le laissais pas parler.

— Tu ne sauras donc jamais vraiment ce que tu veux ? Tu ne vaux vraiment pas mieux que tous ces mecs qui veulent leur femme, leur vie bien rangée et leur maitresse avec ! Et bien tu sais quoi Nico : ça suffit ! J'ai été trop conne de t'attendre ! Je ne veux pas d'un mec comme toi. Je ne serai jamais ta femme et je refuse d'être ta maitresse. J'ai toujours été éblouie par toi, mais ça suffit. C'est fini, tu ne me mérites pas ! Tu n'es pas l'homme qu'il me faut et tu ne l'as jamais été en fait. C'était juste un fantasme de jeune fille. Depuis Dirty Dancing je t'ai idéalisé et je t'ai confondu avec le personnage mais le vrai est fade, vide et sans intérêt.

Je lui ai jeté son pantalon à la figure.

— Casse toi ! Je descends me promener. Dans 5 minutes je veux que tu sois parti. Claque la porte en sortant je prends les clés et ne remet plus jamais, jamais les pieds dans ma vie ! Tu m'entends ? Plus JAMAIS !

Je suis déchirée. Anéantie. Ça c'était avant hier et comme depuis je pleure, ce n'est qu'aujourd'hui que j'ai eu l'idée de t'écrire pour rompre tout ça. Peut-être vais-je te brûler le journal. Ça serait la meilleure des choses à faire. J'en ai besoin je le sens. Je vais prendre une cigarette, je vais l'allumer au-dessus de ma poubelle et je vais faire danser la flamme de mon briquet sur tes pages, et je te regarderai *disparaître, comme une prière vaudou. Et peut-être alors que mon mal disparaitra avec…*

***

En relisant cette partie j'ai un haut le cœur. Je me revois dans l'appartement en train de devenir folle. Comme une lutte en moi contre un poison si puissant que le pronostic vital est engagé. Effectivement, ça m'a fait du bien de lire ce journal Nate, mais la fin est toujours la même. Toujours aussi douloureuse. Le destin a bien fait, heureusement que je n'ai pas mené à bien mon projet de lui parler au mariage d'Élodie. J'aurais été ridicule. Oui, j'ai été dure avec lui sur ce que je lui ai dit, mais j'en avais besoin. Me faire rejeter a toujours été mon point faible, d'abord mon père a très bien su le faire en m'abandonnant et ensuite en revenant mais en me faisant comprendre que je n'étais pas à la hauteur. Et en se comportant comme ça, Nico n'a fait que me prouver que je choisissais mes hommes en fonction de mon père. Élodie avait raison. Contrairement à ce que je pensais. J'étais sado maso avec Nico et c'était surement ma façon à moi de me faire du mal suite à l'abandon de mon père. Une manière sadique de ne jamais être heureuse en courant après le mauvais homme car l'enfant qui est en moi pense ne pas mériter d'être aimée. J'ai mis 15 ans, 15 putain d'années en fait à comprendre. J'ai rencontré Nico à 13 ans et je vais en avoir 28. Quasiment 15 ans à vivre une histoire impossible avec un homme néfaste pour moi. Il n'était pas complètement en tort, j'en ai conscience. C'est l'image que je lui donnais qui n'était pas la bonne, mais Nico n'y est pour rien. Je l'allumais systématiquement et ce n'était qu'un jeune homme. Il ne m'a jamais menti qui plus est, jamais rien promis. Même ce jour fatidique il n'a pas essayé de me retenir et de me mentir en inventant un mensonge. Il m'a laissé partir. Et il a eu raison, c'était la seule chose à faire. C'est moi qui ai toujours voulu voir des signes là où il n'y en avait pas. Peut-être que c'est là que Nate voulait que j'en vienne. En bon psy qu'il est je devais tout relire pour faire le deuil de cet amour à sens unique. C'est idiot, mais je me sens délicieusement libérée et pour le coup ridicule. J'ai fait toute une histoire de quelque chose qui n'avait pas lieu d'être. Je ne sais même pas si je dois le montrer à Élodie, elle va me trouver vraiment conne. Oh et puis si justement, ça lui montrera que tout le monde peut se tromper. Elle s'est trompée avec ce Greg et elle en souffre, je vais la détendre en lui montrant que je moi, je me suis bien trompée pendant 15 ans ! Qui me bat ?

C'est décidé, demain j'appelle Arthur.
Même maintenant tiens !

« Salut. Dispo demain pour un café ? »

Je m'apprête à envoyer et puis efface. C'est con ça veut dire à peu près la même chose que « on boit ou on baise » non ?

« Cc. Ça va ? Je cours pour aider Alex à préparer la fête, sauve moi, un café demain entre midi et deux ? »

Voilà qui est mieux. Enfin j'espère. Je n'ai jamais vraiment su draguer je crois. Avec le recul c'est toujours eux qui sont venus vers moi. Ça fait la fille qui se la pète mais c'est vrai. Moi mon problème c'est de réussir à les garder !
J'envoie le texto et reste encore quelques minutes à regarder dans le vide, mon journal sur les genoux.

Bien sûr que je ne l'ai pas brulé. Je l'ai mis dans un tiroir en me disant que je devrais le garder jusqu'à ce que je trouve un mec bien et que là j'irai le chercher dans mon placard et je m'en débarrasserai. Eh bien voilà, 28 balais et j'ai encore cet horcruxe contre moi.

La suite de ma vie depuis s'est passée très vite. Je suis montée rejoindre Élodie. On a habité ensemble, j'ai entendu que Nico ne s'était pas marié mais je n'en ai jamais su plus. J'ai cru comprendre qu'elle l'avait quitté. Deux semaines après mon aménagement on sortait en boite à Paris et Élo rencontrait Greg. Quelques mois après il l'a trompait pour la première fois et nos relations devenaient tendues.

L'été suivant on partait aux Etats-Unis voir Marie et ça avait fait un bien fou à notre amitié. On sortait de nos galères de tunes, de métros et de mecs à Paris, loin de Greg, loin de la pollution française pour retrouver les américaines, la pollution américaine et surtout réunir les 3 drôles de dames. Pas de fête à Mauguio cette année-là. A notre retour Élodie se remettait en couple avec ce connard. Quelques temps après, une ultime engueulade achevait les restes de notre amitié pourtant si belle.

Je viens de recevoir une réponse d'Arthur. Il dit que c'est inhumain de préparer la fête avec Alex sans répit. Il me kidnappe pour le repas de midi et je ne peux pas refuser, il en va de ma survie. Je souris et lui réponds OK. C'est le cœur plus léger que j'attaque les dernières pages chiffonnées de ce cahier vieilli, 210 pages, petits carreaux, à la reliure en cuir sur laquelle un stylo plume Creeks avait écrit les premières lignes.

CHAPITRE XI

2011.

Ça y est le journal. La boucle se boucle. Rien de nouveau avec Nico, quand je prends une décision de ce type elle est définitive et je ne reviens pas dessus. Mon honneur est tout ce qu'il me reste. Par contre aujourd'hui je viens de tirer un trait définitif avec la fratrie Barina. Je ne reverrai plus Élodie. J'ai vu Gregory avec une autre femme. Je l'ai dit à Élo. Sa réponse m'a brisée, je m'en rappellerai toute ma vie :

— Oui bien sûr c'est ça. J'ai eu mon frère au fait, il m'a parlé d'une historie ou vous vous seriez vu dans ton appartement il y a de cela pas mal de temps. Tu ne m'en as jamais parlé ! J'ai rien pu tirer d'autre de lui. Mais ça a un lien avec sa rupture avec Alyzée ? Tu ne l'as jamais aimée. Alors que moi je l'adorais. J'aurai pu avoir une belle sœur Canadienne fun au lieu des connes habituelles mais non ! Il a fallu que tu t'en mêle. Tu t'en aies toujours mêlé de toute façon. Tu confonds tout. On n'est pas ta famille d'accord ? Alors arrête de te mêler de ma vie ! Je ne suis pas ta sœur, on n'est pas mariés et c'est pas parce que tu n'arrives pas à garder un mec que tu dois tout faire pour saboter ma relation ! Greg m'a dit que tu essaierais. Il t'avait bien cerné en fait.

Voilà, je te résume toutes les atrocités qu'elle m'a dites. Je n'étais pas en reste. Je lui ai dit pas mal de vacheries moi aussi. Quelle avait toujours mieux su coucher que réfléchir, que c'est pour ça qu'elle était avec le dernier des crétins. Que je m'en foutais de son gros con de frère et d'elle avec... blablabla.

C'est tout. Élodie va vivre avec lui la semaine prochaine, elle a pris toutes ses affaires et j'hésite à prendre un colocataire. Des fois il vaut mieux galérer un peu financièrement et être tranquille non ?
C'est mieux comme ça, la boucle se boucle.
Ok, toi, le journal tu as toujours été là pour moi, dans les bons comme dans les mauvais moments alors je te le dis : je suis anéantie. Une fois de plus. Et la famille Barina est encore dans le coup, mais cette fois-ci c'est la sœur ! Je crois que c'est ma faute. Je me suis mal exprimée, j'ai été maladroite mais après ce qu'elle m'a dit c'est trop tard. Je ne peux plus faire machine arrière. Elle a été trop méchante et a touché là où ça faisait mal, elle le sait. Parfois on peut se dire des méchancetés, c'est

la nature humaine, mais certaines blessent tellement qu'il est impossible de ne plus les entendre.

Je vais t'enfermer dans un coin de mon armoire, et peut-être que si je mets beaucoup de choses dessus, le doux parfum des souvenirs se tarira avec toi. Jusqu'à ce que je cicatrise du moins.

***

Waouh, j'ai beau le savoir, relire ce passage m'a encore beaucoup secouée. Perdre Élodie a vraiment été horrible et m'a achevée. Je ne comprends pas encore vraiment comment on en était arrivé là. Depuis qu'on est à Mauguio on en a beaucoup parlé avec Élodie et elle ne cesse de s'excuser pour ce qu'elle m'a dit. Elle était blessée, elle croyait aimer ce mec plus que tout et ses mots ont dépassé sa pensée. Elle me dit qu'elle ne comptait pas me dire ça, qu'elle pensait juste sortir sa colère et que le lendemain elle se serait excusée mais que le fait que je surenchérisse l'a mise hors d'elle. Mais elle me rabâche que c'est elle qui est le plus en tort. Elle n'aurait jamais dû m'attaquer sur le mot « famille » car elle savait combien c'était important pour moi. Je reconnais que ça m'a fait du bien de l'entendre. Elle m'a avoué avoir appelé son père régulièrement pour qu'il prenne des nouvelles de moi. Elle lui a fait promettre de s'occuper de moi mais a souri en me disant que ce n'était pas nécessaire, il le faisait de son plein gré. Elle a traversé une période pas évidente ensuite, Greg et elle ne consommaient pas que des produits licites et elle n'avait pas toujours toute sa tête. Son job allait mal, elle voyait peu sa famille car elle n'avait pas d'argent pour redescendre et elle leur mentait pour ne pas les inquiéter. Elle a arrêté ses conneries il y a six mois et mène désormais une vie plus seine, depuis Greg l'a demandé en mariage. C'était une façon pour elle de repartir de zéro et se dire qu'elle ne lui avait pas laissé sa chance jusque-là, jusqu'à en perdre sa meilleure amie, pour rien. Elle

se rend compte à quel point elle a pu être conne. Moi j'ai compris beaucoup de choses aussi. Comme Élo me l'a dit je me suis toujours auto-sabotée. Toujours cette crainte d'être heureuse et que je ne le mérite pas. C'est typique des enfants abandonnés. Et ma mère a tout fait pour compenser ce manque, elle a été formidable mais je me rends compte à quel point je lui ai peu souvent dit.
C'est sur ces réflexions que je rentre à pied à la maison. C'est marrant que je me dise « à la maison ». Le village est très calme. Toutes les barrières ont été installées dans les rues principales en prévision des passages des abrivados et bandidos pour les gardians et les taureaux. J'adore ce moment. Comme un calme absolu juste avant un orage. J'ai toujours été en osmose avec ce village, je suis pareille en ce moment. Incroyablement calme est sereine. Est-ce donc qu'une tempête m'attend ?

Je trouve Élodie seule dans la cuisine en train de vider le lave-vaisselle. Alex est parti. Je commence à l'interroger, elle rougit légèrement, je la taquine et alors qu'elle s'apprête à me répondre elle voit le journal dans mes mains. Elle me prend par la main, m'accompagne au salon, me fait asseoir sur un fauteuil et s'assied sur celui d'en face. Elle me regarde quelques instants en silence puis me dit :

— Dites donc. Il serait peut-être temps qu'on parle. Je crois que j'ai pas mal de zones d'ombres sur notre vie d'adolescentes et d'adultes ensuite. Et je crois que cette chose pourrait me renseigner…

Elle me montre du doigt le journal.

— Élodie ce n'est pas ce que tu crois tu sais…
— Je ne crois rien. Assez parlé de moi. J'en ai marre et j'ai envie d'en savoir plus sur toi. Et même si tu dis dedans que je suis la pire des amies et la dernière des connes, même si tu avoues à chaque fois que tu as couché avec mes ex ou pire encore…

Elle me regarde bizarrement en disant ça :

— … je crois que je suis prête à l'entendre. Même si tu ne parlais pas du tout de moi dans ce journal… Il n'y a rien qui me plait de toute façon à la télé ce soir, regarde ton émission toi, moi ça me saoule. Je vais m'enfermer dans ma chambre et lire un peu.

Elle se lève d'un bond, me prend le journal des mains puis elle me lance un baiser du bout des doigts et s'en va vers les escaliers de l'entrée.

— Bonne nuit ma chérie, fais de beaux rêves et ne t'inquiète pas… je peux tout entendre j'ai dit !

Ne t'inquiète pas, ne t'inquiète pas ! C'est bien gentil. C'est là que j'aurais besoin d'une cigarette mais j'ai arrêté depuis un mois, au début de la lecture de ce journal sur ordre de mon psy qui préfère que je picole. Je ne vais donc pas m'y remettre. Je me lève, me sers un verre de Get 27 et je vais sur la terrasse, regarder la lune, les gens qui passent et les chats des voisins en essayant, cette fois, d'humer le parfum des souvenirs sur cette même terrasse mais sans amertume et sans tristesse. Juste une jolie nostalgie.

***

PLAN D'ACTION ÉTÉ 2016

DATE : 30 juillet mariage Élodie et Gregoueurk

- le dire à Élo / ne rien dire
- aller dans la chambre de Nico nue pour lui demander de tout recommencer. Risque : qu'il ne soit pas seul...
- interrompre le mariage pendant la célèbre phrase : « Si quelqu'un s'oppose... » Problème : aucun rapport avec les mariés
- le faire boire
- lui envoyer une lettre pour lui dire tout ce que j'ai toujours pensé de lui (conseil de Lina, je suis sceptique ça fait cucul)
- le séquestrer dans l'hôtel et lui prouver que je suis la femme de sa vie (conseil de Maëlle). Problème : je ne sais pas à quel hôtel il est. Et voir plus haut : peut-être n'est-il pas seul ?!?
- l'ignorer
- me mettre en couple avec Nate pour le rendre jaloux. Problème : il n'en aura certainement rien à foutre et ça me rendra malade
- improviser...

Option retenue : improvisation.

Voilà, ça fait des années que je ne t'ai pas écrit. Tu vas te dire que je suis folle et que je n'ai pas du tout mûri depuis tout ce temps le journal. Ce n'est pas moi, c'est mon entourage. Adresse-toi à Nate pour toute réclamation si je reviens en pleurs. Ou à Maëlle ou Lina si je finis vieille fille.

On est jeudi soir, on part demain pour le mariage. Je suis anxieuse. D'abord je suis inquiète pour Élodie qui n'a pas l'air d'être la plus heureuse des mariées qu'il m'ait été donnée de voir. Ensuite je suis paralysée à l'idée de le revoir et que finalement, comble de l'histoire : ça ne me fasse rien.

Cher journal, souhaite moi bonne chance. Il ne me reste plus que ça de toute façon.

***

On est vendredi matin. Élo est partie se coucher hier soir avec mon journal sous le bras. Il est plus de 11 heures et elle n'est pas levée. Oui dans le sud, 11 heures, c'est le matin. Je m'affaire dans la cuisine et décide d'aller faire une retouche maquillage pour mon rendez-vous de midi quand elle rapplique. Elle me sourit. C'est bon signe. Mon amitié n'a pas l'air foutue. Je lui ai quand même menti pendant toutes ces années. Ou du moins caché cette partie de ma vie.

— Moi j'adore l'option ou tu interromps le mariage comme dans les films pour lui déclarer ta flamme !

Me dit-elle alors le regard espiègle. Je souris et elle poursuit :

— Bon cela dit tu n'en auras même pas eu le temps ! J'ai tout gâché encore une fois…
— Je crois que je n'étais pas tout à fait moi quand j'ai ajouté cette partie la semaine dernière.
— Au contraire. C'est la Morgane combattive que j'aime !

On se regarde quelques instants sans rien dire. Un ange passe puis toute une colonie. Au bout d'un moment on se met à parler en même temps. Les deux pour dire « Je suis désolée ». Élo m'interrompt alors, me prend la main et on s'assied à la table de la cuisine.

— Morgane je suis la pire des amies que toute la terre ait connu. J'étais à mille lieux de comprendre et de voir. J'étais complétement aveugle en fait. Pour ma défense tu es une excellente actrice. Mais … pourquoi ?
— Je …
— Non c'est pas la bonne question. Tu n'as pas eu le choix, tu t'es retrouvée coincée, je ne voulais pas entendre parler de mon frère, j'en ai conscience. Mais tu aurais dû me forcer à t'écouter surtout quand

on était plus grande. Je te jure, je t'aurais aidée. J'aurai fini par accepter que mon frère pouvait avoir une vie sexuelle et je suis sûre que j'aurai pu te donner des conseils. Oh Morgane ! Je n'ai fait que te mettre des bâtons dans les roues. Et j'ai achevé tout ça avec ce mariage raté ! Je suis la pire égoïste de la terre, mais tout ça va changer. On va faire venir Nico et…

Je l'interromps presque en criant.

— Non !

Je me lève de table et fais les cent pas dans la cuisine.

— Non Élodie. Tu ne peux pas savoir. Je suis tellement contente que tu saches et que tu ne m'en veuilles pas de t'avoir tout caché.
—Ah si quand même un petit peu ! Espèce de cruche, ça aurait pu être si différent…
— Non justement ! Ça ne doit pas être différent. Je pense que tout a une raison. Je devais me construire. J'ai 28 ans il est temps, c'est une étape cruciale dans ma vie d'adulte. Je dois prendre ma vie en main et je suis prête ! Nate m'a juré de m'aider à détruire ce journal.
— Nate ?
— Oui. Je pense qu'au début il croyait vraiment à cette histoire, il est un peu fleur bleue malgré ce qu'il prétend. Mais ensuite au fur et à mesure de la lecture, il a compris que c'était mon chemin de croix. Le

processus que je devais faire pour comprendre et enfin m'ouvrir. J'ai aimé ton frère plus que tout. Je l'avais dans la peau. Tu as dû le voir d'ailleurs en lisant…

— Oui et je vais avoir besoin d'un psy pour oublier certains passages et arrêter d'imaginer mon frère… beurk. Enfin c'est pas le sujet. Continue, je ne te suis pas.

— Il n'y a rien à suivre. C'était une chimère, de l'utopie ! Je suis seule à vivre cette histoire. Nico n'a pas dû vivre la même.

— Mais… attends ça ne tient pas la route.

— Stop. Si ! J'y pense sans cesse et j'ai enfin compris. Et pour le coup, je me sens mieux. Libérée, délivrée comme dit la chanson.

— Attends attends ! Minute papillon. Soit, admettons mais es-tu sûre que …

— Je ne peux pas en parler plus longtemps ma belle. J'ai rendez-vous !

Je suis toute excitée en lui disant ça.

— Rendez- vous ? Ou ça ?

Élo semble tomber des nues.

— Avec qui plutôt tu devrais me demander.

— Avec qui c'est pareil. Où ? Qui ?

— Arthur !

J'ai l'impression de donner la réponse d'un film à suspense, mais Élodie semble beaucoup moins enthousiaste.

— Ar… qui ? C'est qui celui-là ?
— Arthur ! Voyons, il faisait la fête avec nous. Je suis sortie avec lui à 15 ans et Juliette quelques années après.
— Mais d'où il sort celui là ?
— Je l'ai croisé au marché dimanche dernier. Il est encore plus canon en version homme. Tu devrais le voir. Il m'invite au restaurant.
— Mais tu n'as rien compris en fait ?
— De quoi ?
— Tu reproduis tes erreurs. Tu fuis et tu zappes.
— Ah non, j'ai assez d'un psy en colocation ! Je sais que je dois apprendre à me confier et je te promets de tout te raconter en rentrant.
— Ok attends. J'ai rejeté tes conseils à une époque, c'est juste retour que tu rejettes les miens aujourd'hui. Mais je ne pense pas qu'Arthur soit le mieux placé pour ta guérison.
— Qu'est-ce que tu en sais ? Tu ne le connais pas.
— Mais toi non plus ! Tu te bases sur le physique et sur le comportement qu'il avait à 16 ans quand il faisait la fête à Mauguio ! C'est stupide.
— Pas faux. Mais laisse-moi le découvrir.
— Ok. Va au bout. Tu as raison.

Alors que je pense avoir gagné, Élo me demande :

— Donne-moi le numéro de Nate.
— Hein ? Pourquoi faire ?
— Je suis chamboulée. J'ai besoin d'en parler. Autant avoir une consultation gratuite non ? Après tout c'est lui qui a déclenché tout ça. Moi je me sens minable et je suis au bord du suicide. 15 ans à être ta soi-disant meilleure amie et à ne pas te voir souffrir…
— Mais arrête ne dramatise pas. J'étais heureuse.
— Oui malgré tout tu as toujours su être heureuse. Tu es incroyable. Mais ça ne change rien. Si tu ne veux pas rentrer à 14 heures et avoir ma mort sur la conscience : donne-moi ce numéro.

Je sors mon portable de ma poche et hésite.

— Élo tu ne tentes rien !
— De quoi ?
— C'est trop tard maintenant. Ton frère est reparti. Et je te dis que je VEUX guérir.
— Oui, oui. C'est bon. Il est plus vieux maintenant, il a certainement refait sa vie.
— Tu n'en sais rien ?
— Ça t'intéresse ?
— Non. Cesse de vouloir me piéger, simple curiosité.

Tu parles ! Rien que de parler de lui j'ai le ventre noué mais plutôt crever que de l'avouer.

— Non, il me semble qu'il est seul. Tu as vu il ne met plus de gel et le haut de ses cheveux frisent, ça le change non ? J'ai failli ne pas le reconnaître.
— N'importe quoi. Il ne met plus de gel depuis ses 18 ans ! C'est juste que le dessus est un peu plus long. Il a toujours eu un mouvement mais là c'est plus marqué…

Je réalise alors et lève les yeux pour voir la moue moqueuse d'Élodie.

— Tu ne m'auras pas ! C'est pas parce que je suis observatrice que ça veut dire quelque chose !
— Non non bien sûr ! Je ne tenterai rien, promis si c'est ce que tu veux. Qu'est-ce que tu veux que je fasse de toute façon ? Je suis plus proche de mon frère depuis quelques années et on communique bien mais je le vois très peu. Et je ne me vois pas lui donner des rencards avec mes copines. Il est grand. Alors arrête de stresser. Donne-moi ce numéro et va rejoindre ton Alphonse.
— Arthur.
— C'est pareil. Soit de retour à 14 heures, Alex nous attend pour le départ demain matin.
— Quel départ ?
— Je ne t'ai pas dit ? J'ai dit oui pour l'accompagner à la frontière espagnole pour acheter l'alcool. Mais j'ai peur qu'il ne prenne ça pour ma façon de le draguer alors je lui ai dit qu'on y allait toute les deux. J'ai besoin de toi en chaperon ! Et puis ça nous détendra. On l'a déjà fait une fois et on avait

tellement ri ! On fait l'aller-retour dans la journée on mange là-bas le midi. Ça te va ?
— Ok.
— Nickel merci ! Allez file. Mais pas de précipitation avec Arnold ! Tu dois prendre ton temps si tu veux que ça marche. Ne t'emballe pas pour rien !
— Oui maman.

Je lui envoie la fiche de Nate par texto et elle me remercie, expliquant qu'elle a vraiment besoin de parler à quelqu'un de tout ce qui s'est passé ses derniers jours, voir ces derniers mois.

Elle me dit qu'en ce qui concerne mon histoire avec Nico, on en reparlera, qu'elle a beaucoup de questions à me poser et je me rends compte que j'y répondrai avec plaisir. Après toutes ces années de secret il est temps que je me confie à quelqu'un d'autre qu'à mon bout de papier. Depuis que j'ai ouvert les vannes j'ai l'impression que j'ai besoin d'en parler à tout le monde. C'est ma thérapie. D'abord Nate, puis Maëlle et Lina mais maintenant, la plus importante : Élo.

Le repas avec Arthur est très agréable. Je passe un bon moment mis à part le fait que je reçois environ vingt textos, soit d'Alex, soit d'Élodie, pour soi-disant préparer la journée de demain. Ils se foutent de ma gueule je pense. Je fini pas mettre en silencieux et arrêter de répondre.

Arthur est peintre en bâtiment, il a sa propre boîte. C'est intéressant. Il me pose plein de questions et ça fait longtemps qu'un homme ne m'avait pas écoutée. Depuis Nico… Je me dis « ta gueule » intérieurement et tout va bien. Les hommes ont tendance à aller trop vite en drague à Paris ou à être trop coincé. Là on dirait un rendez-vous en bonne et due forme, c'est amusant. On se quitte à 14 heures avec une réelle envie de se revoir. C'est pas le coup de foudre ni la révélation, mais c'est justement dans l'ordre des choses non ?

Le samedi est une journée géniale. On part, Élodie, Alex, Jeanne que je n'avais pas vu depuis des années et moi. On passe une super journée et on fait le plein d'alcool divers pour faire tenir la bande d'Alex toute la semaine. Ils sont 18 cette année, ça ne plaisante pas. On arrive le soir épuisé vers 22 heures chez Pierre après avoir déposé Jeanne chez elle. Alex repart chez lui, la fête commence dans moins d'une semaine et il a encore beaucoup de choses à voir. On lui propose de l'aide pour vider la voiture mais il refuse et vu comme on a dormi les 100 derniers kilomètres c'est clair qu'il sera plus rapide sans nous. On rentre donc en titubant de fatigue, on n'est plus aussi résistante qu'avant, pour trouver la porte ouverte et de la lumière dans la cuisine. Étonnées, on avance et j'ai mon cœur qui manque de s'arrêter, preuve qu'entre vouloir et pourvoir il y a une marge. J'arrive la première dans la cuisine pour tomber nez à nez avec …

— Maman !
— Bonjour ma puce.
— Louise ! Qu'est-ce que tu fais là ?
— Ah zut, je me fais prendre en flagrant délit avec de l'alcool dans la voiture, j'ai l'impression d'avoir 17 ans et que je vais me prendre un soufflon. Dis-je en riant.

Ma mère rigole à son tour.

— Vite, je dois avoir un Stoptout quelque part pour l'haleine.

Me dit Élodie pendant que je fais un câlin à ma mère.

— Ah ça ! Ça n'a jamais marché vous savez ! Nous dit une voix grave derrière. Bonjour les filles.
— Pierre !
— Papa !

Élodie lui court dans les bras et je la suis juste derrière.

— Mais on est une semaine avant la fête. Dis-je en riant. Le repas rituel du dimanche soir c'est dimanche prochain !
—Les rituels sont faits pour être changé. Me dit ma mère.

Pierre s'approche alors d'elle, lui pose la main sur l'épaule et me dit :

— Et on avait besoin de vous parler.

Et là, l'information monte enfin au cerveau. Je me retourne pour regarder Élodie et je pense qu'on ressemble à deux carpes sorties de leur étang.

— Noooooon !

On éclate de rire toutes les deux, ce qui semble les rassurer.

— Je suis désolée ma chérie. Je voulais t'en parler avant mais Louise qui connaît bien Carole trouvait que c'était déplacé de venir à ton mariage à mon bras. Elle a préféré attendre.

Tout prend forme, l'amoureuse secrète de Pierre, le voyage de ma mère et son passager secret… un truc de fou !

— Ça va ?

Me demande t'elle en me regardant inquiète.

— Oui. Mais enfin voyons ! Vous êtes stupides ? Vous auriez pu le dire plus tôt !
— Ah ben tiens, les chiens ne font pas des chats on dirait…

Ça c'est Élodie qui marmonne en me regardant de travers. Pour toute réponse je lui tire la langue. Elle sourit et s'adresse à son père :

— Tu sais au point où en était mon mariage, ça aurait été encore plus drôle d'ajouter ça ! Décidemment il aurait pu s'en passer des choses à ce mariage si j'avais été jusqu'au bout.
— C'est-à-dire ?

Demande Pierre.

— Rien de plus intéressant que vous. Racontez-nous !

Dis-je pour détourner l'attention et aussi parce que je meurs de curiosité.

Pierre et ma mère se posent à table, Élodie sort du champagne du frigo, rien que ça, et on se met à papoter. C'est un moment merveilleux et j'aimerais le graver à jamais dans ma mémoire. Pierre nous explique qu'il a ramé pendant des années pour baisser les défenses de ma mère. L'idylle a commencé bien sûr quand elle nous rejoignait le dimanche soir pour le restaurant de clôture de la fête. Au début elle le détestait, elle le trouvait trop laxiste, puis elle s'inquiétait de voir l'impact qu'il avait sur moi et le rôle qu'il prenait petit à petit. Elle avait peur de me voir souffrir encore mais elle a vite compris que ce n'était que des bonnes choses et qu'il était sincère dans son rôle. Ensuite s'est posée la question de son ex-femme Carole, la voisine et amie de ma mère. Mais Pierre a tout rejeté d'un bloc, c'est elle qui l'avait quitté et elle avait refait sa vie depuis et était très heureuse. Au bout d'un moment, sa persévérance commençait à payer mais on ne venait plus faire la fête, on avait grandi. Il a donc dû se jeter à l'eau et l'inviter pour « maintenir la tradition » au cas où les enfants reviendraient. Ça a marché. De se retrouver seuls a permis à ma mère de baisser un peu les barrières.

— Et je ne me suis rendue compte de rien.

Dis-je en hallucinant.

— Comme quoi, me dit Élodie avec un clin d'œil, des fois c'est juste sous notre nez. Ça me rassure, ça arrive même aux meilleurs !
— Quand quelqu'un d'aussi têtu que Louise a décidé de cacher quelque chose, c'est impossible de le découvrir. Me dit alors Pierre. Tu dois tenir ça d'elle…

Encore une phrase ambiguë comme il en a le secret. J'aimerais tellement lui poser la question, mais il est hors de question que je parle de mon histoire avec Nico avec son père, qui devient mon beau-père d'ailleurs.

— Oh !

Je viens de réaliser et je crie presque.

— Quoi ?

Me demande Élodie.

— Je rêve ou on est devenues demi-sœur ?
— Non ! Trop bon !

On éclate tous de rire. Alors que Pierre nous prépare à manger, ma mère va chercher des affaires dans sa voiture dehors. Ils viennent juste de rentrer d'Espagne eux aussi et je n'ai même pas vu que sa voituré était garée dans la rue en arrivant. Je sors l'aider.

— Comment ça va toi ?

Me demande-t-elle alors.

— Bien maman. Pourquoi ?
— Rien, comme ça.
— Super ! Ça fait un bien fou de retrouver Élodie.
— Oui, je suis ravie pour vous. Tiens prends ça.

Waouh, je n'ai jamais vu ma mère avec autant de valises. Cela dit je ne l'ai jamais vue aussi coquette non plus. Je lui dis que je la trouve rayonnante et elle rougit.

— Tu pourrais l'être aussi. Me dit-elle avant que l'on rentre dans le jardin.
— C'est à dire ?
— Rayonnante. Tu es belle, mais il te manque quelque chose.
— L'amour je suppose ?
— Gagné.
— Tu l'aimes vraiment ?
— Ce sont des choses dont on ne parle pas avec sa fille ! Mais … oui. Vraiment. Ça fait presque deux ans maintenant et on avait besoin d'officialiser avec vous. Une relation n'est saine et complète que lorsqu'elle est vécue au grand jour.
— Oui, j'imagine…

Je tousse légèrement et essaye de ne pas y voir d'allusion. Mais sa question ne laisse plus place au doute.

— Tu l'as vu ?
— Qui ?
— Morgane ma fille, ne me prends pas pour une idiote ! Je ne sentais pas toujours l'alcool mais je savais que tu ne faisais pas que danser sagement et te coucher à dix heures du soir quand tu étais ici. Mais c'était plus drôle de te laisser croire que tu dérogeais aux règles. Ça te donnait un goût d'interdit. Tu étais tellement sage l'année et tellement une enfant modèle que ça te faisait du bien cette vie décalée, ici, pendant les vacances.

— Quoi ?

Je fais semblant d'être outrée.

— Et oui, c'est pas au vieux singe qu'on apprend à faire la grimace ! Et je savais aussi, pour Nicolas. Je t'ai entendu pleurer dans ta chambre, mais je ne pouvais pas t'aider. Je t'ai tendu plein de perches mais tu te bloquais tellement et tu redevenais tellement forte et fermée en septembre que je pensais que ça te passerait. Et puis tu étais en rébellion avec moi, alors tout ce que je disais tu faisais l'inverse. C'était inutile d'en parler d'avantage. Je recollais les morceaux à ma façon et puis c'est tout. Et dans l'ensemble, tu étais plus heureuse que triste alors je me pensais que tu apprenais, au fur et à mesure.
— Maman ! Je n'ai pas dû être facile…
— Tu plaisantes ? Tu étais la meilleure enfant et ado au monde. Travailleuse, déterminée, toujours là pour aider. Tu te construisais, c'est tout. Mais aujourd'hui ? Tu en es où ? Tu ne vas pas attendre comme moi d'avoir plus de cinquante piges pour être heureuse non ? Tu n'es pas aussi idiote ?

Je ris doucement.

— C'est peut-être bien parti pour ! Non, j'ai eu un rendez-vous aujourd'hui. Un certain Arthur.
— Ah je m'en rappelle de lui. Si c'est le même.
— Tu t'en rappelles ?

— Bien sûr ! Je te surveillais, même de loin. Un dimanche soir on mangeait au cheval Blanc et il était passé, tu me l'avais présenté mais tellement vite que j'ai compris qu'il y avait eu quelque chose. Un beau garçon.
— Et bien c'est devenu un bel homme ! Travailleur. Sérieux. Gentil et ...
— Ennuyeux !
— Maman !
— Ça a toujours été ton problème. Choisir des hommes pépères, avec qui tu ne prends aucun risque, mais surtout pas celui d'être vivante ! Je n'ai jamais compris, toujours l'inverse de toi. A part Nicolas...

D'entendre ça me vrille les entrailles. Surtout de sa bouche à elle.

— Je sais. Tu ne l'aimais pas.
— Quoi ?

Elle me retient par le bras alors que j'allais rentrer en tirant une de ses valises.

— Mais d'où tu sors ça toi ?
— Tu me l'as dit un jour que tu plaignais sa copine car il était instable.
— Oui, gamin ! Il était instable car c'est une fille vivante qu'il lui fallait, une qui sache l'aimer et avec qui il aurait enfin eu envie de se poser. Il ne prenait que des gourdes. Mais je pensais qu'avec le temps, vous finiriez par vous trouver... Je voulais que tu

vives avant, que tu aies des expériences avant de te jeter dans une relation passionnelle comme c'était. Je te connais, Morgane, tu ne fais rien à moitié et tu me semblais tellement amoureuse que ça me faisait peur. Mais j'ai compris ensuite que ça ne servait à rien de t'en empêcher. J'attendais juste qu'il soit prêt. Au final je crois que c'est toi qui ne l'a jamais été. Je suis sûr qu'il l'était beaucoup plus.

Je suis plus choquée par ces révélations et Nate serait dans les parages que je m'allongerais bien sur son canapé pour discuter avec un verre de vin.

— Ça n'a rien donné alors ?

Me demande ma mère en rentrant dans le jardin.

— Non. Il n'a même pas cherché à me joindre depuis que je suis ici…
— Alors, j'ai dû me tromper. En même temps, je le voyais très peu. J'aurai juré pourtant qu'il était fou de toi…
— Non, tu t'es trompée. Il était fiancé aux dernières nouvelles quand il est venu me voir pour passer une dernière nuit avec moi ! Tu vois, il n'a pas su se poser, même pour moi. Ce n'était pas de l'amour.
— Je suis désolée.

Me dit alors ma mère en posant sa valise et en me prenant dans ses bras. Je la remercie alors, pour tout. Je dis juste ça et toutes les deux, on sait ce que ça veut dire. Pour avoir toujours été là, dans l'ombre, pour avoir été patiente, pour m'avoir si bien élevée et tant aimée. Je sens mes larmes couler doucement quand je lui parle et ça me fait énormément de bien. C'est moi où j'ai l'impression que ses yeux sont humides aussi ? On se regarde et on rit alors, comme deux cruches avant de s'essuyer le visage et de rentrer rejoindre les autres. C'est vrai que c'est étrange. J'ai toujours été assez proche de ma mère, mais c'est la première fois qu'on parle si sincèrement. A cœur ouvert. Il était temps de faire tomber les barrières. Trop de mensonge et de non-dit sont néfastes à la longue. Que ce soit avec Élodie, avec ma mère, ou entre ma mère et Pierre. Ce que les humains sont cons parfois avec leurs secrets.

La semaine qui arrive avant la fête est absolument géniale. Déjà parce qu'avec l'arrivée de Pierre et de ma mère on n'est plus obligé de faire à manger et ensuite parce qu'on a l'impression d'être redevenues des adolescentes. On fait les cruches, on rit tout le temps, on reçoit nos amis et c'est barbecue presque tous les soirs. Marie et Mickael sont venus manger hier soir. C'était formidable. Mickael est vraiment quelqu'un de bien et pour une fois, Marie ne sera pas célibataire le samedi soir de la fête ! Tout le monde hallucine de l'histoire entre ma mère et le père d'Élo mais tout le monde trouve ça absolument logique que l'on finisse par devenir demi-sœur ! On passe une semaine à faire une mini fête tous les soirs et ça restera à coup sûr un été mémorable. Alex nous a réservé une surprise, il a fait ajouter des maillots pour nous, c'est le jubilé selon lui. On est obligé vu qu'on est là : on fera la fête en maillot ! On n'a pas trop protesté. C'est comme ça que je me retrouve avec un maillot jaune et violet floqué au sobriquet de « Tilt ». Le calme avant la tempête, je le sentais venir.

Le vendredi soir, veille de la fête, arrive et on a notre repas rituel d'ouverture. Juste Pierre, Élodie ma mère et moi. Je ne sais pas où est Nico, j'ai juste entendu qu'il travaillait et ne pouvait pas se libérer mais qu'il viendrait sûrement le weekend prochain. Il est au courant pour nos parents et Pierre dit que ça ne l'a pas surpris. Et bien il est plus perspicace que nous. En même temps il est plus âgé, ça doit jouer. Ça fait bizarre d'avoir ma mère avec nous pour le tour de table rituel mais je trouve ça absolument génial.
Élo commence et raconte son année catastrophique, on éclate de rire en lui disant que décidemment, rien ne change !
Mais elle entend bien rebondir. Elle n'a pas dit son dernier mot et a décidé de reprendre ses études. Elle veut être infirmière. Je trouve cette idée absolument géniale. Le comble : elle fera sa formation à Montpellier !
Quand c'est mon tour j'explique avoir été augmenté et qu'ils sont très contents de moi au boulot, nouvel éclat de rire général : oui tout est normal. Je dis avoir beaucoup appris ces derniers temps, fini les mensonges, les non-dits, je vais apprendre à être plus

honnête dans mes relations futures et me livrer davantage. En gros, leur laisser une chance quoi. Ce à quoi tout le monde applaudit.
Quand c'est au tour de Pierre il passe et demande à ma mère d'abord. Celle-ci dit qu'elle va à peu près suivre l'exemple de sa fille. Elle nous annonce déjà qu'elle va déménager… pour venir vivre avec Pierre. Ce à quoi on trinque de nouveau.
Puis on regarde tous Pierre qui fait un truc incroyable. Il pousse la table, met un genou à terre devant ma mère et sort une jolie bague de sa poche. Élo et moi nous prenons la main, arrêtons de respirer, toujours la bouche version carpe sortie de l'eau et quand Pierre lui déclare qu'ils sont vieux et fous mais encore assez jeunes pour vivre et être heureux, on n'arrive pas à retenir nos cris quand elle répond « oui ». Le champagne est ressorti du frigo, heureusement qu'ils ont des réserves, et la soirée est encore très arrosée.

A la fin du repas je sors quelques minutes sur la terrasse pour digérer et laisser Pierre et ma mère tranquilles pendant qu'Élodie va nettoyer sa tâche sur son haut. Pour une fois que ce n'est pas moi qui me suis empéguée !
Je regarde les étoiles qui brillent, le ciel pur et bleuté d'une nuit d'été et me dit que même si je vis à Paris et que j'y suis bien et heureuse, je suis ici chez moi. Avec ma famille.

Cette semaine ça a été l'enfer ! Oui je n'ai plus vingt ans et se lever à 7 heures pour aller déjeuner au pré … non mais c'est des malades ! Comment on faisait ?
Je vois Arthur par ci par là, mais je ne suis pas certaine que ça va donner quelque chose. Il est super, mais pour quelqu'un d'autre. Non je ne me dis pas ça à chaque fois, mais sa vie est ici et moi j'aime trop mon job à Paris. On n'a pas la même vision et franchement je suis toujours pas en transe quand je le vois. On a beaucoup, beaucoup parlé avec Élodie. Notre amitié est différente, plus mature. Il fallait qu'on fasse le deuil des petites filles pour devenir des adultes qui se respectent.
Elle a trouvé mon histoire avec Nico passionnante et ça m'a fait du bien d'en parler avec elle. Ça a libéré plein d'années à tout garder pour moi. C'est comme si j'avais revécu ses 15 ans en accéléré en me confiant à ma meilleure amie, comme j'aurais dû le faire. Marie a suivi une partie de l'histoire aussi et était beaucoup moins surprise. Jane le savait et lui avait dit. Je me doutais qu'elle avait des yeux de lynx celle-là et j'avais raison, elle était surtout jalouse. Mais bon comme je me sabotais moi-même, elle n'avait rien eu besoin de faire. Élo lui trouve toujours des excuses et comme Jane n'est pas méchante, je ne dis rien.
La semaine passe donc trop vite. Comme dans un rêve, une bulle spatio-temporelle où le temps se serait arrêté. On est déjà samedi matin, la fête touche à sa fin et c'est là qu'elle est la meilleure. Quand tout le monde sait que c'est presque fini, qu'on va devoir

attendre un an. C'est là que tout le monde donne tout et encore plus. C'est le moment ou quand le bal est fini et qu'ils mettent la « Coupo santo » l'hymne provençal, tout le monde se jette à genou avec des briquets pour chanter à tue-tête avec toutes ses tripes. Comme toute la semaine, mais avec encore plus de passion, comme si on rendait grâce à un dieu imaginaire pour cette semaine passée, loin des soucis, loin du monde réel et où tout peut arriver.
Car j'ai compris, c'est ça l'esprit de la fête ici. Ça n'est pas les beuveries comme le disent certaines personnes extérieures, ce n'est pas la débauche de grands enfants qui ne veulent pas grandir. Non. C'est tellement plus. C'est la volonté de vivre et d'être heureux. C'est la capacité, comme je l'avais si bien compris enfant, de savoir encore s'amuser et tout oublier pendant 10 jours. C'est notre trêve à nous. 10 jours dans une année où tout est permis. Rire, chanter, danser avec des taureaux, et rester auprès de ceux qu'on aime. Car si vous vous promenez un soir de fête, ce ne sont pas les jeunes que vous verrez en premier en arrivant sur la place. C'est la grand-mère qui retrouve sa famille au Bar du Commerce, c'est l'oncle et la tante qui viennent voir leurs amis au Café du Midi, c'est la grande sœur qui regarde son petit frère porter le maillot pour la première fois, c'est le voisin qui a posé ses vacances pour pouvoir profiter sans se lever le matin… C'est tout ça et tellement plus encore. C'est une famille géante, heureuse et qui sait profiter au rythme du soleil et du rosé.

Je rentre chercher mon portable que j'avais laissé à la maison avant de rejoindre ma bande pour manger à midi quand Pierre m'appelle dans le bureau en bas.

— Oui ?
— Viens voir Morgane.

Ouhlà, ça sent pas bon. On dirait la même chose que ces rares fois où il me parlait de l'alcool qu'on avait bu la veille et des relations avec les autres garçons en nous mettant en garde. Mon ange gardien. Il a toujours été là, a toujours veillé et grâce à lui, rien n'a jamais dérapé. Il a su être en retrait, nous faire croire qu'on était seules et libres mais je sais qu'il a toujours veillé. Il n'était jamais bien loin. Et quand ce n'était pas lui, c'était Nicolas. En le regardant assis à son bureau, je me rends compte pour la première fois à quel point son fils lui ressemble. Nicolas à la même carrure imposante, le même corps athlétique, les mêmes yeux bleus que son père. La différence réside dans les cheveux gris de Pierre et les fossettes de Nico qu'il tient de sa mère. C'est troublant.

— J'ai reçu quelque chose pour toi.

Me dit alors Pierre en me tendant des feuilles.

— J'ai reçu un mail ce matin, je suis sorti acheter du papier car je me suis dit que tu préfèreras être tranquille, peut-être ailleurs, pour les lire.
— Un mail ?
— Oui.
— De qui ?
— De mon fils.

Je manque de perdre l'équilibre.

— Non non non Morgane. Tu as promis à table vendredi dernier : tu vas être plus entière. Alors tu vas prendre ces feuilles, envoyer un message à tes amis pour leur dire que tu les rejoindras plus tard et lire tranquillement.
— Mais, ça ne peut pas attendre ? Je ne pense pas que…
— Non.
— Mais tu l'as lu ? Qu'est-ce qu'il me veut ?
— Tu plaisantes ou quoi ? Tu ne crois pas que je lis la correspondance de mon fils quand il me dit que c'est pour toi et confidentiel ? Je ne me suis jamais mêlé de votre histoire à tous les deux et ce n'est pas aujourd'hui que je vais commencer. Mais tu as fait une promesse. Ça suffit les mystères. C'était sympa quand vous étiez plus jeune, mais maintenant, il est temps de vous comporter en adultes non ?

Je regarde Pierre, paniquée. Il me sourit et ce simple sourire suffit à me rassurer. Il a toujours su. Je m'en doutais. Il ne semble pas en colère, ni n'a l'air de me juger. Je crois qu'encore plus qu'Élodie, j'avais peur de sa réaction. Lui, mon père adoptif.

— Pierre, un jour il faudra que je te dise combien tu comptes pour moi.

J'ai les yeux mouillés. Lui aussi. Il se lève, me prend dans ses bras et me dis juste :

— Je sais ma fille. Je sais.

Puis il me montre les feuilles posées dans son bureau et sort sans faire de bruit.

Je ramasse les feuilles blanches dont les caractères d'imprimerie noir me semblent si impersonnel, et sors dans le jardin pour me mettre sur le banc en bois, à l'ombre de l'olivier et des lauriers roses du jardin.

CHAPITRE XII

Confession d'un homme adulte.

J'ai fait une rencontre étrange au mariage de ma sœur. Il y avait le marié, que je déteste cordialement mais à qui je voulais laisser une chance ... et il y avait cette fille. Brune, l'air mutin, des yeux verts et une bouche si sensuelle que je ne pouvais pas regarder ailleurs. Puis arrive ce type, putain, j'aime pas dire ça car je suis un mec, mais vraiment beau. La façon dont il l'a touche, dont il la tient par la taille, j'avais envie de lui mettre mon poing dans la figure. Finalement c'est au marié que je le mettrai pour ce qu'il a fait à ma sœur. Ça m'a défoulé mais pas assez. Et alors que ma sœur s'en va dans ce cabriolet, chapeau au passage, digne des meilleures scènes de film, ce mec que je haïs sans le connaître vient me parler. Comme j'habite sur Paris maintenant pour mon nouveau boulot, il s'invite dans ma voiture et me propose de le raccompagner. Ça n'a pas l'air d'être le genre de personne qui vous laisse le choix et de toute façon, ça me fera de la compagnie pour les cent bornes retour que j'ai à faire. Et surtout, je vais pouvoir le bombarder de questions. Mais non ça ne se passe pas comme prévu. C'est lui qui m'en pose. En fait, on sympathise très vite et il me fait comprendre que je n'ai rien à craindre, sauf si je suis moi-même célibataire et intéressé, dans ces conditions il veut bien me proposer un restau ;) Je ris, la glace est brisée et on est parti pour plus d'une heure de discussion. Plus d'une heure car au final c'est moi qui lui ai payé le restaurant, mais sans arrière-pensée, je te rassure. Conclusion, il m'a conseillé quelque chose. D'écrire. Selon lui je dois connaître ça avec mes scénarios de film. Et quoi de mieux pour s'adresser à une littéraire ? Il dit bien me

connaître à travers un cahier tenu par une jeune fille de 15 ans, il y a bien, bien longtemps. Je suis intrigué mais le salaud refuse de trop en dire. Il aime être théâtral à ce que j'ai compris. Là où moi j'aime les effets spéciaux, lui prépare tout en coulisse.
Et puis je reçois ensuite un appel de ma sœur. Rien d'anormal à ça. Enfin, je l'ai au téléphone ! Je m'inquiétais quand même pour elle, même si je la savais en de bonnes mains et que notre père me rassurait. Mais elle n'appelle pas pour elle. Elle me dit que son égoïsme aveugle est fini. Je ne comprends pas tout mais elle n'approfondit pas. Ça devient une manie. Elle a eu Nate au téléphone, ça aussi ça devient une manie, et ils se sont mis d'accord. Et c'est là que ça se complique. Les deux réunis, j'avais peu de chance de réussir à leur tenir tête. Tu me connais, je n'aime pas les confrontations avec les humains, je préfère les taureaux. Ma sœur me pose une seule et unique question dont ma réponse a déclenché une série d'insultes que je n'ose même pas t'écrire.

Sa question était : « Nico, cette fille dont tu m'as parlée une fois, celle qui était différente et que tu avais vraiment dans la peau, celle qui aurait pu tout faire changer mais qui ne voulait pas de toi, c'était « elle » »?

Alors pour que tu comprennes, je te propose un voyage dans le temps, pas planète Marseille, tu reconnaitras l'allusion, mais planète Mauguio. J'ai galéré à tout remettre en ordre, à contrôler les dates mais je ne pense pas avoir fait d'erreur.
S'il y en a une quand même, pardonne-moi, je suis bien moins méthodique que toi...

Août 1999.

Oui c'est bien celui-là, ça j'en suis sûr, je venais de planter mon scooter et mon père refusait de le faire réparer. Il m'a dit que je n'avais qu'à attendre la conduite accompagnée l'année prochaine. J'avais donc 15 ans. Ma petite sœur vient en vacances, ça me gonfle, elle passe son temps à me suivre partout et rapporte tout à notre père. Je l'aime bien mais elle est encore tellement gamine... Finalement, je la trouve un peu changé. Elle ne vient pas seule et sa copine est assez marrante avec son appareil dentaire et son tee-shirt étrange... un pyjama zombie je crois ?
Elle est différente des filles que je connais. Si différente de ma sœur que je me demande comment elles sont devenues amies. Elle n'est pas farouche, mange comme un mec, rigole tout le temps, c'est une bouffée d'oxygène dans cette maison ou la vie avec mon père en tête à tête n'est pas facile tous les jours. Elle semble passionnée par mon village et je me régale de lui raconter nos traditions.
Je ne sais pas pourquoi j'adore les dessins animés ni pourquoi le personnage de Tilt m'a autant marqué. Mais quand j'ai vu Morgane un jour, c'est sorti tout seul. Je trouvais ça mignon comme surnom. Elle a un caractère de malade cette gamine, comme la fourmi alors ça lui va bien.

Les deux sont entrées dans l'adolescence et j'hésite entre m'inquiéter pour ma sœur ou m'en foutre complètement. La petite brune rigolote embrasse un garçon, c'est bien ce que je disais, si elles restent amies les deux, ça ne va pas être de tout repos. Sa mère a l'air super stricte, ça va gueuler. Ça loupe pas le lendemain quand elle vient la chercher, je me rappelle de la leçon qu'elle se prend. Je ne sais pas pourquoi, je passe à côté d'elle et essaye de la faire sourire, j'aime pas la voir triste.

Août 2000.

C'est quoi ce navet de film qu'elle me fait voir ? C'est ça alors ? Les filles aiment les films à l'eau de rose ? Je vois pas ce qu'elle lui trouve au Patrick Swayze, moi aussi je peux faire homme. Cette année j'ai même ma barbe qui a poussé et ma voix mue ! En regardant le film avec elle alors qu'Élodie s'était endormie, je me suis senti bizarre. C'est ces films à l'eau de rose, ça rend guimauve, c'est contagieux. Je ne sais pas, je me suis senti différent, de l'avoir à côté de moi sur le canapé. Ça m'a gonflé d'être comme ça. C'est une gamine, c'est comme ma sœur, elle a l'âge de ma sœur d'ailleurs ! Je confonds tout je pense. Même si Élo ne m'a jamais fait le même effet. Je me rappelle de son parfum qui m'entête, un certain « Eau jeune » que j'ai retrouvé un jour par hasard en grande surface.
Sinon c'est encore qu'une gamine. Enfin une gamine qui roule des pelles à ce petit con de Stan Aberman. Je connais son frère, aussi cons l'un que l'autre. Ça va être de plus en plus compliqué à gérer si je dois surveiller ma sœur, je sens qu'elle est plein de conneries celle-là d'ailleurs, et Morgane en même temps.
Je continue de l'appeler Tilt, ça l'énerve et moi j'adore. J'aime bien l'idée d'être le seul à l'appeler autrement.
Stan l'a trompée car je l'ai vu chialer à la fin de la semaine. Je lui casserais bien la gueule mais déjà que je me fais chambrer par mes potes car je suis souvent avec ma sœur et elle, je ne vais pas en rajouter.

Moi pour l'instant ce qui m'intéresse c'est celles qui font

femmes. Je les aime blondes, fines, avec une forte poitrine. Et puis elles sont moins chiantes, elles se plient à ma volonté en général. Elles pleurent quand je les laisse mais je m'en fou, je sais qu'avec le prochain mec ça leur passera. Il faut bien que je m'affirme un peu.

Août 2001.

Ok la petite Morgane est de retour et c'est plus une gamine. Elle s'est coupé les cheveux au carré, j'aime pas les cheveux courts d'habitudes mais là …
Moi, je suis plus stable, je suis en couple avec Clarysse je crois à cette époque. En fin j'essaye mais Clarysse est chiante. Elle me quitte régulièrement et revient vers moi. Si bien qu'au début de la fête je ne sais pas vraiment si on est « ensemble » ou en « en pause ». Alors je fais ma vie, je continue de draguer, ça me fait du bien et je vais de filles en filles. Je ne vais pas être celui qui attend non ? C'est chiant mais les potes ont l'air de compter sur moi pour être le dragueur de la bande, faut bien que je rentre dans la peau du personnage ! Je plaisante. Je ne me plains pas. J'ai trop d'angoisse au lycée de ne pas savoir quoi faire après le bac. Mon père est encore plus exigeant avec le judo et j'en ai ma claque. Alors cet été autant tout envoyer chier et me faire plaisir.
C'est Buzz qui me gonfle. Il est jaloux et essaye de draguer ma copie Clarysse. Il ne peut pas avoir les siennes non ? Je l'ai même entendu faire une réflexion sur ma sœur, ça va pas le faire ça, mais alors pas du tout. Il se prend pour qui ? Tout le monde ne peut pas être Nicolas Barina, m'a dit Marc, soi-disant que c'est pas facile d'être avec moi et mes médailles et mon côté beau gosse. Mais je les emmerde. Ils pensent quoi tous ?

Que c'est facile d'être dans l'ombre de mon père ? J'ai envie tous les weekends d'aller faire des compétitions à pétaouchnoc ? Ils sont là pour se lever à 4 heures du matin ? La seule qui m'a posé des questions sur le judo et a semblé comprendre, c'est Tilt....

D'ailleurs il se passe un truc trop important. Cette fois je n'ai pas pu me retenir. On a regardé la suite de son film à l'eau de rose à la con. Et bien sûr, ce qui devait arriver arriva. Je l'ai embrassée. Je crois que j'en avais vraiment envie mais je n'ai pas réfléchi. J'aurai du je sais. Bon elle n'y est pas pour rien non plus. Pas si gamine que ça la fourmi. Je m'en suis grave voulu. Ça craint j'ai 17 ans je suis presque majeur. Pas elle. Ok on s'est juste embrassé mais c'est du détournement de mineur non ? Elle est encore vierge j'en suis sûr. Si mon père le sait il me tue vu qu'il est responsable d'elle ! Et vu comme sa mère la surprotège et n'est pas commode... Si ça se sait : je suis mort. Et mon problème est pire : putain que j'avais envie de plus ! L'embrasser a déclenché un truc chez moi. J'avais tellement envie de toucher son corps, chaque partie...
D'habitude voir les filles en maillot de la bande, en tee-shirt et short, je trouve ça ridicule car elles font tout pour être sexy et c'est décalé. Mais sur elle, ça lui donne un côté garçon manqué que je trouve sexy justement. C'est bien le problème, je divague, je trouve une fille de 15 ans sexy. Merde. Je n'ai pas le choix, je dois faire le blasé et m'éloigner d'elle. De toute façon j'ai une image de gros con alors ça ne devrait pas trop la choquer. Je retourne voir Clarysse, pour la quitter deux jours après. Elle me gonfle trop en fait.
Mais bon je voulais montrer à Tilt que je n'étais pas un mec bien, elle ne doit pas s'enticher de moi, je suis plus vieux et le

frère de sa meilleure amie. Je n'avais pas besoin de faire ça, elle s'en remet très bien, ce qui me fait un peu mal d'ailleurs, j'ai été touché dans mon égo. Pas comme toutes les autres à chialer ? Merde, mon charme ne marche pas avec tout le monde. Ou alors elle est vraiment différente…
Elle sort avec un nouveau mec : Arthur. Il est de ma bande. Je ne peux pas me le voir… rien à voir avec elle, c'est un con et puis c'est tout. Pourquoi ? Parce que c'est comme ça et parce qu'il sort avec une gamine de 15 ans. Ça ne se fait pas. Moi je le sais, alors pourquoi pas lui ?

C'est plus fort que moi, je l'amène au centre des arènes. Je lui fais peur, je ne sais pas pourquoi je fais ça. C'est idiot mais j'en ai besoin. J'ai besoin de la faire réagir. Je ne vois plus personne quand je suis sur le tonneau avec elle, je la tiens dans mes bras pour ne pas qu'elle tombe et elle crie et ri en même temps. J'ai envie de l'embraser là devant tout le monde.
Mais je ne fais rien. Je ne peux pas. J'ai une envie de tout casser, j'ai des ailes qui me poussent et le taureau est là. Alors je me comporte comme un petit con. Je saute dans l'arène pour faire diversion. L'adrénaline coule dans mes veines, elle a peur, est-ce pour moi ? Je sais qu'elle regarde. Je dois être le meilleur… Arthur ne sera jamais comme ça, elle doit bien le voir non ?
Mais ça ne change rien. La fête va finir et je vais reprendre une vie normale. Ma vie faite de règles et de compétitions. Et puis je l'oublierai. Il y a cette blonde là que j'ai croisé la dernière fois et qui m'a fait comprendre que c'était open bar. Fini la rigolade, j'ai besoin de bien plus. Et au moins, ça me changera les idées.

Août 2002.

La petite Morgane est de retour et nous dit avoir un garçon dans sa vie. Ça a l'air sérieux. Ça ne me fait rien. Cool. C'est peut-être parce que notre relation évolue. On parle beaucoup plus tous les deux et je me dis qu'en fait une vraie amitié est en train de naitre. Elle se confie sur son père, ça n'a pas l'air facile et on parle cinéma tous les deux. C'est une sœur mais en mieux car elle ne m'a pas été imposé. J'adore Élo mais on ne parle pas de la même façon. D'ailleurs je ne parle avec personne de la même façon. Mes copines en général je leur ne demande pas de parler, ça me gonfle vite, et mes potes on va pas vraiment parler ciné ou musique. Avec eux c'est fête et picole, sinon tu n'es pas un mec. Alors s'ils savaient que j'ai regardé Dirty Dancing cette année seul un soir à la télé quand il est passé… Je me dis que c'est super d'avoir une copine avec qui parler. C'est simple en fait.

Et puis je tombe sur elle à moitié nue dans le couloir. Et c'est beaucoup moins simple. Elle pensait être seule je crois. Je m'en rappelle, c'est l'année de fac et cette image a été source de beaucoup d'insomnies après. Pourquoi, mais pourquoi elle me fait cet effet là ? Parce que je ne peux pas l'avoir ? C'est la seule que je n'arrive pas à mettre dans mon lit ? Trop jeune un jour, trop distante le lendemain, je ne sais jamais sur quel pied danser. Mais putain, cette vision d'elle et de sa poitrine, ça a été l'enfer de ne pas me jeter sur elle pour la violer. Qu'est-ce qu'elle est bien foutue !
C'est sûr, je ne suis vraiment pas un mec bien.

Août 2003.

Elle est en couple. Fallait bien que ça arrive. Je sais plus comment il s'appelle mais c'est le même que l'année dernière. Elle a l'air d'y tenir. Et voilà que ce con rapplique. Qu'est-ce qu'il vient faire ici ? Chez moi ? Je suis fou de rage. Mais au final, pas besoin, elle le vire. Mais quelque chose a changé chez elle. C'est clair, c'est une femme. Je le sais, ça se voit sur elles quand elles changent. J'espère juste que ce n'était pas un connard comme moi avec certaines que j'ai pu avoir. Elle me fait comprendre d'ailleurs qu'elle n'est pas un petit truc fragile et oui, je m'en rends bien compte.
Elle a l'air pourtant si fragile quand elle fait la dure pour parler de son père…
Je choppe ces deux idiotes en train de fumer et je passe pour un vieux con qui les réprimande. C'est vraiment pas évident d'être le grand frère quand t'es pas crédible et que tu fais encore plus de conneries, mais je ne peux pas les laisser faire, ça craint. Et ma sœur qui se remet avec Buzz, tous sauf lui. Il fait ça que pour m'emmerder je le sais, je le connais ce con. Bon ma sœur dans son genre doit être très belle, même si je ne la vois pas comme ça, mais merde, elle est trop jeune ! Depuis le début de l'été Buzz se tape toutes mes ex. Je ne sais pas ce qu'il a mais ça va pas aller. Si je me mets au milieu Élo va me déchiqueter, mais je ne peux pas laisser faire. Je sais ce qu'il est. En même temps, elle est censée faire ses propres erreurs ok, mais je vous jure que je l'émascule s'il fait du mal à ma petite sœur ! D'ailleurs il finit par être trop présent et il se prend mon poing dans la gueule. Ma sœur m'en veut mais je m'en fou, elle comprendra plus tard.

Élo se prend une cuite mémorable, ça me fait rire même si elle est chiante. Et pour la seconde fois je me retrouve seul avec

Morgane. Je n'arrive pas à gérer. Pas de Tilt qui tienne, c'est pas une fourmi, c'est une putain de femme sexy. Elle n'est plus innocente non ? Et si j'allais jusqu'au bout que dirait-elle ? Mais elle ne m'en laisse pas le temps. Elle me coupe l'herbe sous le pied pour aller s'occuper de ma sœur qui vomi. Je suis comme un con. Encore des fantasmes de malades pour les jours à venir. Il faut que j'aille en trouver une autre sinon demain je pourrai plus tenir un stylo. J'ai 19 ans merde. Je ne suis pas un enfant de chœur et il faut vraiment que je m'éloigne de cette gonzesse qui est toxique pour moi. Je l'ai dans la peau et soit je la séquestre pour lui faire tout ce que j'imagine depuis quelques temps déjà, soit je me calme et prend douches sur douches. Elle n'est toujours pas majeure, je viens de casser la gueule au mec de ma sœur pour la même raison, la deuxième option est donc la bonne. Je rejoins Claire qui me dit toujours oui.
Quand je reviens au bal, je me dis que je suis le pire des connards, je danse avec Morgane, essaye de me faire pardonner, je m'excuse, mais elle s'en fou. Elle m'envoie chier et se barre. Ok les filles sont définitivement compliquées, je vais retrouver mes « endives » comme elle me dit en parlant de celles que je fréquente, c'est moins prise de tête.

Août 2004.

Voilà un été de merde. Mais en même temps un été plein de possibles. Ça y est j'ai l'accord des parents, et surtout leur aide financière, je pars en école audio-visuel l'année prochaine à Lyon. En attendant je bosse comme un malade pour gagner un peu ma vie. Pas de repos pour moi et pas de fête cette année. Ma sœur rode avec ce jeune Alex, je l'aime bien, il a l'air mieux que les autres, moins flambeur, surtout moins que ce con de Buzz. C'est une année particulière, je ne viens que le dernier week-end. Et c'est un moment fatidique. Tilt est encore et toujours là, d'ailleurs je m'aperçois que la semaine que je passe à bosser je ne pense qu'à elle et au fait que je vais la retrouver le weekend. Rien ne se passe comme prévu, elle m'évite et se prend finalement une cuite mémorable à son tour. Elle me fait rire mais je ne peux pas le lui montrer. C'est sa première vraie cuite, ça doit lui servir de leçon. Elle me fait peur d'ailleurs, c'est bien la première fois que je m'inquiète pour une fille. A part ma sœur, mais c'est différent. Au final cette nuit-là est un enfer pour moi. Elle se déshabille devant moi, je meurs à petit feu et mon supplice continue quand elle se retrouve par terre à quatre pattes dans la salle de bain. Je dois la porter, finir de la sécher, l'habiller. J'ai l'impression d'avoir un jouet dont j'ai toujours rêvé mais je n'ai rien le droit de faire avec. Je ne vais quand même pas baiser une femme inconsciente ? Je me dis que je vais la laisser dans mon lit car ma conne de sœur, à qui j'en veux beaucoup de l'avoir laissé comme ça, est avec un mec, et vu mes points en moins suite à Buzz l'année dernière je dois la jouer mollo si je ne veux pas perdre définitivement sa confiance. J'essaye de sortir du lit mais Morgane me retient. Ça aurait été trop facile. Elle me dit qu'elle m'aime dans son inconscient mais je sais que ça ne veut rien dire. Je souris, je me prends à penser que je ne pars pas à Lyon, qu'elle n'est pas la meilleure amie de ma sœur que je connais depuis ses 13 ans et qu'on est un jeune couple. Que je viens de lui faire l'amour et qu'elle est dans mes bras en train de me susurrer des mots doux. C'est un truc de fou, je n'ai jamais espéré çà d'une autre fille. Au contraire, dès qu'elles parlent d'amour, je fuis en courant. Surtout pas. Je n'ai pas que ça à faire. Jusqu'ici je n'étais pas bien dans ma

peau car je n'arrivais pas à me caler professionnellement. Là j'ai peut-être enfin une option, je ne dois pas décevoir mes parents. Il faut que j'aille jusqu'au bout et que j'oublie Morgane… et son corps serré contre le mien. Je bande toute la nuit, je dors peu et me réveille avec un mal de crâne incroyable autant qu'elle après sa cuite. Je vais chercher un verre avec deux Doliprane et elle se réveille à ce moment-là. Je gobe un cachet discrètement et lui tend l'autre.
Le lendemain les choses se compliquent, le feu reprend, je la raccompagne à la maison et encore une fois on s'embrasse. Je suis en feu. J'ai tellement envie d'elle que c'en est maladif. Elle est prête, je n'attends que ça et merde, ce n'est plus une gamine. Plus rien ne me retiens ! Mais au moment fatidique mon père rentre. Elle panique. A priori dès qu'elle réfléchit un tout petit peu je ne fais plus partie de ses plans.
Elle sort de ma chambre et avec regret, je me dis qu'elle sort de ma vie.

Août 2005.

L'ÉTÉ avec des « é » majuscules. Je l'ai eue. Enfin elle a été à moi. Je l'ai possédée et c'est vraiment bien la première fois que je ressens ça en couchant avec une fille ! J'étais descendu de Lyon avec Hélène. Ça marchait bien avec elle à Lyon, on avait les mêmes centres d'intérêts, sexuellement très compatibles, c'était cool. Mais arrivés à Mauguio : la chiante absolue. Elle ne me supportait plus et me considérait comme sa propriété, un enfer. J'ai réussi à la remettre dans un train milieu de semaine, un soulagement. Comme quoi on doit toujours confronter sa nouvelle femme à sa vie d'avant pour voir s'il y a un minimum de fil conducteur.

Et là, il y a eu cette histoire de coca renversé. Morgane m'a rendu complètement fou.
Cette gamine, ce fantasme, cet interdit. Ça a été le truc le plus sensuel de ma vie. Je n'ai jamais vécu ça de nouveau depuis, avec personne d'autre. Je pensais qu'en succombant à ce fantasme j'allais enfin pouvoir m'en remettre, passer à autre chose. Ça me l'a déjà fait avec des filles, je les veux, je les veux si fort que quand je les obtiens ça n'a plus d'intérêt. Mais là... J'ai essayé de m'en persuader car je repartais pour Lyon l'année prochaine. De toute façon, elle ne m'a pas laissé le choix. Une fois le moment d'extase passé, j'ai à peine eu le temps de m'embrailler qu'elle disparaissait. Me faire ça à moi ? Moi qui ait toujours été le premier à partir ? Elle me bat sur mon propre terrain. Le truc drôle de l'histoire c'est mon père. J'avais une peur bleue de sa réaction s'il le savait. C'était celui que je craignais le plus je pense. Quand Morgane est sortie de ma chambre et a descendu les escaliers elle est tombée sur lui. Elle a fait l'air de rien et est partie. Je me suis retrouvé seul, comme un con, en haut des marches, face à lui. J'étais habillé, rien ne pouvait laisser présager ce qu'il venait de se passer, si ce n'est certainement l'air ahuri sur mon visage. Il m'a demandé si ça allait, ce que je comptais faire, s'il devait laisser une clé sur la porte, je répondais l'air de rien en tombant dans le piège. Et au moment où je prends du coca dans le frigo pour l'amener à mes potes, il passe à côté de moi et me dit d'un coup :

— Il y a 800 jeunes à cette putain de fête de village, mais il a fallu que vous tombiez amoureux VOUS DEUX ! Ça pouvait pas être simple non ?

Je l'ai regardé, je croyais me faire tuer mais il avait son petit sourire en coin. J'ai soufflé en riant. Il m'a fait un signe comme si on ne devait plus en parler après m'avoir dit que j'avais pas intérêt de la faire souffrir, que je devenais un homme et que j'allais voir que les femmes étaient bien plus compliquées que ce que je pensais et qu'avec celle-là, j'allais en baver mais que ça valait peut-être le coup pour une fois… C'est le premier vrai conseil que me donnait mon père. Je ne savais juste pas du tout quoi en faire. Je repartais sur Lyon, elle ne voulait pas plus de moi que ce qu'elle avait pris, fin de l'histoire. Je lui ai dit, il a souri, m'a dit que c'était certainement trop tard pour moi alors et il m'a souhaité bonne chance avant de sortir de la cuisine, me laissant comme un con avec ma bouteille de coca.

Août 2006.

Rien. Elle est aux États-Unis avec ma sœur, je ne rentre pas. Tout va bien dans ma vie… ou pas. Il me manque quelque chose mais je ne l'avouerai jamais. J'entends parler d'un « Paul » par mon père, sympa celui-là, j'avais pas besoin d'entendre ça ! Je préfère bosser et essayer avec mes copines de me changer les idées.

Août 2007.

J'avais une copine, Kiera. Très belle, assez gentille.
Puis Tilt a eu besoin de moi. J'ai appris qu'elle était seule au mariage de son père. Je ne pouvais pas la laisser. Pas après toutes les confidences qu'on s'était fait et tous les conseils à la con que j'avais pu lui donner. Mon père me dit l'après-midi quand je rentre avec Kiera qu'il doit aller chercher Morgane ce

soir à Montpellier mais qu'il est épuisé… Tu parles, je le soupçonne de vouloir être entremetteur celui-là. Je n'ai pas réfléchi. Je ne pouvais pas la laisser seule là-bas. Je l'ai rejoint. Elle semblait complètement apeurée. Ça m'a fait un bien fou d'arriver et d'être le sauveur. Je n'aurais jamais dû, ma dépendance reprenait. Son père était un vrai connard, tel que je me l'étais imaginé et j'étais impressionné par la force de Morgane. Y aller, alors qu'il l'avait abandonnée et n'avait montré que peu d'intérêt pour elle, c'était déjà un exploit, mais rester avec l'accueil qu'il lui faisait… perso, je n'aurais jamais pu. Elle était majestueuse, plus belle que jamais dans cette robe bleu nuit au décolleté vertigineux, je la revois encore, je sens le tissu sous mes doigts… Cette robe qu'elle est venue me demander de déboutonner. Si je devais répondre à ce qu'on ressent sous la torture, je répondrai exactement mes sensations à ce moment-là. Mon cœur qui bat trop fort, mes tempes qui raisonnent, mon pouls qui s'affole, j'en avais mal au ventre. J'avais envie de toucher sa peau, de la déshabiller… et je l'ai fait. J'ai oublié Keira, j'ai été odieux mais je m'en foutais. Je n'aime pas tromper une femme, mais pour moi Morgane a toujours eu une place spéciale, je ne trompais pas Keira. J'étais avec Tilt, c'est tout.
Je sens encore la brulure de ses lèvres quand elle m'embrasse, la douceur de sa peau parfaite… C'est vraiment une drogue et je n'arrive pas à m'en passer. Puis, encore une fois, elle m'a planté. Keira était dans les escaliers, m'a appelé, Morgane a fui. Je voulais la retenir, lui dire que j'allais tout expliquer à Keira et la quitter mais je n'ai pas eu le temps. Elle est pire qu'un papillon de nuit. Elle disparaît à la moindre lumière. Je n'en peux plus, des fois je me dis qu'elle n'existe pas, que ce n'est qu'un rêve et que je suis le seul à la voir.

Août 2008.

Je vais bien. Je ne la vois pas. J'ai plein de projet. Ma vie avance à un bon rythme. J'ai eu diverses filles, rien de sérieux, je ne me rappelle même plus leurs prénoms. J'ai soif de vivre, je sors beaucoup, je vais à cent à l'heure et ça me va très bien. Je vais à la fête mais pas elle, elle travaille. Ok, très bien, je fais conneries sur conneries et me tape tout ce qui bouge. J'ai dit que je devais vivre non ?

Août 2009.

Elle est en couple. Elle est amoureuse.
Mathieu. Super. Je n'arrive pas à la féliciter. Je m'en fou après tout, j'ai ma vie qui prend un tout autre tournant. Dans un mois je pars à Toronto, on m'offre le job de mes rêves. Je vais être réellement monteur sur un film complet, en décisionnaire unique et j'aurai deux employés à gérer qui devront faire à ma façon. Le contrat est mirobolant. C'est formidable. Je suis bien, je sais où je vais. Enfin je croyais. Mais je n'arrête pas d'y penser. Qui est ce Mathieu ? Comment est-il ? Est-il plus grand ? Ça m'étonnerait je fais 1m90, il en faudrait. C'est con je le sais bien, on dirait un combat de coq et je suis le seul à me battre.
Je n'en peux plus, après une énième nuit blanche, je passe la porte de sa chambre. Tout le monde dort à côté. Élodie, mon père, mais je m'en fou. Il n'y a qu'elle. Elle ne résiste pas, ne pose pas de question, elle se laisse faire et je la désire tellement que je me force à prendre mon temps. Je comprends que tout

est là. Maintenant. Je me sens vivant, pour de vrai, je ne fuis pas. C'est ici que je me sens chez moi. En elle. Je suis mal barré. On fait l'amour tendrement, doucement, c'est nouveau et c'est encore exceptionnel. Je veux tout découvrir d'elle et je prends le temps de tout explorer. C'est long, lent telle une agonie mais le plaisir me ravage.
Le petit matin arrive. Trop vite. Encore une nuit sans beaucoup dormir. Bien évidemment quand le jour se lève, elle s'envole. J'essaye de la retenir, je lui parle de Toronto. Je ne peux pas abandonner mon rêve pour elle, ce ne serait pas juste ni pour l'un ni pour l'autre. Elle le sait et ne me le demanderait pas, mais elle mérite mieux. Plus. Quelqu'un qui soit là complètement. Peut-être que ce Mathieu pourra lui apporter. Putain, ça me déchire de me dire que je vais la laisser à un autre mais elle me fait comprendre que c'est le mieux. C'est clair elle ne compte pas me suivre. Elle est trop libre, trop indépendante. Encore une fois, notre histoire ne pourra pas se développer. Pas maintenant.
Je rentre chez moi. La boule au ventre. Je fais mes valises, la joie de mon départ ternie par ce que je laisse. Et si… toute la question réside là. Et si elle m'avait suivie ? Et si je n'avais jamais passé le cap avec elle ? Souffrirai-je moins ? Et si je pouvais la faire changer d'avis ? Le coup des cartes postales m'est venu de là. Peut-être que son boulot ne lui plaira plus. Peut-être que je lui trouverai une opportunité là-bas ? Avec des si… Mais j'ai besoin d'y croire. Toronto est magnifique et à chaque endroit que je visite, je pense à elle. Comme mes compétitions de judo. C'était la seule à vraiment s'y intéresser, une fois par an, certes, mais elle s'y intéressait. Je gagnais pour elle. Il faut être con quand même non ? Mais c'était mon équilibre.

Je recevais ses cartes et je riais seul devant son humour habituel. « Ne jamais s'engager » je crois que c'est sa devise. Ok. Je vais continuer de jouer le jeu. Son jeu ? De toute façon ça a toujours été ses règles, pas les miennes. Mais j'ai tellement peur de la faire fuir.
Puis au bout d'un moment, ça ne suffit plus. On a un besoin de réel et Alyzée a été ce réel. Je n'arrivais plus à gérer. Alyzée m'apportait ce dont j'avais besoin. Petit à petit les cartes postales se sont espacées et quand je me suis vraiment déclaré à Alyzée, j'ai arrêté. Je ne pouvais pas la trahir. Je n'étais plus comme ça. Plus cet homme-là. Je me devais d'être honnête.

Je me suis fiancé. Je pensais que c'était la suite logique. Il fallait que j'aille de l'avant et Alyzée m'apportait la stabilité dont j'avais besoin. J'ai eu l'opportunité de revenir en France. J'aimais Toronto mais Alyzée voulait venir vivre en France, elle était née à Toronto et voulait changer d'air. Paris m'appelle ! Je fonce. Et c'est l'occasion. Ma fameuse théorie : ma vie d'avant contre ma vie d'aujourd'hui. Est-ce qu'enfin je vais réussir à confronter les deux et me bâtir sur des bases solides ?
Seulement dès le début je sentais les fondations faibles. Alyzée était ravie d'être en France mais le sud n'était pas à son goût. Elle, s'est Paris qui l'intéressait. Ma famille beaucoup moins. Une ancienne petite amie, surtout pas. Je lui avais parlé de Morgane, je voulais être honnête avec ma future femme sur mes conquêtes passées et Morgane avait compté pour moi. Je n'avais pas tout dis, j'avais passé sous silence ce que mon corps me criait à chaque fois, mais j'avais laissé entendre l'essentiel et une femme sait lire entre les lignes. Nos relations ont rapidement été tendues mais Alyzée a cet état d'esprit très canadien ou le scandale n'a pas sa place et où il faut être bien,

en tout moment, et laver son linge sale après. Ma famille l'a de suite acceptée. Même Élodie. Je me suis beaucoup rapproché de ma sœur à cette époque. On devenait enfin une famille. Peut-être que l'éloignement nous a fait du bien et qu'on avait vraiment mûri tous les deux. Quoi qu'il en soit elle m'a dit être contente pour moi d'avoir trouvé la femme de ma vie. Comme je tardais à répondre, elle m'a interrogé et je lui ai dit que oui, certainement, mais qu'une femme continuait de me marquer...

Je n'ai jamais dit que c'était toi Morgane. Tu ne voulais pas qu'elle sache, je respectais. Je TE respectais trop. Elle m'a demandé pourquoi ça n'avait pas marché avec cette fille. Figure-toi que je n'ai même pas su répondre. Pourquoi ? Pas le bon moment, elle n'était pas prête, je ne sais pas. Ce que je sais c'est qu'on a jamais vraiment essayé car tu ne voulais pas. Je ne voulais pas te proposer quelque chose que je ne pouvais pas tenir derrière, je ne voulais pas être ton père.

Alyzée continuait de faire comme si de rien n'était mais elle savait que ça n'allait pas et que cette histoire nous échappait. On se prenait la tête régulièrement, elle me faisait comprendre qu'à Paris ce serait différent, qu'elle avait hâte d'y aller. Je commençais à étouffer et j'ai eu besoin d'avoir des réponses. Alyzée était monté à Paris et je devais la rejoindre une semaine après. Alors j'ai voulu savoir. J'ai sonné chez toi. Quelle horreur ce weekend-là. Je ne sais pas ce que je voulais. J'aurai dû gérer ma vie avec Alyzée avant mais je confondais tout. J'allais trop vite, j'avais l'impression que ça faisait trop longtemps que je t'attendais. Je n'ai rien pu faire pour me raisonner. J'en avais marre de la raison. Comment en suis-je arrivé à cette folie ?

Cette nuit a été magique, une promesse d'avenir. Je revenais en France, enfin nous aurions pu y croire. Mais non, la vie a encore tout gâché. Le lendemain Alyzée, qui se doutait où j'étais, envoyait le texto fatidique pour me rappeler mon engagement et me faire payer mon erreur. Je n'ai rien eu le temps de t'expliquer. Tu n'en as pas eu besoin. Tu m'as dit la vérité : que je ne comptais pas, que j'étais juste un fantasme de jeune fille. Tu m'as sommé de partir. J'étais déchiré mais je devais régler les choses avec Alyzée. Il fallait que je fasse les choses bien. Pour une fois. Tu m'as dit ne pas vouloir être ma maitresse, c'est horrible, je n'aurai jamais voulu ça.

Les choses ont été compliquées avec Alyzée. Ça ne s'est pas passé comme voulu. J'étais brisé et elle a profité de ma faiblesse. C'est con un homme. Je t'avais perdu, définitivement, et Alyzée me proposait une stabilité pendant que je m'installais à Paris et que je me cherchais. Ça a duré encore quelques mois puis nous sommes arrivés à la conclusion inéluctable que ce n'était plus possible. Je ne l'aimais plus. L'avais-je déjà vraiment aimé ? Élodie n'a pas compris. On en a reparlé quelques années après et je lui ai dit qu'elle n'était pas pour moi, que même toi tu le savais. J'ai tendu une perche mais à sa réaction j'ai vu qu'elle ne savait toujours rien. Donc c'est que tu tirais un trait et que, effectivement, je n'avais pas compté.

Pourquoi je te dis tout ça maintenant ? Parce que, selon ton ami psychologue, il faut aller au bout d'une histoire pour pouvoir en tourner la page. Moi je ne veux pas tourner la page, je veux juste être en paix et que tu le sois aussi. Y a t'il un espoir que j'ai pu compter pour toi autrement qu'en étant un amour interdit de jeunesse ? Ma sœur est énigmatique à ce sujet. Elle

m'a traité de con puis s'est reprise en me disant qu'elle l'avait été tout autant mais que je devais venir. Vite. L'idée de la lettre était parfaite m'a t'elle confirmé. Tout reprendre, ma vision depuis le début.
Derrière moi dans le poste passe une musique qui me correspond bien en ce moment : Bruno Mars accompagné de son piano « When I was your man ».

"Same bed but it feels just a little bit bigger now
Our song on the radio but it don't sound the same
When our friends talk about you, all it does is just tear me down
'Cause my heart breaks a little when I hear your name"

As-tu un homme qui s'occupe de toi ? Si oui, je dois le laisser et je m'effacerai, je te le promets. Mais si non, peut-être encore, puis je proposer…
J'ai appelé papa qui m'a dit que ma venue était une chose, mais que ça y est, il était temps de devenir un homme et qu'un homme sait quand il doit mettre « ses couilles sur le billot ». C'est bien son genre ça tient. Ça veut tout et rien dire. J'ai appris d'ailleurs qu'on était désormais frère et sœur ? Je risque cher alors pour les idées que j'ai eu quand j'ai vu ma demi-sœur la semaine dernière au mariage… J'attendais tellement de ce mariage. Je m'étais dit : soit elle est prise et il est temps pour moi de la laisser, soit elle est seule et c'est un signe. Je n'avais pas prévu que tu partirais avec ma sœur à 800 kilomètres de là ! J'avais pensé à tout, sauf à ça. Mais ça m'a permis de rencontrer ton ami Nathan, ça t'a permis de te rapprocher de ma sœur et moi de faire un point. Je sais ce que je veux. Cette fois j'en suis sûr, je ne l'ai jamais été autant. Et tant pis si tu me

rejettes, je prends le risque. Je prends tous les risques. Il est temps. Je suis majeur, tu es majeur, on habite désormais tous les deux Paris. N'est-ce pas ? Tu ne vas pas me dire que tu pars au bout du monde au moins ? Je me suis toujours dit qu'on aurait pu se croiser, je te cherchai souvent mais le destin n'a jamais été clément. Je ne savais même pas où tu habitais vu que tu ne voyais plus ma sœur non plus.
J'ai du mal à finir ce mail et à l'envoyer. Il est 4h, je bosse demain et je tourne en rond dans l'appart comme un con. Je vais le faire quand même ou sinon je sens que Nathan va me harceler et venir hanter mes nuits. Tu es libre de me dire non, comme tu l'as toujours fait. Tu dois être comme d'habitude : honnête et droite. Mais je peux juste te promettre que j'ai commis des erreurs, je le sais mais j'ai grandi, j'ai mûri et si je pouvais te le prouver…

Nicolas « Joe».

Le mail s'arrête là. Je lève les yeux, presque prête à le voir en face de moi. Mais non. Je suis seule sous l'arbre.
Je passe une journée en mode automatique. Élodie refuse de répondre à mes questions, est-ce que Nicolas doit venir ? Est-elle au courant de quoi que ce soit ? Il l'a eue au téléphone, que se sont-ils dit ? Elle me dit juste de lui faire confiance, qu'elle ne me cache rien mais que les choses viennent quand elles doivent venir. Pierre n'est pas disponible de la journée, toujours occupé avec ma mère par ci par là à aller chez des amis et faire le tour du village pour annoncer leurs fiançailles partout. Le soir arrive et on rentre se changer. Élodie estime que le maillot ça suffit, et elle a raison. Une petite robe d'été pour se sentir femme sera plus agréable. Je croise Arthur et lui fais comprendre que non, il n'y aura rien entre nous. Quand il me demande pourquoi, pour la première fois de ma vie je réponds sans réfléchir :

— Parce qu'il y a quelqu'un d'autre. Il y a toujours eu quelqu'un d'autre. Et que ça marche ou non j'en m'en fou, il est le seul.
— Il a bien de la chance.

Me répond Arthur en souriant avant de partir rejoindre ses amis.

Le bal est génial ce soir. On s'amuse beaucoup, on fait moins les fous qu'avant mais on discute avec tout le monde, on retrouve plein d'amis qui sont

descendus pour le weekend. Mickael nous fait beaucoup rire, il est fan de Mauguio ! On fait le tour des bars. A un moment donné Élodie reçoit un texto et me demande d'aller à la maison chercher du coca. Alex lui dit qu'il n'y en aura pas assez et on a prévu de faire un apéro pour fêter cette année tous ensemble aux lavoirs.
Je pars donc direction la maison, seule car personne ne veut m'accompagner. J'arrive dans la rue, « La rue » étroite et typique de ce village ancien ou j'avais croisé Nicolas. C'est con comme on s'accroche aux détails parfois. Une silhouette arrive en face de moi, un grand châtain avec un corps d'athlète et même si je ne le vois pas, je suis certaine qu'il a de magnifiques yeux bleus.
Il porte un jean à la mode et une chemise grise comme j'aime. Il a les cheveux un peu plus longs sur le dessus qui frisent légèrement comme l'a dit Élodie. Il est juste à couper le souffle. Je suis folle de joie de le voir et je m'apprête à parler quand il me dit :

— Bonjour. Enchanté. Je m'appelle Nicolas. Et vous ?
— Morgane. Mais tout le monde m'appelle Tilt.
— Tout le monde ?
— Enfin surtout un homme.
— Qui a du goût alors. J'adore cette fourmi.

Je ris et au fur et à mesure, j'ai l'impression qu'un poids qui m'oppressait la poitrine, s'allège doucement :

— Beaucoup de goût mais je ne lui ai jamais dit. J'avais tellement de choses à lui dire pourtant…
— Ah bon ? Comme quoi ?
— Comme le fait … que je l'aime.

Je m'approche de lui, très très près et je vois ses yeux sourirent. Je suis grisée par cette révélation et je ne peux plus m'arrêter, je poursuis :

— Je l'ai toujours aimé. Depuis le début, presque depuis le premier regard. J'ai été la dernière des idiotes car je n'ai jamais su lui dire. Par fierté, par bêtise, par faiblesse. Il avait un défaut pourtant…
— Un défaut, c'est vrai ? Le quel ?
— Il ramenait toujours les pires filles de la planète…
— Aïe…

Il fait mine d'être choqué. Je poursuis :

— Des horreurs. Grandes, blondes élancées, des yeux bleus, une poitrine de malade…
— Ah oui, de véritables horreurs ! De vraies endives !
— Exactement ! Je savais que vous me comprendriez ! Et moi je me sentais si nulle, si petite, si fade…

Il s'apprête à parler mais je pose mon doigt sur sa bouche.

— Je n'ai jamais eu le courage de lui dire. Je le regrette, je n'ai lu aucun signe entre les lignes. Je n'ai même pas essayé. J'en avais tellement envie que ça me bouffait. J'ai compris longtemps après que je ne rencontrerais jamais personne de sérieux, car pour moi, personne ne pouvait se comparer à lui. Il était au-dessus. Toujours. Je sabotais toutes mes relations, tout me semblait fade.
— Et aujourd'hui ? Si vous croisiez sa route ?
— Je lui dirais tout ça. Je ne veux plus le perdre, quitte à souffrir, je veux tout essayer. Mais il y a un problème.
— Ah oui, lequel ?
— Je ne sais pas où le trouver !
— Ah oui c'est embêtant. Vous alliez où comme ça ?
— Chercher du coca. J'en ai toujours sur moi d'habitude, mais pas cette fois…
— C'est fort dommage…
— De quoi ?

Il me prend alors par la taille me soulève et me pose sur le rebord de la fenêtre qui est juste derrière moi dans la rue. Je suis pile à sa hauteur.

— Que tu n'aies pas de coca.

Et il m'embrasse. Je voudrai que ça ne s'arrête jamais. C'est la meilleure chose de ma vie : me faire embrasser par Nico. J'ai la tête qui tourne et ça n'a rien à voir avec la musique du bal qui hurle dans les enceintes derrière nous, ni avec le rosé que j'ai bu à table ce soir. C'est la meilleure des ivresses que d'être embrassée par l'homme qu'on aime…

Il se recule et je peux reprendre mon souffle.

— Je t'aime Tilt.

C'est la chose la plus belle que je n'ai jamais entendu.

— Encore !
— Morgane je t'aime.
— Je t'aime Nicolas.
— Enfin !!!

On tourne la tête pour voir Élodie et Nathan.

— Nate ?
— Tu ne crois pas que j'allais attendre pour connaître la fin de l'histoire ? Et puis Nico a bossé tard hier, il lui fallait un copilote aujourd'hui pour le relayer au volant !

Je me dégage de Nico et leur saute au cou, Nate et Élo en même temps. Nico souri et va embrasser sa sœur et je l'entends lui dire merci. C'était bien un complot collectif.

Nico me reprend par la taille au moment où Alex, Marie et Mickael arrivent dans la rue.

— Enfin ! On vous cherche partout. On le termine ce bal et on va boire un verre ensemble alors ? Demande Alex.
— Avec plaisir !
— Salut Nico. Tu as fait bonne route ?
— Super ! J'avais le meilleur des copilotes.

Tout le monde se présente alors à Nate qui me regarde comme un enfant devant un magasin de bonbons en me disant :

— Ça y est Morgane, je suis assez grand maintenant pour découvrir la fête à Mauguio ?
— Ça devrait aller mais ne me lâche pas la main ! Allez viens, qu'on te bizute.

On arrive sur la place ou Chris notre pote des Bimbos nous attend avec une bouteille de whisky. Je n'ai jamais été chercher le coca mais Alex en avait dans son chariot avec une glacière plein de glaçons. Je crois que tout le monde s'est foutu de moi en fait. Ça me fait sourire. Je les aime tous. Ma famille elle est là, avec eux.

Le bal continue et ils se mettent à jouer une chanson que j'adore des Hoobastank « The reason ». Décidemment, ce bal aura toujours été synchro avec moi. Nico me prend dans ses bras devant tout le monde et me sert contre lui. Au moins, si tout le monde n'était pas au courant maintenant c'est fait. Alors que les chanteurs se lancent, Nicolas m'embrasse et tout disparaît autour de moi.

« I'm not a perfect person
There's many thing I wish I didn't do
But I continue learning
I never meant to do those things to you
And so I have to say before I go
That I just want you to know
I've found a reason for me
To change who I used to be
A reason to start over new
And the reason is you"

Je sens la foule nous bousculer mais Nico ressert son étreinte et continue de m'embrasser. J'entends alors des cris autour de nous. Certainement des potes qui passent et qui sont surpris de ce qu'ils voient. J'entends Élo rire à gorge déployée et leur dire « Ben quoi ? Vous n'étiez pas au courant ? ». Puis j'entends Nate crier et dire que c'est un truc de malade cette soirée, qu'il faudrait un jour écrire un livre là-dessus !

Quand la chanson est finie, Élodie et Marie poussent Nico, et s'interposent entre lui et moi. Marie le menace du doigt et montre Élodie :

— On veut bien être patientes et faire une exception, mais à la base c'est le samedi des célibataires ! Alors un peu de pitié pour l'ex jeune mariée s'il vous plait et de solidarité.

— C'est bien vrai ! Réplique celle-ci. D'ailleurs au fait, comment je dois t'appeler ? Tu es ma demi sœur maintenant ou ma belle sœur ? C'est quoi qui prévaut ?
— Ma meilleure amie ! C'est le plus important.

Dis-je en les prenant toutes les deux dans mes bras.

— Qu'est-ce que vous faites un beau couple ! Dit Marie. Je me demande pourquoi vous avez été aussi long.
— Franchement on se le demande ! Réplique Élodie en riant.

Je passe une soirée magique. Nate se prend une cuite mémorable, ce qui fait qu'il est considéré officiellement « membre à part entière de notre bande ». Élodie et Alex se rapprochent doucement, surtout depuis qu'elle a décidé de redescendre à Montpellier pour reprendre ses études. Il semblerait qu'elle se rende compte que l'aventure n'est pas forcément au bout du monde. Je suis sûre qu'Alex pourra lui apporter la touche d'exotisme et de fun dont elle a besoin pour ne pas qu'elle s'ennuie. Mais je ne m'en mêle pas, je lui laisse le temps de

découvrir. Cela dit, si elle est aussi longue que moi, je m'en mêlerai vite !
Nate dort dans la chambre d'amis et moi… je suis dans la chambre dans laquelle j'ai toujours voulu être. Mais cette fois-ci, tout le monde le sait ! Et ça fait du bien de pouvoir être entière. Nico me fait rire, me fait vibrer, je passe une nuit merveilleuse et dont je me rappellerai toute ma vie. Comme toutes les fois avec lui c'est vrai. On dort très peu, voir pas. Il me dit qu'il veut passer sa vie à me faire l'amour, et ça tombe bien, je veux passer la mienne à être dans ses bras…

ÉPILOGUE

ÉTÉ 2017.

Salut le journal ! Alors encore là ? Tu as vu je ne t'ai pas brulé, je ne me suis pas débarrassée de toi. Ce n'est plus à l'ordre du jour. Au contraire. Tu es devenu mon porte bonheur. Je me devais de te raconter la fin de l'histoire, ce ne serait pas fairplay sinon. Je dois m'adresser à la Morgane de 13 ans qui t'a ouvert un jour.

Ma petite Morgane : ne t'en fais pas ! Tout va bien. Mieux que bien. J'ai été longue à grandir et j'en suis désolée. Mais j'ai fini par y arriver. Et je voulais te dire merci. Je vis avec Nicolas depuis quelques mois maintenant et j'ai un truc de malade à te raconter. Nico m'a amené à Mauguio pour noël. On est descendu voir « nos parents », lol c'est comme ça qu'on peut dire maintenant. Élodie est venue faire noël avec nous, ça y est, elle est enfin avec Alex, elle aura mis le temps ☺

On a été se promener tous les deux dans le centre. Mauguio est aussi beau l'hiver que l'été et la place est magnifique avec son sapin majestueux et son petit marché de noël. En marchant on s'est retrouvé dans une rue, tu sais celle qui est devenue « notre rue » et là, Nicolas a mis un genou à terre. Je n'aurai jamais cru ça, même dans mes rêves les plus fous ! J'ai eu droit à une déclaration magnifique disant qu'on a eu 15 ans pour se connaître et qu'il nous reste la vie pour s'aimer. Élodie a été la première au courant et elle a hurlé de joie, c'est bien le mot. Pierre a dit quelque chose comme « enfin » et ma mère a eu une révélation : vu qu'elle se marie avec Pierre, pour une fois dans notre vie, on portera le même nom ! Ce qui a provoqué un rire général et la sortie d'une bouteille de champagne pour fêter ça !

Voilà le journal. C'était pour dire à la petite Morgane qui se pensait « charbon » que tout finissait bien mais heureusement qu'elle avait été là, pour m'aider, pour me construire. Chaque été je vivais enfin, je grandissais. Cette ville, cette famille étaient mon équilibre. Je m'appelle Morgane, j'ai 29 ans et je suis heureuse enfin, car j'ai appris à dire ce que je pense et à ne pas avoir peur d'être honnête avec moi-même. Pour l'instant on vit à Paris avec Nico pour notre travail, mais qui sait, peut-être que dans l'avenir on aura besoin d'un retour aux sources ? Et je sais que Mauguio avec ses fêtes et ses couleurs, sera toujours là. Oui tu avais raison petite Morgane, le doux parfum des souvenirs, c'est ce qu'il y a de plus important dans la vie pour se rappeler qui est on est et savoir où on va. Et à Mauguio, les souvenirs, c'est l'endroit idéal pour s'en faire.

FIN

REMERCIEMENTS

C'est toujours important pour moi cette partie mais je crois que cette fois-ci, ça l'est encore plus ...

Il y a des choses certaines dans la vie et des choses qui le sont moins. Il y a des choses qui comptent et des choses sur lesquelles on peut compter. Vous l'avez compris au fil du temps, l'amitié prend chez moi une place très importante. Dans mon cercle proche il y a des irréductibles gaulois depuis quelques temps déjà, et leurs différences, leurs singularités font toutes leurs richesses. Rémy est dans ce cercle, et question singularité et richesse de personnalité, il est très bien doté !
Professeur de danse, danseur exceptionnel, DJ Kouadjo, conjoint de ma copine Sarrah ma binôme de conneries, papa exceptionnel d'une magnifique petit puce, et à ses heures perdues (entre trois et quatre heures du matin le seul moment de disponible pour lui) : créateur du logo de notre festival de danse ou des flyers pour nos cours de swing... (flyers au passage qu'on ne distribue jamais car on les perd ou on les oublie après avoir fait la fête).
C'est donc tout naturellement vers lui, Melgorien d'adoption, et plutôt réfractaire au début quand il a découvert « la fête à Mauguio » (oui oui, soyons clairs, il a pris peur lol !) que je me suis tournée pour cette couverture.
Lui qui voyage à travers le monde régulièrement pour ses cours de danse, qui est accueilli dans les plus grandes

soirées dans des endroits magiques, mais qui depuis peu n'accepte pas de contrats la deuxième quinzaine d'août, qui connaît les chansons de village par cœur, prépare ses réserves de cigarettes pour tenir la soirée et commande en premier les bouteilles dans le bar de la petite rue derrière avec les copains pour tenir jusqu'à la fermeture ...

Mais bon, chut, gardez ça pour vous, ne lui dites pas que je vous l'ai dit ;)

Quand je lui ai parlé du projet, un soir, chez des amis, il a immédiatement su capter quelque chose d'invisible entre les lignes de ma description bancale (je suis nulle pour parler de mes livres), et en deux temps trois mouvements, il a fait une esquisse sur un papier. Il était calé en bout de table entre deux assiettes, le papier sali par sa bière et mon verre de vin, tâché par les gâteaux apéritifs qu'on grignotait... mais déjà le dessin était prometteur et j'y voyais ce que ça pouvait devenir.

Et puis, il a eu l'idée de demander à cet anglais absolument génial : Phil Mamuyac (@artPhilM), allez voir ce qu'il fait sur Twitter. Celui-ci a accepté de suite, sans hésiter et a su mettre en forme le gribouillage de Rémy (oui car en dessin crayonné, le Rémy n'est pas le meilleur lol).

Svp allez voir ce que fait Phil, mettez des commentaires, suivez-le, il est adorable et c'est vraiment quelqu'un de bien !

Rémy, Kouadjo, quant à lui, si vous passez du côté de Mauguio cet été, et bien vous le verrez, de même que certains cités dans ce livre comme Bart avec bien sûr, jamais loin, votre dévouée Cécile.

Alors Rémy, à toi, avec mon amitié la plus sincère : merci !